雨花忠魂

雨花英烈系列纪实文学

麟出云间

姜辉麟烈士传

杨绵发 著

江苏凤凰文艺出版社
JIANGSU PHOENIX LITERATURE AND ART PUBLISHING

图书在版编目（CIP）数据

麟出云间：姜辉麟烈士传 / 杨绵发著 . — 南京：
江苏凤凰文艺出版社，2023.1
（雨花忠魂：雨花英烈系列纪实文学）
ISBN 978-7-5594-5634-2

Ⅰ . ①麟… Ⅱ . ①杨… Ⅲ . ①纪实文学 – 中国 – 当代Ⅳ .
① I25

中国版本图书馆 CIP 数据核字 (2022) 第 252097 号

麟出云间：姜辉麟烈士传

杨绵发 著

出 版 人	张在健
责任编辑	傅一岑　查品才
封面设计	马海云
责任印制	刘　巍
出版发行	江苏凤凰文艺出版社
	南京市中央路 165 号，邮编：210009
网　　址	http://www.jswenyi.com
印　　刷	南京新洲印刷有限公司
开　　本	880 毫米 × 1230 毫米 1/32
印　　张	7.25
字　　数	198 千字
版　　次	2023 年 1 月第 1 版
印　　次	2023 年 1 月第 1 次印刷
书　　号	ISBN 978-7-5594-5634-2
定　　价	32.00 元

“雨花忠魂·雨花英烈系列纪实文学”
丛书编委会名单

青春多壮志　热血谱华章

中共江苏省委书记、省人大常委会主任　吴政隆

英雄是民族最闪亮的坐标。翻开我们党一百多年非凡的历史篇章，一代又一代中国共产党人以“为有牺牲多壮志，敢教日月换新天”的英雄气概，为国家富强、民族复兴、人民幸福甘洒热血、奉献生命，谱写了一曲曲感天动地的英雄壮歌。南京雨花台，是新民主主义革命时期共产党人集中殉难地，在这里英勇就义的革命烈士留下姓名的就有 1519 名。他们正值青春年华，大部分出生于富裕家庭、受过高等教育，牺牲时平均年龄不到 30 岁。他们用鲜血浇灌理想、用生命捍卫信仰，留下了气壮山河、彪炳史册的事迹，展示了中国共产党人的崇高理想信念、高尚道德情操、为民牺牲的大无畏精神，在中华民族伟大复兴的历史征程中树立起不朽的精神丰碑。

习近平总书记指出，“对中华民族的英雄，要心怀崇敬，浓墨重彩记录英雄、塑造英雄，让英雄在文艺作品中得到传扬，引导人民树立正确的历史观、民族观、国家观、文化观”。中共江苏省委宣传部和江苏省作家协会组织创作的“雨花忠魂·雨花英烈系列纪实文学”丛书，以文学的形式记录英雄、礼赞英雄，讲述了朱杏南、周镐、赵景升、胡廷俊、陈处泰等雨花英烈的革命事迹，让我们

透过文字穿越历史，感受先烈们舍家弃业只为“寻找光明而快乐的路”的不灭信仰，感受先烈们“打断了双腿，也打不断共产党人坚强意志”的不屈灵魂，感受先烈们慷慨赴死“只求换得光明”的不朽精神，具有重要的历史见证价值、文明传承价值和思想教育价值，也为党史学习教育常态化长效化提供了生动教材。

在江苏这片深深浸染先烈鲜血的红色热土上，全省人民牢记习近平总书记的殷殷嘱托，坚决扛起“在改革创新、推动高质量发展上争当表率，在服务全国构建新发展格局上争做示范，在率先实现社会主义现代化上走在前列”的光荣使命，奋力谱写“经济强、百姓富、环境美、社会文明程度高”新江苏现代化建设新篇章。新的征程上，我们要坚持用习近平新时代中国特色社会主义思想武装头脑，大力传承弘扬雨花英烈的精神风范，用英雄的火炬照耀前路，将使命化为担当，将责任化作奉献，在先烈先辈们用生命和鲜血开辟的道路上不懈奋斗、永远奋斗，奋力书写无愧于时代的壮美篇章，这是对英烈最好的告慰。

天地英雄气，千秋尚凛然。雨花英烈永垂不朽！雨花英烈的精神风范将永远铭记在我们心中！

是为序。

目　录

引子

上海市松江区有一个古村名为“春申村”，相传是“战国四君子”之一的春申君黄歇当年开浚浦江的“指挥所”。至今，民间还流传着一首脍炙人口的儿歌：“啷啷啷，啷啷啷，爷娘去开黄浦江，尔后再开春申塘，领头的大爷叫春申君，住在俔村黄泥浜。”当年，年已六十八岁的楚国令尹（相国）黄歇主动请求调离自己经营了多年的淮北十二县封地，改封至多为荒芜的泥沙淤积和沼泽遍野的江东吴地。这一举动既是为保卫国家疆土和开发利用土地，也是为他自己和家族留一条后路。春申君在这片广泛的地域开辟荒地，整治水利，改造农田，使长江三角洲的浦江地区得到了有利的开发，受到当时和后世人民的景仰，上海的别称“申城”和“黄浦江”之名也都因春申君黄歇而来……

很多时候，当我们行走在江南的一些老城、小镇，总会不自觉地忘掉身边的繁华都市，慢慢沉浸到一段怀古之旅中。江南的小桥流水、亭台楼阁众多，还是很值得赏玩一番的。尽管这些景色各有千秋，但总能在不同的城市、不同的地点，找到类似的感觉。上海成为国际大都市已经很久，处处是钢筋水泥包裹着的高楼大厦和喧嚣热闹的车水马龙，你若要去找寻一些老上海的历史印记，那是要费好多周折的。不过，老上海人大多都知道，在松江老城可以找到你想要的一些东西，因为那里是上海大都市的根。

松江，古称“华亭”，还有“茸城”“云间”等别称，她也是江南著名的鱼米之乡。在上海开埠前，华亭可是上海地区政治、经济、文化中心。她孕育了上海之城的发展，是现代上海的母体。为此，人们在说上海历史时，都说：“十年上海看浦东，百年上海看浦西，千年上海看松江。”

“华亭”“茸城”“云间”，听起来都像是诗一样的词。唐代，这里设置华亭县，是上海最早设置的县。关于“华亭”的由来，一说是春秋时吴王寿梦来这里狩猎，建了一座华亭作为停留宿会的场所，因而得名；二说三国时陆逊在此被封为华亭侯，故而得名。至于“茸城”的来历，相传这里古时是水草肥美之地，有数量众多的梅花鹿等动物种群在此生活。而这“云间”的来由，相传西晋元康年间，有陆云（字士龙）和荀隐（字鸣鹤）两位南北名士，应邀至晋代开国功臣、官至太常（掌管宗庙礼仪，位列诸卿之首）的张华位于洛阳的府上。由于陆云和荀隐两人素不相识，便互通姓名。来自京都洛阳本地的荀隐说：“我是日下荀鸣鹤。”来自江南吴郡华亭的陆云也不示弱地说：“我是云间陆士龙。”这“日下”就是太阳之下，即皇帝所在的都城洛阳；

这“云间”则是取了“云从龙”之义。从此，“云间”便成为华亭最常用的一个美妙别称。

元至元十四年（1277），升华亭县为华亭府，领华亭县。一年后，华亭府改名松江府，“松江”之名因境内有吴松江。1912年，松江府撤销，华亭、娄县合并为华亭县；1914年，华亭县改称为松江县。

云间之松江，一座千古历史文化名城，自古盛景阙阙，名人荟萃。20世纪初，松江更是中国民主革命和江苏省委红色革命的重要根据地之一。在这块土地上诞生和成长的革命先贤和先烈有许多。在松江这块热土上出生、长大并参加革命的姜辉麟，她英勇壮烈地倒下时是一位年仅三十五岁且留下四个孩子的母亲。霹雳云间花，姜辉麟烈士的革命斗争事迹、精神意志和音容永存在人间……

松江，是雨花台烈士姜辉麟的故乡，是她出生、成长和走上革命道路的地方。为撰写姜辉麟烈士的传记，我第一站就来到了松江烈士陵园。这里有松江人民为姜辉麟立下的纪念碑，有展示她革命生涯的介绍与活动场景。在这里，我得到陵园管理处庄玮琪先生的热忱接待和介绍，并通过他联系拜访到松江党史办的程志强先生，又在松江福利院拜见到了烈士的女儿黄宗英。

九十五岁高龄的黄宗英女士，是一位满头白发但精神矍铄的老太太。母亲就义时，她才九岁。黄宗英女士曾就读于中国人民大学，后分配在山东省工作。她2001年住进松江福利院，是怀念故乡，也是为了“贴近”母亲的“身影”。在拜访黄宗英女士时，老人家说：“革命斗争中牺牲的烈士多呢，我母亲姜辉麟烈士只是革命大海中的一滴水！”听到这话，一股热泪似要夺眶而出，我的内心产生了很大的情感冲动。

在接下来的走访中，我还在上海奉贤区拜见了党史办姚金祥先生，在上海和济南等地拜见了烈士姜辉麟的孙子辈，他们的热情和朴实，让我深切地感受到：烈士姜辉麟留下的一缕缕气韵在他们身上萦绕！

第一章
芳龄出嫁

1

1915年11月20日，黄浦江两岸上百里的范围，在夜深人静的时候悄然落下一场大雪。具有典型江南水乡之妙的浦江北岸古老的松江城，那石桥、流水、人家，那白墙、青砖、小黑瓦、马头墙，在大雪之后更加呈现出素净、典雅、古朴的美。

21日的清晨，松江城内外一派银装素裹，这是大自然造就的特别景象，特别地静美，特别地吉祥。对于城里的姜家和黄家而言，这不仅是瑞雪兆丰年，更是瑞雪送喜庆了。什么喜庆呢？姜家的女儿今天要出嫁，黄家的儿子要迎亲。

“嘿！今年的雪下得比往年早了许多，这是一场提前而降的瑞雪。或许就是为我们二闺女辉麟今天出嫁而飘落的。开门迎瑞雪，这一定是一场吉祥的雪，我们的辉麟一定会有一场祥瑞的姻缘。”

“这一夜悄悄飘落的大雪，把我们松江老城装点得很美。我们家的二姑娘竟然天赐了这样一个瑞雪飘落的美好日子出嫁，这一定是个好兆头……”

唐代华亭建置为县时，修筑了县城（县府就在今岳阳街道办事处）。元末，张士诚拓宽了城池。明洪武三十年（1397）设松江守备千户所，改筑为砖城。其城周围九里一百七十三步，高一丈八尺；雉堞三千三百六十九个，铺舍二十六间，敌台二十座；开设四座城门，东门“披云”，西门“谷阳”，南门“集仙”，北门“通波”；各门外建月城，门旁边开设水门；护城河长一千八百一十三丈二尺，宽十丈，深七尺。崇祯三年（1630），郡守方岳修葺铺舍、敌台，增高雉堞，修葺各门城楼并取名，东门“迎生楼”，西门“宝成楼”，南门“阜民楼”，北门“拱宸楼”。此后，清康熙、乾隆、道光、同治、光绪年间都有修葺。至辉麟出嫁时，这城一直还保存完好。

这一日，松江城西北仓桥堍中心弄的姜家小四合院内，姜氏“掌门人”倪夫人，天一亮就早早打开门户并叫起大女儿兆麟，母女俩来到院里对着仍在飞舞着雪花的天空，由衷地为今天就要嫁到城东黄家的二姑娘辉麟说着吉祥话。

“兆麟，让辉麟多睡一会儿，你先去把长麟、还麟、余麟都叫起来，一会儿家里亲戚都要到了，让长麟起来和我一起准备早饭，你去把辉麟的嫁妆再数一数，看看还有没有漏掉的。你阿爸虽然那么早就丢下我们不管了，但黄家在松江算是大户人家，我们也不能有什么失礼的地方。”

倪夫人说完这番话时，眼眶已是湿湿的。今天是二女儿出嫁成婚的喜庆之日，倪夫人不想在今天流泪，她连忙转身回屋里忙活去了。

兆麟看阿妈热泪盈盈地回屋后，泪水也忍不住在眼眶里打转。兆麟在家排行老大，是长女。她二十岁时在景贤女校专修科结业之后，嫁给松江一地主家庭，不想婚后仅仅九个月，其夫就因病离世。之后不久，她便投身革命事业，加入了国民党组织，整天在外面忙，很少顾得了家。自己大辉麟三岁，今天唯一的妹妹就要出嫁了，家里还有三个在读书的弟弟，生活的重担就全落在阿妈一个人肩上了。兆麟忍不住抹着眼泪，依偎在门旁思想着……

2

辉麟的闺房在二层小阁楼上，阁楼有两间房，她和大姐兆麟一人用一间。辉麟昨晚也睡得很迟，但今天是自己出嫁到黄家的喜日子，天还没大亮她就醒了，只是躺在床上没起来。阿妈和大姐在窗外说的话，她隐隐约约听到了。辉麟听说外面下大雪了，起身披上棉袄移到床边的窗前，打开花格窗一看，雪花儿还在纷纷静静地飘落着，近处远处满目都是素白莹亮的纯洁与美妙。这一场忽然而降的大雪真是太强大了，这世间的一切污浊、破败、不平等，甚至还有黑暗和罪恶，竟然在一夜之间全被掩埋在这白茫茫的雪被之下，消失不见了。辉麟自己也不知为什么突然会触景生情地冒出了这样一份感想。

刚才阿妈说："开门迎瑞雪……我们的辉麟一定会有一场祥瑞的姻缘。"辉麟心想，这场姻缘到底会不会吉祥如意，还是个未知数，只是刚刚长大，刚能帮助阿妈做点家务事，就要离开阿妈和弟弟们去嫁人，到一个陌生人的家里生活，自己才十九岁，这真是有点不甘心，或者说是几多伤心了。转瞬间，辉麟脑海中生出一缕缕对家世的回想。

姜家在松江城是老门户，曾经也算是有头有脸的人家。辉麟曾听阿爸说过：姜氏的祖上多代是松江城有名望的书香门第，阿大（祖父）是秀才；阿爸姜尧臣是城里有名的私塾教师，还兼施中医儿科医道；阿妈也是读书人家出身，识字读书多年，嫁到姜家后练成了一手中医儿科推拿的好技艺。

清朝末年，清政府极为黑暗腐败，阿爸忧念国家危亡，但报国无门，救国乏术。有一天，他在上海从《民报》和《新民丛报》上获悉孙中山在日本成立中国同盟会的消息，当即回到松江进行秘密宣传，并带头在松江城剪去了发辫，以迎接新时代的到来。之后，阿爸通过多种渠道接触到了一些新思想，他带头倡议停办私塾，创立学堂，与友辈一起为教育改革奔走于上海、松江之间，不辞辛劳。清光绪三十二年（1906），他终因劳累过度，肺病复发去世。这年，敬爱的阿爸年仅三十七岁，当时的辉麟才九岁。有关阿爸的一些不平凡的经历，辉麟都是日后听阿妈说出来的。

辉麟的阿爸、阿妈共生过七个子女，两个不幸夭折。阿爸过世后，阿妈以过人的毅力和能耐拉扯着三男二女五个孩子。尽管，他们得到外公家的一些资助，也还是吃尽了人间的辛酸苦辣。阿妈是一个十分明事知理的女性，再苦再累，她仍凭借着闻名松江城内外的中医小儿推拿之技，让五个儿女都勉强有识字读书之机会。

“兆麟，你还在外面做啥？快去把你三个小弟喊起来。”兆麟听到阿妈的一声叫唤，连忙回屋去叫弟弟们起床。与此同时，阿妈的喊声也把辉麟从深深的回想中拉了回来。

3

“外面下大雪了，天早就大亮了，你们三个懒虫还赖在床上不起来，你们的二姐今天就要出嫁了，你们还不赶快起来多为姐姐做点事。”睡在一张大床上的长麟、还麟、余麟，在大姐兆麟边推边小声的叫喊中，一个个揉了揉迷糊的眼睛连忙爬了起来。

雪，还在不声不响地飘落着。弟兄仨起床后不免要在院内院外的雪地里滚雪球、堆雪人、打雪仗，兴高采烈地玩耍一阵儿。长麟被叫去帮着阿妈到厢房里的锅灶下烧火，阿妈在锅台上下忙着做菜做饭；堂房里，兆麟则带着还麟、余麟检数着辉麟嫁妆中的一些小件什，与前几天阿妈写好的辉麟出嫁时应该准备和需要带到婆家的物品清单进行核对，以防遗漏。

“阿妈说过，应该有的和必须今天带走的，一样也不能少，这叫礼节，我们仨都要认真点，待会大嬷嬷（姑姑）、大舅母、大姨们来了还要一起检查呢，我们不要让她们挑出多少毛病，说我们办事不细心。”兆麟还真是有大姐的派头呢。

不一会儿，辉麟嫡亲和堂房的伯伯、伯母、叔叔、婶婶、嬷嬷、嬷父、舅舅、舅母、姨娘、姨父及各家的孩子们陆续都来了。送闺女出嫁，自然也是家族中一件大事。大家有的帮着弄菜、做饭，有着帮着挑水、拾柴火，更重要的还是去帮助检查嫁妆是否都准备到位。当然，最重要的事儿还得由大伯母、大舅母和大姨来担当了。

松江一直是江南著名的鱼米之乡。时至 1915 年，上海滩由于西方文明和资本的进入，社会、经济、文化和生活方式都发生了巨大的变化，迎亲出嫁的风俗也随之有所摒弃和改良。但是，姜家世代生活在千年松江古城里，这婚嫁习俗大都还是要沿袭松江的传统。姜家二姑娘和黄家大少爷的婚姻也算是父母之命、媒妁之言，这“婚嫁必得有三媒六证”之传统还要有的。况且，这黄家也是多代生活在松江的人，他们家也是要遵循松江传统风俗的。

媒人征得女方家同意可以做这门亲事之后，男方家便要行“小礼”，双亲即择婚日，届时，男方家要送干果四品——荔枝、桂圆、胡桃、蜜枣，以及茶叶若干，寓意“甜甜蜜蜜乐陶陶，成双成对活到老”。此外，还要送上未来姑爷的生辰八字。

女方家觉得可以做这门亲的时候，隔一段日子，男方家就得在迎亲前些日子向女方家行“盘礼”作为定亲之礼，并要在女方家附近的酒楼宴请媒人和男女两家的主要亲戚，邻里间还要送一些团子（一小包大糕和小糖块），以此向亲邻告之这门婚事已定。而这“盘礼”中的“盘”，至少要四盘，多者或六盘、八盘乃至十二盘，盘中最主要的是送给未来新娘的首饰。这首饰，一般人家用银质的，中产人家要用

"全金六礼"，那富有人家则会用珠、翠、钻石的"全钻六礼"。其他的"盘礼"是要送上吉祥草、万年青、茶叶、糕点等，前两样是祝福男女结合吉祥长青，这茶叶则是茶礼习俗，因古人以为"茶不移本，植必子生"，也取其"不移志"之意。

礼盘被送至女方家后，女方家除将盘礼中的首饰、花草全部接受，其他的盘礼每样都只收受一半，余下的一半再与添加的衣料、鞋帽等，一并作"回盘"之物，再行送还给男方家。

4

松江传统习俗中，迎娶新娘的前一天，媒人是要带着准新郎和伙计（一般百姓家只有准新郎自己）挑上装着公鸡、青鱼、猪腿、白鹅以及干果等的彩礼到女方家去"上盘头"。女方家只招待准女婿一些茶点，然后告诉媒人，女方家有多少嫁妆，让男方家知道需要多少普绳、单杠、落担等。照规矩，男方家带来的"上盘头"中必不可少的还有一份清单，清单上必须标明的还有第二天迎亲带来的一份"重礼"，那就是多少银元。

前一日上午，黄家请来的媒人带着准新郎黄少爷和担着"上盘头"的伙计如期来到姜家。黄少爷已是第二次到姜家了，第一次来姜家是和媒人来行定亲"盘礼"的。这次来，倒是不像上次那么腼腆拘谨了。但是，该行的尊敬之礼还是一一都要到位的。

"这准新郎长得挺俊哩，这面相、这身材、这衣衫，还真有点气度不凡呢，他还真配得上我们二姑娘。"

"当然啦！这黄家在松江也是大户人家，大户人家长大的少爷，自然是大户人家的气质和派头。当然，也只有这样人家的少爷，才配得上我们姜家聪明貌美的二小姐。"

看来，第一次见到黄少爷的姜家长辈亲戚，对这准新郎还是满意且赞赏有加的。

按传统规矩，准新郎来女方家行"上盘头"礼时，准新娘是不与准新郎见面的。这里一切事务也都由媒人来办理，准新郎只管在旁喝茶就行了。媒人交完带来的“上盘头”，倪夫人也让媒人看了准备好的大件嫁妆。这时，媒人便从怀里掏出这“上盘头”的清单呈给倪夫人：“老夫人，这是从黄少爷家带来的‘上盘头’清单，请您过目、查验为好。”

倪夫人接过清单浏览。呦！这清单上所写的银元数，比常规礼节数要多上好多倍。这多出来的“厚礼”，足以支撑辉麟三个弟弟四至五年上学堂读书所需的费用。

“这银元的数字是写错了吧！这么厚重的礼，是不合礼规的哟！”倪夫人略带几分诧异地说。媒人见倪夫人脸上露出一些不悦之色，连忙上前说：“黄家出这份重礼不是要显示家里多富有，是考虑姜先生去世早，家里只靠夫人您一人持家，还有几个少爷要读书，是真心要帮姜家解决一些经济上的实际困难。”

倪夫人稍稍犹豫了一下，便叫上兆麟一起上楼去找辉麟。

“我们姜家再困难，也不能让人家说我们姜家在卖闺女，况且，我们家还没到那一步。”这娘仨一碰头，一致表示坚决不能要这一份多出的厚重之“礼”。

“黄家的这份心意，我们是真心地领了，就按松江城正常的礼节办就行了，超出范围的银元我们一块都不要，今后我们若是需要帮助的时候，我会主动张口请求支持的，这就请您代我先谢谢黄家了！”倪夫人当即下楼向媒人直言，不能接受黄家这份多出的“厚礼”。

5

这古城、老城呀，就是老传统、老规矩多。在松江城，结婚礼俗中还有一项重要的程序，那就是在正式迎娶新娘前一日的下午，女方家是要自行“大盘礼”的，俗称“拿衣裳”“理嫁妆”。这本来是件高兴的喜事，但由于女儿明天就要离开娘家，故而这一过程要显得十分悲戚。

前一日，十九岁的准新娘辉麟坐在姐姐兆麟身边，看姐姐为自己缝制婚礼当天要使用的那床喜被上的红绿被头（有嫂子的人家，是由嫂子为其缝制的）。兆麟一针一线悉心地将红绿被头缝好后，便用一大块绸缎被面把被头、枕头打成铺盖，这叫“被捎”。尔后，母亲亲手把为辉麟准备的被头、衣裳、料子一件件递给兆麟，由她一样样地放入箱中，以示女儿从娘家带走的东西，此谓“填箱”之俗。按常规，此时母亲和待嫁女便要开始对着“哭嫁”了，这是一种带哭腔的歌唱，并且要有一定的旋律与内容，也就是“哭嫁歌”了。颇如：“娘的宝贝囡啊，爹娘听啥未事拨拉侬啊，委屈伲个宝贝囡啊……”“我的亲姆妈啊，囡要到人家去啦，不能孝顺侬啦……”等。

不过，辉麟和她阿妈省去了这一项“哭嫁歌”，姜家人毕竟都是已接受民主新思想的有文化之人。尽管如此，当倪夫人和她的辉麟坐到一起四目相对时，还是情不自禁地四目盈泪了。

“辉麟，明天你就要嫁到黄家了，虽然你是有新思想的女性，到了婆家还是要做好一个黄家媳妇应该做的事情。这黄家原本也算是松江有头有脸的大户人家，我看你要嫁的那黄少爷，也是一个喝过墨水、聪明、本分、才貌双全的郎君，配你，配我们姜家也是绰绰有余的。我也知道你不想这么早就嫁人，但你下面还有长麟、还麟、余麟三个弟弟，他们都还小，我也舍不得让他们失去读书机会，这年头虽然兵荒马乱，但多读点书，对今后成家立业一定会有帮助的。你从小就是一个好强又十分懂事的闺女，你是知道阿妈的心，知道家里的处境的。只是你阿爸没把你们都拉扯大就过早地离开人世，我也没有太多的能力多为你陪些值钱的嫁妆，是阿妈太亏欠你了！”倪夫人拉着辉麟的手说着这些话时，滚热的泪珠已止不住落在了辉麟的手上。

“阿妈，这怎么能说您亏欠我呢！要欠，也是这万恶的社会亏欠我们。要不是这社会整天都是兵荒马乱的，我阿爸怎么会这么早就过世呢！这么多年，您吃辛受苦又做阿妈又做阿爸地拉扯养育我们长大，还让我们都能有机会进学堂去识字读书。要说亏欠，也是女儿亏欠您，我现在已经长大，还没帮您多做几年事，没多在您面前尽点孝心，这就要嫁到别人家去。不过，阿妈，我们永远是一家人，您永远是我的好阿妈。黄家离我们家不远，您放心，我会经常回来看您的，帮你多做点家务事的。说实在的，阿妈，我真的舍不得离开您，离开这个家!”说着，辉麟也泪流满面地扑到母亲怀里“呜呜”地抽泣起来了。

“好闺女，阿妈也舍不得你离开我，离开这个家。但是自古以来‘男大当婚女大当嫁’，你不能一辈子守在阿妈身边，你今后也是要做阿妈的。阿妈祝福你嫁到一个好人家，有个好归属!”倪夫人一边说着，一边轻柔地抚摸着辉麟的肩头。此时的倪夫人是心酸而又内疚的，虽然她为辉麟这孩子选的这个婆家不算太富有，但这黄家一方面有一些房产可以出租，还开了一个十分时尚的照相馆，在松江仓城还算个不错的人家。但是，辉麟毕竟才十九岁，起初也是十二分地不想这么早就嫁人的。这闺女能同意出嫁，也是为了这个家里能少一张吃饭的嘴。

天空中白蝴蝶一样飞舞的雪花渐渐地小了，姜家的亲戚也越来越多了。午饭过后，黄家就要来迎亲了。倪夫人一边忙里忙外地安排着简单的喜宴，招呼着亲戚、邻居就座，还不时地去看一看嫁妆是否都已准备齐全，同时还要去楼上看看兆麟为辉麟梳妆得怎么样了。如果辉麟上头的两个哥哥没有夭折，一定会是她的两个嫂子在为她梳妆打扮的，这是松江的传统和规矩。今天是二闺女的喜日子，本不应该想到这些，但看到姐姐在为出嫁的妹妹认真梳妆的情景，脑海中不由地就冒出了此时不该去想的事。倪夫人心里一边责怪自己，一边眼泪禁不住滚落下来……

6

高灯彩旗和昂着头鼓着劲吹喜乐的迎亲喇叭队在前面引路，紧跟其后的是骑着枣红色高头大马的新郎黄勖哉。大喜之日，新郎黄勖哉身着枣红色绒缎棉马褂、深灰色绸缎棉喇叭长袍，头戴黑色绒缎瓜皮小帽，足蹬京式圆口绒缎黑布鞋，胸佩一朵大红花，颇有一副气宇轩昂的派头。手摆着大红手绢的媒婆，扭着腰走在新娘坐的大红色八抬大轿前面；那十几个挑抬着嫁妆的壮汉，一路哼唱着欢乐的民间小调跟在其后，这可是好一派喜气洋洋、风风光光的迎亲队伍。

按照松江的风俗，这迎亲队伍的到来，意味着女方家的“《十戒训》哭嫁”又应该开场了，此时“哭嫁歌”的内容，是新娘母亲边哭边告诫女儿怎样做个好媳妇，而新娘则仍是“哭”如何舍不得离开娘家，以及请求哥嫂或弟弟、弟媳如何帮助自己照顾父母亲等。此后，则是由阿妈亲自给出嫁的女儿喂饭，以示作为女儿婚前最后吃一餐娘家饭。最后，还有一项重要的“涨”娘家习俗，即新娘要“死活”赖在娘家不愿上轿，正所谓“新娘越涨，娘家越发”，为此不少新娘常常会从早上“涨”到傍晚。这新娘在屋里“涨”娘家，屋外着急的新郎只能让迎亲的队伍放鞭炮来催。这样一个在里面使劲“涨”，一个在外面急急“炸”，如此这般的轧闹猛，看迎亲的人们哄堂大笑，才感到十分的喜庆。

这些习俗，除了那“哭嫁歌”在辉麟的要求下被省略了，那“涨”娘家的时间倒是没那么久，其他的算是一一例行，特别是那不能把娘家“财气”带走的规矩不能丢，大弟长麟将辉麟抱上大花轿，并在辉麟坐上花轿时换上黄家带来的绣花婚鞋，辉麟才能把双脚搁到轿里。

鞭炮、喇叭开道，迎亲队伍出发了。远远望去，瑞雪皑皑铺大地，大红长“龙”舞其间，真是好一道美丽的风景线。

“两手把好，拔脚起锚。平阳大道，羊肠小道，前头看好，脚低脚高，后头当心，不颠不摇……”轿夫们一路欢唱着《颠轿歌》，有意将新娘子姜辉麟颠得头晕眼花，不时地想呕吐。这是闹喜，是传统习俗，新娘子只能忍……

第二章 乐享恩爱

1

松江城内北仓桥埮中心弄的姜家，到黄家所居的仓城百岁坊也就二里多地。迎娶新娘子姜辉麟的队伍浩浩荡荡地过了老城谷阳门不远，就到了黄家所在的仓城百岁坊巷。

上午十一点三十分，“叭叭叭……”好一阵鞭炮齐鸣之后，新娘姜辉麟坐的花轿，被抬至四处张灯结彩贴满大红双喜字的黄家大院前。

“彩轿帘开来就香，风吹兰佩响

叮当。 月老传言方道日，敬请新人进喜堂。”随着婚礼司仪的婚礼前奏喜庆之诗的引领，新郎已一步上前掀开轿帘，两伴娘便将新娘搀扶出轿。随之，新郎在前，新娘在后，俩人接着一串大红绸缎结成的喜球慢步进入婚礼的厅堂。

此时，黄家客堂嘉乐堂内，已是香烟缭绕、红烛高烧，亲朋好友、职司人员各就各位，结婚典礼正式开始。

“新郎黄祺康年二十四岁，一八九二年六月初三日午时生，江苏松江人；新娘姜焕琳十九岁，一八九七年七月二十九日卯时生，江苏松江人。今由闵献先生介绍订为夫妇，兹于中华民国四年十一月二十一日午时，在本宅嘉乐堂行结婚礼。今特请耿道冲先生证婚永谐伉俪、偕老百年，此证。订婚人黄祺康、姜焕琳，介绍人闵献，主婚人黄云龙，中华民国四年十一月二十一日。”

证婚人耿道冲先生将这结婚证词宣读得好一派庄重有力。这证婚词中的“祺康”和“焕琳”，也就是这一对新人的字，其号是为“勖哉”与“辉麟”。

紧接着，新郎、新娘和证婚人、介绍人、主婚人一一在证书上盖上自己准备好的印章。接下来，新郎和新娘行结婚礼。新郎用“称心如意”杆揭开新娘红盖头时，这华堂之中、众目之下、大喜之日，犹如出水芙蓉般的新娘姜辉麟那娇美、清秀、含羞之容貌和略显小巧的身姿，在凤冠霞帔、大红绸缎绣花礼服的配映下，真是好一番光彩夺目、贵气盎然。顷刻，客堂内外掌声、喝彩声以及欢庆的礼乐声和再次响起的鞭炮声，将这场结婚典礼推向了高潮。

接着，新郎和新娘向黄家祖宗牌位进香烛、跪叩首、再叩首、三叩首，一拜天地、二拜双亲、夫妻相拜，引进洞房，摆宴酬宾，礼礼相连，欢天喜地……

2

第二天一大早，勖哉领着辉麟向爷爷奶奶、阿公阿婆一一行了敬拜礼，然后一家人第一次一起吃了早餐。之后，辉麟和勖哉按习俗带上一些礼物行回门（回娘家）之礼，第三天和第四天还去了黄家和姜家的至亲长辈处拜亲。一连多天的礼俗尽管让辉麟和勖哉觉得比较累，但松江传统必须一一遵守。待完婚的家礼全部行完，辉麟和勖哉这才腾出时间，去寻找一些属于新婚燕尔的自由。

黄家是一个青砖小黑瓦砌筑的两进带小花园的四面闭合的宅院，勖哉的爷爷奶奶和阿爸阿妈住在前进房的两侧，辉麟和勖哉住在二进的东侧，西侧是勖哉弟弟文哉的房间，勖哉的姐姐已出嫁，小妹住在东厢，一个伙计住在西厢。此外，黄家在百岁坊巷南端临松江府城府前大街西沿至仓城的大街上还有一排八间的门面向南的店铺。

这天，勖哉认真而细致地带着辉麟一一走访和介绍黄家的家产。这些“家底”和家世，是必须要让这黄家的长房媳妇知晓的。

“我们黄家祖籍安徽屯溪，也算是一户有名的徽商。清朝中期，我阿大（爷爷）黄声远随他的阿爸来到松江做生意，早年以卖咸肉、咸鱼为主，后来有了资本买了门面，并增加了烟、酒、茶叶及五金和油漆店。这些分门别类的店铺，都冠以‘黄信隆’字号：黄信隆烟酒茶、黄信隆咸肉、黄信隆咸鱼、黄信隆五金、黄信隆油漆等。十年、三十年、五十年、一百年，生意做得红红火火，‘黄信隆’也渐渐成为整个松江府城非常有名的老字号了。”

辉麟一路好奇又耐心地听着丈夫热情洋溢的介绍，最后来到黄信隆照相馆门前。抬头并侧望这一排店铺的门头时，勖哉还特别带着一种沉重而神秘的语调说：“接着往下是一段有关黄家家世的故事。”

“现今，除了这‘黄信隆照相’招牌字样的店铺还由我们家来经营，其他的七个店铺都出租给别人家经营了。我曾听阿大说，黄家后来生意逐渐放小，是因为一次‘黄金被劫案’。说是我们黄家在松江多年红火经营，积攒了不少钱财后，准备到安徽老家再建置一片大的店铺房产，以展示黄家在外闯荡多年颇有成就。有一天，阿大特别包租了一条带甲板和布帆的船，带上我阿爸和两个伙计及两箱黄金回屯溪老家。我阿爸叫黄云龙，字汉舟，当时还是县府的候选巡检。船儿在河道上行驶了十多个小时，已是傍晚时分。原本这船儿驶过前面一片两边芦苇密布的小湖荡一般的河道，大家便可靠岸到城里过夜休息。可是，这船刚进这片湖荡不远，突然有四条小船从芦苇丛中一起钻出来，拦住了去路。随后，七八个湖匪持着大刀跳上船来抢劫。这两箱放在船舱里的金条除了用破被单遮掩着，上面还堆放了许多猪腿和猪油作掩护，但最终还是连同那些猪腿、猪油全部被湖匪劫走了。所幸，这帮强盗没要阿大和阿爸一行的性命。这个案子虽然后来被官府破获，但追回的黄金却一两没归还黄家，说是全部留在官府去做一些修建防洪堤坝等公益设施了。这场抢劫让我阿大害了一场大病，许多年没能恢复其精气神，生意也从此逐渐停做，到我掌管家务时，只留下两间门面开设一个还算新潮的"黄信隆照相馆"与一个油漆店，其他的门面全出租给别人做生意了。"

黄勖哉有声有色地说着这段惊险的家世，十九岁的姜辉麟跟随着这故事情节，一路惊讶不已。

"这是真实的事吗？怎么听起来像《水浒传》里的故事？"

"这是真实发生在黄家的事，一点都没有夸张，都是我阿爸亲口讲给我们听的。要不，改天让阿爸再讲一遍给你听听。不过，这也都是过去的事了，黄家的辉煌都已经过去了。"

3

勖哉拉着辉麟的手，一边走一边继续聊着："辉麟，我们那天举行的婚礼仪式你满意吗？"

"还好吧，怎么说你们黄家也曾是松江的大户人家，面子、里子都得要有。那天宣读结婚词的耿道冲先生，他是个名人吧？"

"这耿道冲先生也是松江人，他家离我们家不远，他是清光绪十一年（1885）的拔贡生，曾任七品户部员外郎、户部主事、廉俸司司长，他的夫人是工部尚书张祥河之女。耿老先生平日还喜工书，尤擅章草之法。他清末辞官返乡，去年起开始领衔发起修葺‘两陆祠’。耿老先生在松江可是德高望重的知名人物，也是我阿爸的好朋友。他来为我们证婚，这也是我们的福气。”

勖哉说到这里时，那发自内心的自豪感，当即在他脸上显现出来。说着说着，勖哉和辉麟已来到巷头百岁坊的牌坊下。

“我们住的这条巷更早的时候叫李公祠街东新坊，后来叫百岁坊。辉麟，你知道这百岁坊名称是怎么来的?”

“不知道，你说来听一听。”

“这百岁坊的全称是‘百岁名臣坊’。古语曰:‘坊者，表也。表贤如通德，表贵如鸣珂。’明代有松江人陆树声，字与吉，别号平泉，他是明嘉靖二十年（1541）进士，初为庶吉士，后为太常卿，掌南京祭酒事，又升为吏部右侍郎，万历年间官至礼部尚书。陆大人耿直有德，在位时尽心尽职、功绩多多。陆大人病逝时年近百岁，朝廷追赠他为太子太保，谥文定。为表彰和纪念他的功绩，朝廷特别在其家乡兴建了‘百岁名臣坊’及‘陆文定公祠’。因为有此坊，这里的巷道便被称作百岁坊巷。”

勖哉有板有眼地讲解了百岁坊的故事。嘿! 这“生意人”肚里还有点文化，辉麟感觉到宽慰，像是自己又多了一些依靠似的。

“老一辈人的好德行，我们定当尊敬和效行。我嫁到你黄家，嫁给了你，我们要一起好好学做人、学做事、做好事!”

“那当然，我们一起好好地学前辈们的德行，好好地去做人、去做事、做好事。辉麟，你嫁到我们黄家，嫁给我，满意吗? 我们家和我哪里做的让你不满意，你就和我说。”

“满不满意，在今后，在天长日久，也在于我自己努力不努力，你说对不对?”

“对! 对! 对! ……”

古松江府城以西，仓城以东的百岁坊巷，现在已是姜辉麟的新家。辉麟站在“百岁名臣坊”的石牌坊下，疑惑地回望那深深的巷子：这里现在就是我的家了？

勖哉和辉麟从百岁坊出来，沿着府前大街上一路悠然而快乐地闲逛着。上午十点前后，小夫妻俩不仅在街上尝了仓城有名的“亭林馒头张泽饺，叶榭软糕呱呱叫”，还吃了清真馆的“葱油煎饼”和“羊肉汤”。之后，勖哉拉着辉麟登上了仓城的城墙瞭望。尽管此时是萧条的冬天，但前几日那场瑞雪还是把松江府城和仓城装点得格外素雅而美丽。

明清时包含仓城在内的松江府城，还是华亭县和娄县的县城。城内有府署衙门和两县的县署衙门，另有城隍庙、祠堂、宗庙、学院、书院、道观、禅寺、教场、兵营、军仓等；街巷有府前街、竹竿汇、黑鱼弄、中心弄、庙前街、莫家弄、百岁坊、长桥街、白龙潭、青松石、西塔弄、九曲弄、王家滩、秀南街、仓城街、仓南弄等一百五十八条。直到进入民国时期，这里的一切都没有太大的变化。

仓城的由来要追溯到明宣德八年（1433），松江府城十里长街以西不断建造大型粮仓——“水次西仓”，座座粮仓连成一片。到了嘉靖年间，水次西仓另建起一座周长二里、高一丈八尺，也开设了四座城门和护城河的仓城，从此伫立在松江府城城墙西侧。仓城不仅成为明朝漕粮的重要储藏地，也是向京城漕运粮食等货物的始发地。为此，松江府城不断向西延展，又新建了一座城，人们都称之为“仓城”。由于仓城一带河流纵横交错，沿老市河而建的桥梁、宅第、店铺、庙宇鳞次栉比，这里也成为当时松江府城西、谷阳门外又一市井热闹中心。

勖哉还真的对松江府城和仓城的历史了解不少呢，看来我的夫君不是一个浪荡的公子哥，辉麟想。辉麟已经知道，勖哉在家里不仅和阿爸一起打理照相馆的生意，还是店里的主要摄影师。勖哉还说，过两年准备收回两个门面，将照相馆再扩大一倍，他要做成松江最大的照相馆。平日里，勖哉还经常写书法、读书，尤其喜欢读一些介绍历史和断案方面的书，为此，城里很多人都来找他写诉状。婚后几天相处下来，辉麟已对这个原本陌生的男人自然而然有了好感和喜爱，有了要一生相托的感受了。

4

谷阳门外松江府城西延的府前大街的西外大街一直是个商业繁华的地段。在这片热闹区域内有大大小小二十余家餐饮店，如成隆兴、震源馆、小李生、小广东、稻香村、草庐酒家、松鹤楼、迎宾楼等。

“辉麟，你知道这里的哪家餐馆最有名吗?”

“这个我知道，听阿爸说过，好像是松鹤楼和迎宾楼最有名。阿爸曾说过有机会带我们全家去这两家各吃一次，可最终阿爸没有实现他的诺言，就早早地离开了人世。我知道，这当然不是阿爸没有找到机会，而是家里没有这个经济条件，他和阿妈一直都在节俭生活，我们也一直没有提过这事。”

“是的，这两家酒楼均为来自无锡的吴荣茂创立的近百年老店。这两家酒楼的菜肴和点心确实都很名贵，品质也是松江一流的。我们来得也不多。不过，现在是我们的新婚蜜月，今天午饭我们就先去松鹤楼小吃一下，你同意吧?”

“好的，我是你的妻子了，我乐意听你的安排，刚好也让你来完成我阿爸曾经的许诺，不过以后有机会你还要请我们全家分别到这两个著名酒楼里吃一顿。”辉麟说完这话，双目凝视着勖哉，那充满温情和深情的目光中闪烁着幸福与快乐。

“我年轻美貌的新娘，给了我这么大的荣光，我当然要好好珍惜一个个美好机会。”

“我说勖哉，看上去你是一个有情有义的诚实人，我一向直言不讳，你对我一切的好，我都会记在心中，但我所说所做的不妥之处，你可要多原谅，毕竟我是一个女流之辈哟！不过，今天中午我还真的想尝一尝这松鹤楼里的美味，只好让我的夫君先破费一下了。哦，我们不回去吃午饭，你说过了吗?”

“那是当然，一大早我就向阿爸阿妈报告过了，他们让我带你好好自由放松一下呢。他们都说这几天的许多礼节，一定让我们感到很累的。”

中午十二时，辉麟和勖哉来到了位于高家弄口与百岁坊之间的松鹤楼。其实松鹤楼并不太大，也就是一幢两大开间门面砖木结构的两层楼，但这楼的里里外外透露着精致、典雅和高贵。那江南水乡青砖、白墙、黑瓦、飞檐的外观，那宽大精致的厅堂、雅室，那纯木质茶色基调中的雕梁画栋，处处彰显着松鹤延年。

“松鹤楼知名的食品有焖肉、爆鱼、虾仁、炒鳝糊，还有白斩鸡过桥面、鳝丝浇头面、红白鲜双交面，最著名的是‘松鹤楼汤包’。汤包外观洁白、油亮、饱满，包子的上端如花蕾，每个都是十八褶以上，皮薄汁多、馅味鲜美自然是不用说。一般店家在汤包蒸格中使用席草作衬垫，而松鹤楼却采用松针作垫，所以包子出笼时带着一股独特的清香，格外引人垂涎。”

这一顿丰盛的午餐，让辉麟尝到了有生以来最有口味和品位的美食。勖哉看着妻子辉麟有滋有味地吃着，打心里万分开心！

第三章
景贤回眸

1

辉麟和勖哉美美地离开松鹤楼，沿着府前大街向东继续逛着，来到了距云间第一楼不远的景贤女子学校。说起这景贤女校，故事就多了。这是辉麟以及姐姐兆麟人生启蒙的地方。辉麟拉着勖哉的手，在校门前沉思了良久。辉麟九岁丧父，全家生活仅靠阿妈做小儿推拿艰苦维持。辉麟的舅父也是私塾先生，他见姐姐一人独挑重担压力太大，便将兆麟和辉麟带到自己家中，一边授以她俩启蒙课本、教其识字，一边让她们帮助料理家中一些力所能及的家务。好在舅父家离姜家不远，姐姐兆麟还能时常回家帮阿妈做些家务。因此，姐妹俩自小便养成了热爱学习、热爱劳动、刻苦耐劳并富有正义感的个性。

辉麟十二岁时，和姐姐兆麟去大街上为舅母买东西，看到一群小女孩每人背着一个小挎包走进了一个挂着“景贤女校”招牌的大门，她很是好奇。

“阿姐，这些小囡囡是去干吗，这景贤女校是做什么的？”

“这些小囡囡是上学堂读书的，这景贤女校是专门为女孩子开设的学堂。听说，在这个学堂里可以读好多书，学到好多有用的知识和技能呢。”

“那我们为什么不去这里读书？我要去，姐姐你也去。”

“这学堂不是你想去就能去的，去这里读书要好多钱的，我们家现在拿不出这么多钱。辉麟，我告诉你，回家千万不要在阿妈和舅父面前提出要去女校读书的事，我们家是拿不出这钱让我们进学堂的，阿妈已经够苦够累的了。”

辉麟听姐姐这么一说，也只能眼巴巴望着“景贤女校”四个字，轻声且不太情愿地说：“听你的，姐。”

不过没过多久，一个特好的消息来了！

一个阳光灿烂的中午时分，阿妈带着兆麟和辉麟来到她们的舅父家，当着辉麟舅父的面说：“现在我郑重地宣布，经过你们舅父和我真诚地向景贤女校校长丁月心恳求，丁月心校长已同意兆麟、辉麟姐妹俩一起免费入学了。”

辉麟和兆麟当即兴高采烈地跑过去紧紧拥抱住阿妈，流着热泪激动地喊着：“谢谢阿妈！谢谢阿妈！”

“别光谢我，舅父、舅母就不谢了？这么多年舅父、舅母疼你们，爱你们，教你识字、做人、做事，还不快去谢过舅父、舅母。”

“谢谢舅父、舅母多年的养育和教诲！”辉麟和兆麟自然是恭恭敬敬地跪拜在舅父和舅母前致谢。

“‘女子无才便是德’那都是重男轻女的封建老思想，这两个孩子都非常聪明好学，有机会进女校这样的新学堂自然是再好不过了。我非常高兴，非常支持她们上女校。我也非常感谢丁月心校长的大恩大德。你们两个囡囡去女校，是我向你们的阿妈建议的，也是我和你阿妈一起去向丁校长请求免费入学的。你们去女校将会学到在我这里学不到的许多东西。”舅父一边说，一边把姐妹俩拉了起来。

2

进入景贤女校，辉麟和兆麟才算大开了眼界。女校开设了国文、数学、英文、图画、刺绣及自然科学等课程，并分为一、二、三、四级，老师由浅而深地递进式教学。有了这样一个得来不易的读书环境，辉麟和姐姐倍加刻苦，常常一起挑灯学习到深夜，孜孜不倦。在景贤女校，辉麟和姐姐一样，不光学到了很多有用的知识，还在与丁月心校长的交往中，从她身上学到了课本学不到的东西，那就是无怨无悔、竭尽全力教育救国的信念和追求。姐妹俩都对丁校长无比敬仰和崇拜。

丁月心，又名金兰，松江府金山县朱泾镇人，因明辨事理、处事果断，被人尊称为“兰姑”“兰姐”。她出身于一个大地主家庭，家里有农田两千多亩、佃农数百户。丁月心嫁与松江后岗一吴姓人家，便成了松江的媳妇，之后又迁至松江城西秀野桥附近居住。早在丁月心未出嫁之前，朱泾镇黄公续、高吹万、沈镜贤等人已在家乡创办了明强小学，分南北两校部，南部专收贫苦农家子弟。为方便南北学生往返学校，他们还在市河上架设了一座木桥。学校成绩斐然，培养了大批人才。但是，这个学校只招男生入学，将女子排斥于外。丁月心嫁到松江后不久，就有心创办一所女子学校，只不过丈夫身体不佳，一时间不得实施。

后来，丁月心的丈夫一病不起，不久便撒手人寰。然而，丁月心没有因丈夫去世而放弃自己对教育的热爱，她看到无数无法入学的女童，感到心酸。最终，丁月心毅然做出决定，摒弃富裕的家庭生活，冲破封建习俗的桎梏，走出家门去从事社会教育事业。丁月心原准备先筹建农场，奠定创办学校的资金来源，却被丈夫的族人以“毁祖业”之名加以阻止。无奈之下，丁月心来到湖州，在福音医院做管理工作。经过一段时间的游历，丁月心越发感到教育才能救国，于是又回到松江，在松筠女子刺绣学堂从事教育工作。

清光绪三十一年（1905）秋时，姚文蓥、宋占梅夫妇捐资创办松江景贤女校。丁月心被聘为女校的国文教员兼校务管理，她办事热心，工作负责，深为姚氏夫妇所倚重。第二年深秋，正值景贤女校草创未就之际，校长宋占梅因病去世。妻子过早离世，心灰意冷的姚文蓥已无心办校，无奈之下也离开松江，将校务完全托付给了丁月心。

当时受封建传统思想影响，大多数家庭都不赞成女子入学，景贤女校的生源一直不足。丁月心接管景贤女校后，除了先后开设国文、数学、英文、图画、刺绣、自然六个学科课程，聘请著名学者马君武、王季梅等来校任教，还让自己的女儿吴采芝首先来上学，作为倡导，并竭力动员亲戚朋友送女儿入学，并制订了家境贫寒者可豁免学费等入学措施。于是，景贤女校的学生数量很快得以增加，学校成立两年时已达 120 多人。三年之后，景贤女校已增设为四个年级。至此，女子入学读书的风尚开始在松江掀起了热潮。

辉麟和兆麟入景贤女校读书的梦想，也是在这样的热潮推动下才得以实现的。而辉麟和兆麟那聪慧好学、热爱劳动、善于奉献、团结友爱的精神和行动，也是格外让丁月心校长喜欢和推崇的。

3

四年求学的松江景贤女校，对于辉麟这个原本不谙世事的女孩来说，不仅是知识的摇篮，也是她认识这个时代、这个社会的窗口。从十二岁到十六岁，对一个女孩来说，正是天真烂漫的花季年华，但此时的这个时代和这个国家，却一直被笼罩在乌云翻滚、激流涌动、烽火狼烟、浊浪排空的时日里。

在四年的学习中，辉麟从老师们那里知道了清道光年间林则徐“虎门销烟”的故事，知道了英法两国对中国发动的两次侵略战争“鸦片战争”，知道了软弱的清政府与俄、英、法等国签订的不平等条约，知道了金田起义和太平天国；还知道了她出生的 1897 年德国强占山东胶州湾和 1900 年八国联军大规模的侵华战争，知道了 1905 年中国同盟会成立并发动武装起义救国救民，知道了 1912 年 1 月中华民国正式建立，知道了以北洋军阀为代表的各路军阀勾结美、英、日等外国列强长年相互征战给中国带来的水深火热、民不聊生……尽管当时年少的辉麟对“国家大事”还只是一知半解，但这些在她的心灵里悄悄地埋下了“这个世道需要将它砸烂”的思想种子。

在景贤女校时，辉麟对时事似懂非懂，但说起印象深刻的时代大人物，一定是孙中山。因为那时无论是校长丁月心和上课的老师，还是报纸杂志抑或街头巷尾的百姓，大家谈论最多的都是孙中山先生，大家称赞和竖大拇指最多的也是他。当然，让辉麟最难忘、最激动的一次还是她在景贤女校见到了孙中山。虽然她只站在人群的外围，但是她仍然看到和感觉到了那一股气魄和气概。

1911 年 10 月 10 日武昌起义胜利后，全国各地纷纷举起反清的旗帜，孙中山在美国闻讯，立即在欧美开展外交活动，争取各国支持。1911 年 12 月 26 日孙中山来松江考察，发表演说。

这一天，孙中山从上海乘坐“安靖”号轮船，经米市渡进入大涨泾，在马路桥上了岸。孙中山是骑马进入松江城的，沿途的民众欢声如雷，掌声经久不息。孙中山频频向民众挥手致意，然后折入西门大街，下榻在民族英雄陈化成的祠堂。次日，松江的天空雪花飞舞，孙中山不顾天气严寒，冒雪来到清华女校发表演说，并与师生们合影留念。演说完毕后，清华女校校长夏允麟将受邀在场的景贤女校校长丁月心引荐给孙中山。

夏校长简要介绍了丁月心“割产助学、身心付交”的义举：“丁月心在办学过程中，累计共捐资一万二千六百余元，她先后变卖田产二百余亩，还典卖嫁妆饰物，以致族人都骂她是‘败家精’，丁月心可以说是散尽家财。”孙中山听闻后感慨良深，亲自视察了景贤女校，并挥笔题写了“怀清台竣”匾额赠予丁月心，还与之合影留念。姜辉麟便有幸在学校见到了孙中山。随后，孙中山又在醉白池的雪海堂会晤了松江各界代表人士，丁月心作为学校校长、姜辉麟作为学生代表均聆听了孙中山的精彩演讲。

丁月心听了孙中山在雪海堂的演讲后，更加意识到教育的重要性，进一步立下了变卖家产以加大教育投入的决心。而姜辉麟受孙中山激昂演说的感染，小小少年的心灵深处顿时涌起了一股长大以后也要融入这时代洪流去战斗的信念和舍身报国的冲动……

景贤女校的名声越来越响，松江内外想入景贤女校读书的女孩越来越多。校长丁月心不负誓言，为了办好和壮大景贤女校，四处奔走，竭力筹资，而且变卖了家中所有财产来增添教室和教师。为了方便学生就近入学，她还创办了景贤女校城东分校。尽管后来她在百般努力下，争取到了教育部的教育补助，每年给学校拨发四百二十块银元，但这点补助对教育投入来说只是杯水车薪，学校的运转越发举步维艰。然而就在这时，在她竭力劝说下才同意去比利时留学的爱女吴采芝患上了严重的肺病，回国不久便不幸离世。

当初，由于国内多年来一直处于军阀混战、烽火狼烟之局面，丁月心便想送女儿吴采芝去欧洲深造，但是女儿一方面自觉身体娇弱，另一方面舍不得离开母亲远渡重洋，丁月心晓之以理：“国事如此，你应该去更好的环境深造学习，以图学成回来报效国家，如此儿女情长，则家国还有什么希望啊！”采芝深受母亲的教诲启发，鼓足勇气出国留学，没想到命运之神却对她如此不怜惜。亲朋好友责备丁月心，说她不该送年龄小而体弱的采芝出洋留学。无奈之余，丁月心痛不欲生地说：“我怜我弱女，更怜我弱国。我希望女儿学成归来报效国家，岂料她竟如此早逝呢？”

此时，辉麟和姐姐兆麟都已毕业，但在吴采芝安葬后，姐妹俩依然来到景贤女校，陪着丁月心痛哭了一个下午带一个晚上。

从景贤女校初小毕业的辉麟，再度回到舅父家，一边帮助家里做些家务，一边请丁月心帮忙找来些男孩子才能读的初中课本自习，不懂处或是请教舅父，或是晚间去找丁校长。辉麟孜孜好学的态度，也着实感动着舅父和丁月心。就这样，辉麟常常是夜半三更还专心在一豆灯火下苦读。三年之后，辉麟充实而快乐地自学完了初中课程，同时她已在城东的景贤女校分校担任校务管理兼教师了。

丁月心面对爱女的忽然离世、家人的恶语相向，再加上军阀混战、民不聊生的社会态势，办学经费的筹措越来越难，她可谓心力交瘁，以致不久便生了一场大病。当自觉实在不能再主持景贤女校时，她万分留念地将学校和校长之务交给了沈瑞贤。

第四章 聆听风雷

1

辉麟嫁到黄家后，包括黄勖哉在内的黄家人对她都很好。辉麟自然也知情达理，努力做好自己应该做的事，一家人和和睦睦，小夫妻日子也过得甜甜蜜蜜。平日里，黄勖哉打理他的照相馆，她有时也过去打灯光、拿物品；阿公有事要外出，她也会帮助照应一下油漆店。因娘家离得不远，辉麟也会抽空或闲时去帮阿妈做做家务，和姐姐弟弟们说说家常话。

家庭生活是一团和气，但社会

的动荡不安，特别是第一次世界大战的爆发和国内军阀混战，给包括松江在内的中国社会经济和民众家庭生活带来了巨大的影响，百岁坊黄家照相馆和油漆店的经营也不例外。战火烈烈、兵荒马乱、四处抓丁、家破人亡、妻离子散之形势、之惨状，“小女子”姜辉麟听在耳里，看在眼里，记在心里。

辉麟清楚地记得5月26日这天，那还是婚前，是她第一次从心底涌现家国情怀的日子。那天下午三点多钟，辉麟正在府前大街上买日用品。忽然，有报童在大街上大声叫喊：

“卖报，卖报，最新新闻快报！袁大总统与日本签订了《中日民四条约》，快看！快看，《申报》刊登中华民国最大新闻，袁大总统与日本签订了《中日民四条约》！”

一时间，松江府前大街上、店铺里，大家争先恐后地买报、读报。

《中日民四条约》是日本提出对华“二十一条”之后，由袁世凯政府签订的《关于南满洲及东部内蒙古之条约》《关于山东之条约》等条约。这项条约签订的背景是1914年七八月间第一次世界大战爆发，英、法、德、俄等欧洲主要国家相继卷入战争，美国并未立即参战，但注意力已转向欧洲战局。日本认为这是独占中国的大好时机，首先以参战为名出兵中国山东，夺取了德国在山东的侵略权益，接着又于1915年1月18日直接向袁世凯北洋政府提出企图独霸中国的“二十一条”要求。

“二十一条”分为五号：第一号要求继承德国在山东的一切权利并扩大之；第二号要求扩大在南满、东蒙的各种权利；第三号企图控制汉冶萍公司；第四号要求中国沿海港湾岛屿概不租给或让与他国；第五号要求中国中央政府聘用日本人为政治、财政、军事顾问，等等。日本公使日置益要求袁世凯接受这些条件，并绝对保密。袁世凯决定与日本谈判，以最小代价了结此案。从1915年2月2日开始，外交总长陆征祥、次长曹汝霖等与日置益、日本公使馆参赞小幡酉吉等人开始秘密谈判。在谈判中，中方代表对日本的要求有所抵制。日方则是不断使用外交讹诈、武力恫吓等相威逼。4月26日，日本代表提出了“最后修正案”，做了些小让步。

然而，国内反对“二十一条”的呼声日渐高涨，广大人民群情激愤。5月1日袁世凯提出修正案，仍坚持自己的立场。之后，日本政府删削了第五号要求，并于5月7日向袁世凯政府发出最后通牒，限9日午后6时前答复。袁世凯最后妥协，接受了日本提出的条件，并于25日与日本正式签订了《中日民四条约》。

这条约的大概内容是：一是承认日本继承德国在山东的一切权益，山东省不得让与或租借他国；二是承认日本人有在南满洲和内蒙古东部居住、往来、经营工商业及开矿等特权，旅顺、大连的租借期限并南满、安奉两铁路管理期限，均延展至99年为限；三是汉冶萍公司改为中日合办，附近矿山不准公司以外的人开采；四是所有中国沿海港湾、岛屿概不租借或让给他国，等等。

“这明明就是丧权辱国的不平等条约，怎么就这样糊里糊涂地签了……”

“强盗逻辑，中国人怎么这样好欺负？袁世凯一定是为了保住自己的权位，才签订这样丧权辱国的不平等条约。”

“这真是十足的强盗，这是中华民国的耻辱，这还让不让我们中国人活了！”

……

辉麟年轻且不懂政治，但当她看了报纸，看到大街上许多人都在大声怒骂日本的强盗行径和软弱的北洋政府时，她身上中国人应有的民族血性和爱国情怀，油然而生……

2

自古虽有“天下兴亡，匹夫有责”的箴言，但婚后的姜辉麟此时还是一个迷茫于世的局外人，也只能存几多听天由命之长吁短叹。“我们是平民百姓，过平民生活，可家是一个永远的港湾吗？”夜深人静时，辉麟时常在心里叩问着一些自己无法回答的问题。

《中日民四条约》签订之后，1915 年 12 月，袁世凯复辟帝制，准备成立中华帝国，以 1916 年为洪宪元年，行君主立宪政体，拟于 1916 年 1 月 1 日举行登基大典。

孙中山等革命先驱坚决反对帝制，北洋将领段祺瑞、冯国璋等也深为不满，段祺瑞当即致电袁世凯："恢复国会，退位自全。"1915 年 12 月 25 日，蔡锷、唐继尧等在云南宣布起义，发动护国战争，讨伐袁世凯。随即，贵州、广西相继响应。1916 年 3 月 22 日，袁世凯被迫宣布退位，恢复中华民国，起用段祺瑞为国务卿兼陆军总长，企图依靠段拉拢北洋势力，压制南方起义力量，但起义各省没有停止军事行动。5 月下旬，袁世凯已忧愤成疾，患上尿毒症，6 月 6 日不治而亡，时年五十七岁。

袁世凯死后，原副总统黎元洪继任大总统，宣布恢复约法，召集国会，但实际权力则为国务总理、皖系军阀段祺瑞所掌握。黎元洪不甘于受摆布，从而形成"府院之争"，引发张勋复辟，但不久便被段祺瑞镇压。段祺瑞利用张勋之事逼迫黎元洪辞职，由冯国璋进京代行大总统之职，段祺瑞复任国务总理。其实，段祺瑞还是大权在握，独断专行。随后经过国会补选，直系军阀首领冯国璋为副总统。

如此动荡不安的国之乱象，姜辉麟虽耳濡目染，但这些"国之大事"岂是平民百姓中一弱女子能弄得懂、管得了的呢？春日花开，夏日蝉鸣，秋日落叶，冬日结冰，百姓人家的日子还要一天天地往前过。

时光流进 1919 年阳春三月春花烂漫时，姜辉麟已经是两个男孩的母亲了。此时，她的小儿子已一岁多，能学着走路，她也在姐姐兆麟的推荐下，来到了景贤女校东门分校任教。辉麟要有一份自己的工作和属于自己的空间，对此，丈夫勖哉也很是支持，两个孩子由阿奶和一女佣照应着。

3

1919 年 5 月 4 日，是中国历史特别记载的一个日子。 5 月 5 日下午，辉麟所在的景贤女校东门分校传来了北京爆发的“五四运动”风雷声。 下午放学后，包括兆麟、辉麟姐妹俩在内的教职员工一起围着《每日评论》头版头条刊登的“五四风雷”重大新闻议论着。

5 月 4 日，北京爆发了以青年学生为主的大规模学生运动，已引发成各界群众、工商人士等广泛参与的以示威游行、请愿、罢课、罢工等多形式开展的爱国运动……

事件起因是：1919 年 1 月，第一次世界大战战胜国在法国巴黎召开所谓的“和平会议”，中国作为一战协约国之一参加了会议。 中国代表在和会上提出废除外国在中国的势力范围，撤除外国在中国的军队和取消“二十一条”等正义要求，但西方列强不顾中国也是战胜国之一，拒绝了中方代表提出的要求，竟然决定将德国在中国山东的权益转让给日本。 此消息传回国后，北京学生群情激愤，学生、工商业者、教育界和许多爱国团体纷纷通电，斥责日本的无耻行径，并且要求政府坚持国家主权。

在这种情况下，巴黎和会的中方代表提交了关于山东问题的说帖，要求归还中国在山东的德租界和胶济铁路主权，以及废除《二十一条》等不合法条约。 但最终，英、美、法、日、意等国不顾中国民众的抗议呼声，依然在 4 月 30 日签订了《协约国和参战各国对德和约》，即《凡尔赛和约》，将德国在山东的权利转送日本。 北洋政府屈服于帝国主义的压力，居然准备在和约上签字。 巴黎和会上北洋政府的外交失败，直接引发了中国各界民众的强烈不满，继而爆发“五四运动”。

5 月 4 日当天，北京大学等三所高校的 3000 多名学生代表冲破军警阻挠，云集天安门，他们喊出“誓死力争，还我青岛！”“收回山东权利！”“拒绝在巴黎和约上签字，废除二十一条！”“坚决抵制日货！”

“宁肯玉碎，勿为瓦全！”“外争主权，内惩国贼！”等口号，要求惩办交通总长曹汝霖、币制局总裁陆宗舆、驻日公使章宗祥。学生游行队伍移至曹宅，痛打了章宗祥，北京高等师范学校数理部的匡互生第一个冲进曹宅，并带头火烧曹宅，引发“火烧赵家楼”事件。随后，军警赶到镇压，并逮捕了学生代表32人。烧掉赵家楼的学生游行活动受到广泛关注，各界人士给予关注和支持，对逮捕学生提出抗议，北洋政府颁布严禁抗议公告，大总统徐世昌下令镇压。

“北京学生做得好，我们上海、松江的学校也要响应，也要上街游行！”在场的姜兆麟、姜辉麟等教职工们个个义愤填膺……

4

当天晚上，两个孩子都睡下以后，辉麟拉着勖哉到书房一起讨论五四运动，她激动万分地一遍又一遍地读着报纸上刊登的5月4日《天安门大会宣言》：

> 呜呼国民！我最亲爱最敬佩有血性之同胞！我等含冤受辱，忍痛被垢于日本人之密约危条，以及朝夕祈祷之山东问题，青岛归还问题，今日已由五国共管，降而为中日直接交涉之提议矣。噩耗传来，天暗无色。夫和议正开，我等所希冀所庆祝者，岂不曰世界中有正义，有人道，有公理，归还青岛，取消中日密约，军事协定，以及其他不平等之条约，公理也……夫山东北扼燕晋，南控鄂宁，当京汉津浦两路之冲，实南北咽喉关键。山东亡，是中国亡矣。我同胞处此大地，有此山河，岂能目睹此强暴之欺凌我，压迫我，奴隶我，牛马我，而不作万死一生之呼救乎？……夫至于国家存亡，土地割裂，问题吃紧之时，而其民犹不能下一大决心，作最后之愤救者，则是二十世纪之贱种。无可语于人类者矣。我同胞有不忍于奴隶牛马之痛苦，亟欲奔救之者乎？则开国民大会，露天演说，通电坚持，为今日之要著。至有

甘心卖国，肆意通奸者，则最后之对付，手枪炸弹是赖矣。危机一发，幸共图之！

也就是这一天晚上，辉麟忽然觉得，自己虽只是一名普通百姓、一个弱女子，但面对国家和民族的危难与生死存亡，也不能置身事外；她感到，自己的灵魂受到了《天安门大会宣言》的深刻洗礼！

“勖哉，我今天才知道‘天下兴亡、匹夫有责’的真正含义。原来，普通的学校学生、老师、工人都可以融入革命洪流中去，都可以参与到拯救国家命运之行列中去。一个人的力量是有限的，而万众齐心的力量一定强大无比……”

“五四风雷”继续向全国各地轰然滚动，姜辉麟不知不觉开始格外关注时事，特别是五四运动之后的新闻。

1919年5月11日，上海成立学生联合会。5月14日，天津学生联合会成立。广州、南京、杭州、武汉、济南的学生和工人也给予支持。

5月19日，北京各校学生同时宣告罢课，并向各省的省议会、教育会、工会、商会、农会、学校、报馆发出罢课宣言。上海、天津、南京、杭州、重庆、南昌、武汉、长沙、厦门、济南、开封、太原等地学生在北京各校学生罢课以后，先后宣告罢课，以支持北京学生的斗争。

6月3日，北京数以千计的学生涌向街道，开展大规模的宣传活动，被军警逮捕170多人。学校附近驻扎着大批军警，戒备森严。6月4日，学生再遭逮捕800余人，此间又引发了新一轮的大规模抗议活动。

6月5日，上海日商的内外棉第三、第四、第五纱厂和日华纱厂、上海纱厂以及商务印书馆的工人全体罢工，参加罢工的有2万多人。工人以大罢工形式响应学生的罢课和游行。6月6日、7日、9日，上海的电车工人、船坞工人、清洁工人、轮船水手相继罢工，罢工工人总数前后有六七万人。

上海工人大罢工波及各地，京汉铁路长辛店、京奉铁路及九江工人都举行了罢工和示威游行。自此，五四运动的主力也由北京转向了上海。其间，松江的所有学校都加入了罢课和游行示威的行列，景贤女校的全体教职员工也和松江各初、高级中学的队伍一起走上街头，姜辉麟和姐姐姜兆麟勇敢地走在游行队伍的前头，与大家一起高举标语旗帜呼喊着：

“中国的土地可以征服而不可以断送！”

“外争主权，内除国贼，中国存亡，在此一举！”

“中国的人民可以杀戮而不可以低头！同胞们团结起来！”

第五章 举家觉悟

1

“五四风雷”激起了北京、上海、广州等全国各地学生和工人反帝反封建的罢课、罢工、游行、请愿等爱国行动。同时，各地宣传、倡导妇女解放运动的热潮也如火如荼。这热潮在松江县城的姜家也引起了强烈反响。

7月盛夏的一天，兆麟、辉麟和母亲早早吃过午饭后，特地穿上比较明艳的服装去了松江城日常十分热闹的地方——醉白池。但今天，她们母女仨来这醉白池不是游山玩水的，而是为了两件十分重要的事。

第一件事：她们大大方方地来到了离醉白池不远的一家“兴隆剃头铺”，要将自己的发辫和发髻剪去，并下决心从此只留短发。她们接受了五四运动新风的吹拂，用实际行为策应和投身到新文化运动和妇女解放运动的热潮之中。

进入民国之后，在东南沿海的大城市和经济文化较为发达的中小城市，男人大多已剪去了长辫子。原来留着长辫子男人日常只需修修面，刮刮胡子，头发基本不用去剪，变成短头发后就得经常去剪理。由此，剃头业很快发展起来。原来剃头师傅的“剃头担子”，纷纷进入室内转变成所谓的“厂子铺”，人多、生意好的“厂子铺”，在房厅内可以同时有几个师傅分别为客人进行细致的剃头作业。

“呦！多日没到这边来，这‘兴隆剃头铺’已改名为‘兴隆理发店’了，还真是赶时尚。”辉麟抬头望了望门店的招牌，对兆麟大姐挤眉弄眼地说道，带头进到店内。

进门一眼看到的，是两把相隔一定距离的固定式靠背椅子，椅子对面的墙壁上分别对称地挂着一面方形的大镜子。站起来相迎的理发师，一个看上去四十多岁，一个二十来岁，像是父子，也可能是师徒。理发师穿的不再是原本的青布或蓝布围裙，而是一种漂白洋布围裙了。

“这还都配套上了，大姐，我看这一定也是那五四新风吹来的。大师傅好！你家的这铺子已不叫‘兴隆剃头铺’，而叫‘兴隆理发店’了，这名称真的很好。今天，我和阿姐、阿妈来这里，是请大师傅为我们理发的。也就是请大师傅将我们母女仨的发辫和发髻剪去，然后再修剪成漂亮的齐耳短发，可以吧？”

一向不爱多说话的辉麟，今天怎么这样敢说、会说？！第一次见她这样，兆麟和母亲都很吃惊。

松江虽然有理发店已四五年了，男人们也可以自由随意地来理发，但兴隆理发铺还是第一次遇到女子来理发，而且是母女仨一起来的。

“我也赞成五四运动反对封建，这剪发、理发是可以，但这长长的、漂亮的大辫子，剪了还真是太可惜。还有，老太太这么好看的一个发髻剪掉，我看那更是可惜了。”

母女仨都听得出理发师说的是真心话，但辉麟连忙接过话头：“大师傅，你就不要替我们可惜了。我和阿姐、阿妈本可以自己在家就把辫子和发髻剪掉，今天特地来你这里剪发，就是要请你把头发剪理得更漂亮，就是要让松江城的男男女女老老少少，看到我们剪去辫子和发髻后，变得更精神、更漂亮，还请大师傅你多用心哟！”

第一个开始剪发的是辉麟、兆麟的母亲倪振尧。“嚓！嚓！嚓！”理发师拿着剪刀开始操作了。兆麟、辉麟姐妹俩在一旁不时地指点着。不一会儿，理发铺门口便不时有人伸头看几眼。等到兆麟剪发时，门口已围了不少人来争相“观赏”了。

兆麟、辉麟和母亲全部剪理完毕后，对着大镜子将齐耳的短发用手理一理、甩一甩，感觉都很满意，付过理发费，便一起大大方方地走出理发室，兴高采烈地一路沿着大街向更热闹的醉白池前行。如此这般都剪着短发的一老两少三位女性走在大街上，一路上引得许多人停下脚步观看，也引得人们三三两两地在一起嘀嘀咕咕、指手画脚，甚至不时有人在说：“这三个女的，是不是庙里出来的尼姑？”

2

而母女仨不管他人怎么看她们、说她们，依然是满面春风，满怀自信，一路有说有笑地行进着。今天，她们要做的第二件重要的事，就是去醉白池参加一场倡导“天足”的宣传演讲活动。因为，她们都是中国天足会松江分会的成员，有责任、有义务现身说法，向大家讲解封建礼教对女性的迫害，宣传天足和放足的好处，促进妇女早点解放。

醉白池，不只是一个池，而是一个占地 5 公顷的古代园林，是与上海豫园齐名的古典园林。这园林的前身为宋代松江进士朱之纯的私家宅园，名叫“谷阳园”。后历代在“谷阳园”的基础上都有所扩建。到了明朝末年（1644），松江著名书画家、礼部尚书董其昌在这里建造了厅堂、亭台等建筑，时常聚集一些文人雅士在此吟诗作赋。清康熙年间，又有著名画家顾大申将此处列为私人别墅重新加以修建。醉白池古木葱茏，有堂、轩、亭、舫，榭等，曲栏横槛、回廊曲径、古色古香，特别是以700平方米长方形荷花池为中心的三面曲廊亭榭，晴雨皆可以凭栏赏景。这里四季游人如织，尤其盛夏之时更是人们纳凉、游玩的佳处。这次提倡天足会宣讲活动选择在此举行，自然是看中这里的人气之足。

其实在民国伊始，妇女解放的风气便渐开，上海、天津等一些开埠的大城市相继有天足会一类组织出现。1917年辉麟就曾和姐姐兆麟一起相约好友朱雅雄等，组织成立“中国天足会松江分会”。可是后来社会动荡，她们也就没有连续地做宣传活动。如今，借五四运动的东风，她们商量一定要好好发挥“中国天足会松江分会”的作用，好好宣扬“天足”的自然美。

兆麟、辉麟的好友朱雅雄等松江天足会宣讲团队的成员，相继来到醉白池一处绿树掩映的空旷之地。大家见到母女仨都剪了短发，先是差点认不出，后是惊讶地直竖大拇指。天足会活动首先是大家一起在醉白池公园内外大量散发宣传单，传单上还注明了下午在醉白池举行“反对残害女性，提倡保留天足”宣讲会的时间。此时，醉白池公园已聚集了许多市民。

下午三时半，宣讲正式开始。姜辉麟第一个手持铁皮喇叭，登上一块平卧的假山石上，开始发声：

“同胞们，亲爱的女同胞们！我是中国天足会松江分会的会员，我叫姜辉麟，我的姐姐叫姜兆麟，我的阿妈叫倪振尧，她们今天也来到了现场，我们就住在松江城内，我们都是松江人。缠足，也就是裹小脚，大家都知道吧！缠足到现在已有上千年的历史了，从古到今为什么会有许多人以缠足为美，而且是以缠裹成‘三寸金莲’为最美，这真的很美吗？ 不，这是封建礼教的罪恶，这是封建男权思想作怪，这是他们故意让女性行动不便，是他们为了更大程度地限制女性的自由。旧时，不缠足，就会被人讥笑，就会被人视为‘粗野’，就会被人认为‘不贤淑’。 我的阿妈和阿姐是离我最近和我最亲的人，但她们也是天下许许多多受尽缠足之害之痛苦者之一，下面就由我阿姐姜兆麟，以自己缠足之苦，来向大家控诉一番封建礼教的罪恶。”

兆麟很是费劲地将一只小脚搭上假山石，在辉麟的拉扯下才颤颤地站在大石上，不时地抬起小脚讲说着：“各位老少爷们，女同胞们，我叫姜兆麟，我五岁时，爷爷、奶奶催促我阿妈让我裹脚。 每天替我裹脚的叫王妈，王妈倒是一双大脚。 那长长的匹布条儿，每天裹得我好痛。 每天早上起来，就要裹脚，先将裹脚布解开，那条裹脚布解也解不开，已经带着红黑色了！ 王妈慢慢地用水浸湿了脚布，然后一层一层地将布解开去，将我的双足放在热水里涤。 有血的地方，她就洒些明矾上去。 我走路的时候，脚跟着地，脚趾朝天，一步一动，一动一摇。 步步将要跌倒，时时疼痛难忍！ 我的脚还终日发烧，我日夜地哭。 我羡慕男孩们的大脚，我羡慕王妈乡下人的大脚。 我既不能跑，更不能去玩耍。 我终日坐在椅子上，想东想西，痛极的时候，格外胡思乱想。 有时我将这对足，放在我双手之中，这可是同胞手足，同年同月同日同时生的。 现在手‘哥哥’，一天一天地长大，而足‘妹妹’，一天一天地萎小。 可是家里的长辈都劝我说：‘你不要哭，脚裹小了才好看，将来嫁得一个好婆家。’其实，这所谓好看的‘三寸金莲’是封建思想对我们女人的束缚，是对我们女人身心的严重摧残。这裹小脚难以想象的万般苦痛，真的是让我一生也除不掉……”

兆麟讲述了她的缠足经历后，说：“我的一双小脚不能站立时间太长，就简单地给大家先说到这儿了，我要坐下来休息一下了。”随后，她便坐在了假山石上。

紧接着，辉麟一跃上了石台，继续高声演讲着：“其实，我姜辉麟五岁时也缠过足，也经受过缠足的痛苦。我缠了一月不到，脚便被缠得血淋淋，早上缠，晚上缠脚的布带就变成黑色的了。起初，实在疼得难受时，晚上睡觉我就悄悄地将布带解下藏在被子里。我阿姐已缠足多年，她知道缠足是自己在作践自己，她知道我晚上将裹脚布拿掉，她没有告发我。后来这事阿爸和阿妈也知道了，阿爸受辛亥革命的影响，他明白我阿妈和我阿姐已深受缠足之害，只是轻描淡淡地说了我几句。有了阿爸、阿妈的庇护，我干脆白天也不缠足了。后来，我不缠足的事情被爷爷奶奶知道了，他们大发雷霆地'训诫'，但我就是死活不愿再缠足，他们也只能放任不管了。就这样，我姜辉麟幸运而成功地保留下一双能蹦能跳能跑的天生美好之足。大家也许不知，早在清末，已有不少有识之士倡导放足、不缠足；1912 年，临时大总统孙中山先生也曾下达过劝禁缠足之令。但是，现今有许多人仍是执迷不悟，仍然受到封建传统思想的毒害，仍然在遵守着这祸害中国妇女上千年之久的缠足陋俗。新的时代已经到来，我们呼吁和期盼更多的女同胞加入中国天足会松江分会……"

兆麟和辉麟姐妹俩的现身说法，控诉了缠足的毒害和苦楚，讲解了拥有"天足"的好处，在场的听者无不动容，无不感慨万分。

3

1920 年深秋的一天，辉麟和姐姐兆麟一起回娘家看望母亲时，在上海读书的大弟弟长麟（他步入学校读书时一直用"姜长林"之名）刚好也回来了。

"嘿！真是'士别三日，当刮目相看'了，阿妈和两位阿姐什么时候将发髻和长辫子都剪成短发了，好新潮呀！不过，这真的是清爽利索又好看。"长麟看到阿妈和两位阿姐第一眼时，便赞不绝口。

辉麟连忙接过弟弟长麟的话头："我说长麟呀，只允许你在'五四风雷'中'耀武扬威'，阿妈的发髻、我和阿姐的长辫子，也是被'五四风雷'刮去的，这事你不知道？"

“这我还真不知道，但我知道你们景贤女校的师生也参加了游行，我还知道你和大姐一起在醉白池等处参加‘松江天足会’的提倡天足演讲，你们的妇女解放宣传活动影响很大，上海的许多报纸都有大篇报道，报道中还特别提到两位阿姐的名字。”长麟说这段话时，两只大眼睛闪露着特别明亮的光芒。

接下来，兆麟和辉麟一起帮着阿妈做了一顿较为丰盛的午餐。一家人开开心心地吃完饭以后，坐在一起喝茶，不约而同地谈论起五四运动中罢工、罢课及游行之事。

谈论间，辉麟特别有意地问长麟：“我和阿姐在学校时，经常看到报纸上登载侯绍裘所写的有关‘五四风雷’的文章，还有他的许多特别报道。听说这位五四青年积极分子侯绍裘，就是我们松江城内的那个侯绍裘。他小时候常来我们家和你玩，我们也一起到他家玩过。这个侯绍裘还真厉害，真是好样的。”

说到侯绍裘时，长麟特别清了清嗓子，然后提高了嗓音说：“这个青年侯绍裘，就是我们松江城内你们都认识的那个侯绍裘。‘五四风雷’席卷到我们上海时，他可是表现最突出的勇敢者之一，这真是我们松江人的自豪和骄傲！”

辉麟的母亲当即接过话来：“这孩子，我知道，他家就在我们家以东四里路不到的丰乐桥（今谷阳北路东近中山中路口）东桥头，跟我们家平行的河边上。他家祖上有田有势，他的阿爸叫侯文轩，曾经是一名秀才，后来弃文经商，同别人合伙开了一个参药店。我们家和他们家来往较多。我记得绍裘这孩子比我们家辉麟大一岁，他幼时名叫‘鳌’。这孩子是皮猴子，但非常聪明，四五岁时就上私塾了。侯家的命运还真和我们家有点相似。绍裘这孩子十来岁时，他家参药店因战乱倒闭，他的父亲不久也生病去世，从而家道中落，他的阿母带着一男一女两个幼儿长期寄居在娘家，留下了小绍裘和他的姐姐，在保姆杨阿婆家过着粗茶淡饭的生活。幸好，这侯家还有一点田产收入，绍裘又好读书、学习，后来便进了松江华娄高小，听说再后来还以很好的成绩考上了江苏省立第三中学。”

姜长麟接着说：“侯绍裘读中学以后的事，你们就没有我知道得多了。绍裘的思想是受孙中山先生的影响，他热爱科学，憎恶迷信，特别喜欢有关科学和历史英雄的读物。他常常在作文簿的空页上画岳飞、文天祥等民族英雄。课余之暇，他常常谈论国家大事，在大庭广众间宣传孙中山先生的主张，切齿痛责北洋政府的丧权辱国。他的慷慨陈词和精辟议论，为同学们所钦敬。1915 年 5 月 9 日，袁世凯政府与日本签订灭亡中国的‘二十一条’。这消息一传到省立三中，侯绍裘便冲在师生们集会声讨袁世凯的游行队伍最前面。随后，侯绍裘还起草了‘抑制日货’的传单，他与几个同学一起捐钱买纸，刻写油印了许多传单准备向社会大众散发。但这事忽然被校长知道了，结果传单全被校长没收并烧毁了。为此，侯绍裘非常憎恨这胆小怕事的校长，当面和校长大吵了一架。侯绍裘从省立三中毕业后，又以全校第二名的成绩考入上海南洋公学（上海交通大学前身）的土木工程系。”

辉麟、兆麟及阿妈听得非常入神。长麟喝了口水，继续满怀激情地说：“北京的五四学生运动爆发后，上海全市 2 万多人在西门外公共体育场召开国民大会，并举行游行，侯绍裘和全校同学 600 余人走在队伍前列。5 月 11 日成立的上海学生联合会，成为组织领导上海学生从事爱国运动的机构，侯绍裘担任了联合会教育科书记。6 月中旬，全国学生联合会在上海成立，他又被聘为全国学联的文牍，负责起草宣言、口号、文电等。上海学生联合会响应北京学生罢课号召，全上海 50 多所学校 2.5 万名学生在公共体育场举行总罢课宣誓典礼和游行示威，侯绍裘积极参加了组织工作，并以极大的热情投入街头宣传队的演讲活动。6 月 28 日，是巴黎和会签约日，北洋政府代表团驻地被留学生包围，中国代表团最终发表声明拒绝在和约上签字。”

辉麟接着说：“我也知道，1919 年暑期期间，侯绍裘和长麟等青年自集资金，创办编辑了一份以工人为对象的《劳动界》油印刊物，通俗易懂、深入浅出地向工人群众宣传爱国思想等，继而逐渐宣传社会主义。这份小报每期1000份，除寄给工厂、工团订阅者，你们还到大街上分送。同时，你们一起又创办了上海工界第一义务学校（夜校），徐家汇一带的工人、店员和附近的一些农民，他们不管刮风下雨，每天晚上都要步行几里路到校上课。没有课本，你们自己编。其中，你们编写了《博物常识》，并搜集‘五四’以来有利于激发工人觉悟的100多篇短文合编成《国语文选》。”

“嘿！二姐，看不出来，你也在关心政治，关注这个侯绍裘，你怎么知道得这么多？”长麟很是惊讶地问二姐。

“侯绍裘是我们松江人，他是上海知名的学生领袖之一，我当然知道得多。不过，这些事大多是听大姐说的。”辉麟道。

大姐兆麟对辉麟会意一笑，看着长麟说：“长麟，我知道你和两个弟弟在学校都是学生运动的积极参与者：还麟参加了声讨丧权辱国的‘二十一条’和抵制日货的运动，还带头烧掉了校舍中的两件日本货；余麟也参加了学生罢课活动和松江学生联合游行；而你，在张泽小学任教时，因不愿留辫子而离开学校，为‘抵制日货’写传单，参加游行、演讲。也就是这时候，你遇到了老乡侯绍裘，从此你们俩便成为学生运动中的骨干、好友。国家有难，我也有爱国之心，我也支持你们的爱国行为，不过，社会动荡时期，你也要多注意保护自己，同时还要引导照应好你的弟弟还麟和余麟，他们很多方面还都不懂。”

面对大姐兆麟语重心长的教导，长麟不住地点头称是。

4

当天下午，大姐兆麟一边陪阿妈在各个房间整理家什，一边聊着家常。而辉麟却和弟弟长麟继续深入地说着有关他和侯绍裘的事。辉麟从长麟那里进一步得知，这位松江老乡侯绍裘曾经一度相信过无政府主义，还产生过搞暗杀的念头，他想弄个炸弹，去炸掉反动的军警界要人以及纱厂的日本老板，他想以自己肉体的牺牲来解除人民的痛苦。但在探求救国真理的道路上，现实教育了他，无政府主义不是真正救国之路。他如饥似渴博览群书，最后接触了马克思主义，特别是陈独秀等进步人士创办的《新青年》杂志，对他产生了重要的启迪。

这时，长麟从他的手提包里拿出一本油印杂志《问题周刊》继续介绍：1920 年暑期，侯绍裘、赵祖康、赵景云及姜长麟等 8 位青年，利用假期兴致勃勃地在松江办起了《问题周刊》。这份杂志以客观的眼光，从大处着眼，从小处说起，宣传社会革新，反对因循守旧，提倡科学，反对迷信。杂志的封面上印着一个大大的“?”，意思就是请大家听听道理，想想问题。

这份杂志被人们亲切地称为“耳朵报”。在《问题周刊》创刊号上，侯绍裘发表题为《我们对于社会的贡献》的文章，开宗明义地阐明办刊的目的：为了感谢工农大众的培养，要把自己所知道的世界上的事情介绍给大家。他指出：“世界是天天在那里进步的，顺着世界潮流是当然的事。”这本杂志到暑期结束，共出了 4 期，不仅在松江城营造出“社会革新”的舆论风潮，而且在上海及苏州等许多城市都产生了较大的影响。

对于《问题周刊》的成功创办和广泛影响，大家无比兴奋。侯绍裘带头与赵祖康、赵景云、姜长麟等同学一起，每天组稿、写稿、编辑、印制到深夜。不过再忙再累，大家也都不亦乐乎。可是，暑假一结束，南洋公学校方便以“举动激烈，志不在学”为由，勒令侯绍裘退学了。侯绍裘虽然被迫离开了学校，但大家都看清了当局压制学生运动的居心。大家虽然一时分离，却也更加坚定了同封建当局和专制集团继续斗争的决心……

这一天对姜辉麟来说，是非常充实而且十分有意义的一天。她不仅重新认识了松江老乡侯绍裘，十分钦他的新思想和敢担当，也重新认识了弟弟姜长麟，他也悄然成长为一个有新思想的革命青年了。更重要的是，她通过弟弟的介绍，心中仿佛打开了另一扇窗，而这一扇窗的外面仿佛是一方新的天地、新的世界。这一天晚上，辉麟带着弟弟长麟留给她的4本《问题周刊》回到自己家里，待孩子和丈夫都睡着之后，她兴致盎然地在厅堂一角，点上一豆灯火，连夜将4本《问题周刊》的每一篇文章都认真地读了一遍。

第六章 初识革命

1

1921年学校放暑假的时候，从松江景贤女子学校忽然传出了一条“松江景贤女子学校（私立）终因经费筹措等困难无法克服，即将宣告被迫停办”的消息。

这消息在向社会透露前，丁月心和沈瑞贤已特别召开了全体教务人员会议。当丁月心和沈瑞贤泪流满面地告诉教职工们景贤女校因经济告竭实在无法再办下去时，大家虽然非常了解并理解丁月心和沈瑞贤所承载的巨大苦衷和无奈，也知道学校此时向社会发布停办消息，是期望在下学期开学之前，有人能来接办景贤女校，但内心难免十分沮丧和悲叹。

这一天晚上，辉麟和兆麟一同离开学校时，天上看不见一颗星星，月亮也时隐时现地出没在一片片灰黑的云朵间，一路上姐妹俩没说一句话。景贤女校今后何去何从？我们姐妹何去何从？她们都不得而知。

松江景贤女校要停办的消息，很快就传到了松江热血青年侯绍裘的耳朵里。侯绍裘被上海南洋公学强令退学后，来到了宜兴一所学校，一边任教，一边积极参与诸多社会革新活动。刚回到松江过暑假的侯绍裘，此时正在组织一个暑期“共学会”。他听说离家不远的松江景贤女子学校因经济实在困难，即将停办，感到十分可惜。也就在这时，侯绍裘忽然眼前一亮，心头一热，精神也为之一振，当即招呼身边共学会的同伴张守白、朱叔建、钱江春等坐下商量。

“我知道这个私立的景贤女校办得很有特色，声誉也很好，只是由于经济告竭，才无奈宣告停办，这太可惜了。我想，由我们几个想办法筹资，再找热心于地方教育事业的人士把这个景贤女校接过来，办成我们自己想办的学校！”侯绍裘开篇便提出了这样一个大胆的设想。

“只要你敢接，我们几个都来想办法出些资金。”同伴们听了侯绍裘如此果断的想法，热情高涨，都赞同他的主张。与此同时，侯绍裘想到了他小学时的老师朱季恂先生，他知道朱先生刚从南洋爪哇回归故乡松江。

朱季恂，名肇旸，以字行，松江县人，家住华阳桥。清光绪三十一年（1905）就学于健行公学，从柳亚子为师，接受民主革命思想。次年，健行公学解散，他转学至南洋公学，曾加入同盟会，后因病辍学。1913年，朱季恂任县立第一高等小学教员；1917年春赴南洋群岛，在爪哇一所华侨中学任教，目睹侨胞备受压迫，更增爱国反帝信念；后因肺病复发，此时刚回国不久。

第二天上午，侯绍裘约上赵祖康，一同去造访朱季恂先生。谈及接办景贤女校，朱先生与之不谋而合，他正好也有报效乡梓的打算，当即表示愿意抵押田产来投资办学。

接办景贤女校的计划已定，侯绍裘和朱季恂很快便来到学校，与丁月心和沈瑞贤接洽商谈。丁月心和沈瑞贤对侯绍裘、朱季恂等都很了解，见他们有意接办景贤女校，很放心亦很高兴。于是，接办景贤女校之事很快顺利地敲定了。朱季恂、侯绍裘、朱叔建、钱江春、张琢成、张叔通等人纷纷筹来资金。紧接着，侯绍裘和大家又分头四处游说，发动地方上热心教育事业的人出资，以弥补经费缺口。

半月不到，松江景贤女校顺利交接。学校再获新生，并更名为“松江景贤女子中学”(简称“景贤女中”)。经大家商讨决定，教务工作由侯绍裘与朱季恂等共同主持，同时大家一致推举侯绍裘担任校务主任。侯绍裘、朱季恂等与丁月心、沈瑞贤在学校举行交接仪式的这一天，学校教职员工和一些学生及家长纷纷来学校，个个欢欣鼓舞。此时，原景贤女校东门分校已改为“景贤女中附属小学”，姜辉麟则被调至景贤女中配合姐姐姜兆麟从事学校的教务工作。身为学校年轻职员的兆麟和辉麟姐妹俩，满面春风地忙前忙后，不亦乐乎。

景贤女中就坐落在小仓桥弄内，离辉麟的娘家不远。学校大门是朝南开的，校园内有三幢两进的楼房，楼房上面是寝室，下面是教室。连接三幢楼房的是前后两个大天井，天井里，晴天阳光充足而灿烂，雨天朦胧而充满诗意。这天井还有一项重要功能，那就是蓄水。两个大天井的四个角分别放置着大水缸，用来接雨水，这水一可用以防火，二是用来浇花，校园里的树木花草还是较为繁茂的。

近一个月，兆麟和辉麟趁着学生放暑假，每天中午不回家，在学校加班加点，组织并参与学生教室和师生宿舍的修缮与整理，并对教室和校园的环境卫生进行了全面的清洁。兆麟和辉麟每天忙碌得很累，特别是姐姐兆麟，那双小脚一天不停地奔忙下来，回家时痛得都不敢落地，路上要坐下来休息多次。辉麟自然是每天晚上都要一路陪着、搀扶着姐姐。但是为了新生的景贤女中，再忙再累，她们心里也感觉十分敞亮和舒畅。

由于侯绍裘和辉麟兆麟姐妹俩小时候就熟悉，加上好友姜长麟之前已告知他大姐、二姐的思想“革命性”，为此，侯绍裘组织召开校务会，讨论对办学方针、教学内容、教育方法等进行系统的改革时，也十分民主地让兆麟和辉麟姐妹俩参加讨论。在讨论中，兆麟和辉麟十分赞成侯绍裘的办学宗旨：“我们来接办景贤女中，不是为了造就贤妻良母，也不是为了让女子读书后便于谋个职业。我们所办的景贤女中，是要进一步促进妇女解放、婚姻自由和社会改造。”她们更特别欣赏他提出的“在教学中，要特别注意对学生进行‘革命的思想’教育，要努力培养学生‘健全的人格’‘完备的知识’和较强的‘观察力及判断力’以及‘以科学的态度应付各种问题’”等十分新鲜的教学思路与目标。

2

清风吹拂，神清气爽。初秋时节，里里外外焕然一新的景贤女中隆重开学了。开学第一天的第一课，也算是一场激昂的开学典礼。这天早上八点，全校教职员工和学生人人领到了一枚景贤女中的校徽，这校徽是圆形的，中间是象征着“自由”的女神像，两边是一架天平和一颗红心，分别象征着“平等”和“博爱”。姜辉麟和大家一起兴高采烈地佩戴上校徽，自带坐凳整齐地坐在校门前的操场上。

校务主任侯绍裘主持会议，他向学生逐一介绍了各位老师。接着，他从女娲补天，讲到黄道婆发明纺织；从花木兰替父从军，讲到“鉴湖女侠”秋瑾；从宋朝李清照，讲到法国居里夫人；从丁月心倾尽家产创办景贤女校，讲到获得新生的景贤女中；再从“女子也是人，为什么要受压迫，为什么没有自由”讲到“师生们要勇敢地站起来，打倒封建制度”；从景贤女中将实行校务、教务、经济三大民主，讲到学校的经济账目公开，接受大家监督评议……

这一天晚上，辉麟除了回味侯绍裘的开学演讲，还特别将白天在学校校务室借回的刊登《鉴湖女侠——秋瑾》一文的报纸，一遍又一遍地仔细阅读着。

秋瑾（1875—1907），是近代民主革命的杰出志士，是中国女权和女学思想的倡导者，是中国第一批为推翻数千年封建统治而牺牲的革命先驱之一。

1904 年 7 月，秋瑾不顾丈夫的反对，冲破封建的束缚，自费东渡日本留学，在东京入中国留学生会馆所设日语讲习所补习日文，常参加留学生大会和浙江、湖南同乡会集会，登台演说革命救国和女权道理。除在校学习，她还广交周树人（鲁迅）、陶成章、孙中山、黄兴、宋教仁、陈天华等仁人志士。

在日本，秋瑾主编《白话》月刊，竭力宣传："女学不兴，种族不强；女权不振，国势必弱。欲求男女平等，女子必当有学问，求自立，不当事事仰给男子……"她从日本回国后积极参加和组织同盟会与光复会。为创办《中国女报》，她回到婆家，在夫家取得一笔经费，并和家人诀别，声明脱离家庭关系。其实这是秋瑾"自立志革命后，恐株连家庭，故有脱离家庭之举，乃借以掩人耳目"。她在《勉女权歌》歌中写道：

吾辈爱自由，勉励自由一杯酒。男女平权天赋就，岂甘居牛后？
愿奋然自拔，一洗从前羞耻垢。若安作同俦，恢复江山劳素手。
旧习最堪羞，女子竟同牛马偶。曙光新放文明候，独立占头等。
愿奴隶根除，知识学问历练就。责任上肩头，国民女杰期无负。

1907 年 7 月 6 日，因徐锡麟在安庆起义失败，其弟徐伟在供词中牵连了秋瑾。7 月 10 日，秋瑾知道了徐锡麟失败的消息，但她拒绝了关于离开绍兴的一切劝告，发出"革命要流血才会成功"的誓言。她遣散众人，毅然留守大通学堂。7 月 14 日下午，清军包围大通学堂，秋瑾被捕。她坚不吐供，仅书"秋风秋雨愁煞人"以对。7 月 15 日凌晨，秋瑾从容就义于绍兴轩亭口，年仅三十二岁。

夜已很深了，秋瑾的革命精神和革命行动不时地闪现在姜辉麟脑海中，让她久久不能入睡。此时此刻，辉麟想起了侯绍裘的一次演讲："要认定一个人不是为一己而生，是为社会、为人类而生……这万恶的社会，终有一天被我们或被我们的子孙改造过来！"

3

景贤女中的教学革新在脚踏实地中推进。侯绍裘和朱季恂第一步瞄准的便是教学改革："既重视文化教育，又注重革新内容，更致力于能力培养。"学校开设了国文、英文、数学、历史、地理、博物、理化、图画、手工、体操、音乐等课程。这些课程既考虑到女性的性别特征，又具有鲜明的时代特征。最难能可贵的是，学校特别重视引导学生关心国家大事，学习新思想，走在时代前列，培养学生独立思考和表达的能力。在当时，大多数学校的国文课依然是全文言文，而景贤女中却以白话文为主。

对此，辉麟格外感兴趣。这时辉麟已有了第三个孩子，在征得侯绍裘同意后，她在教务工作之余，时常在国文、历史、地理、博物、博物和图画与手工课教学时，悄悄坐在后排的空位上认真地旁听着；她同时从学校借来多余的学生课本带回家，每天在孩子们都熟睡后温习一两个小时。

辉麟自小就喜欢做手工女红，而且做得非常好，还经常教邻居家小孩做。在接连两次听了一位王老师所讲的手工课后，她觉得这位老师讲的大多是学生不太感兴趣的理论，实践操作的内容太少，而课堂上所教的实际操作太复杂，所做的女红品种花样太少又不好看。在第三次听手工课时，她忽然自告奋勇地站起向老师请示说："王老师，您做的手工女红有点复杂，我可以上去做一下给大家看看吗？"

顿时，课堂上一片寂静，同学们的目光立刻转向教室后面，望着姜辉麟这位旁听的"学生"。

“可以呀，你一定从小学过做女红，而且一定做得很好，那就请你来示范一下吧！”包括这位女老师在内的许多课程老师，都对这位眉清目秀亦当过教员的校务人员十分喜爱和敬重。况且，姜辉麟身材小巧又年轻，看上去像个学生，同学们和她都很亲，她也很乐意和学生打成一片。但此时这位在课堂旁听的教务人员，竟然在课堂上打断老师的讲课，自己要求上台来教，老师和同学们自然都吃惊不小。

辉麟虽然脸上有点火辣辣，但她很是自信地迈步走上了讲台。在讲台上，她一边很熟练地演示着女红的做法，一边给学生深入浅出地讲解着，还不时地走到同学们的中间做示范。时间不长，几个色彩漂亮的手工女红作品就放在了讲台上。王老师带头和同学们一起给辉麟送上一阵热烈的掌声。下课之后，王老师非常真诚地赞扬了辉麟作为“学生”勇敢上台的举动，也真诚地感谢辉麟为同学们上了一节很生动的手工女红课，并希望同学们今后都要多向这位“大姐姐”学习。

这件事很快传到了侯绍裘那儿，也在全校传开了。大多数师生都肯定了辉麟，也有不少师生在私下说：“这姜辉麟在逞能，自己去旁听课程，还主动去当老师，是不是有点不知天高地厚。”

姐姐兆麟见到辉麟后，首先为她竖起了大拇指，但依然教导妹妹：“你有胆量、有气魄，但今后要注意分寸，不能无故去得罪老师。”

教务主任侯绍裘见到姜辉麟后，特别高兴地表扬了她：“好样的，姜辉麟！你在全校教职员中起到了非常好的带头作用，我们学校推行的就是教育改革，我很快就会在教职工会议上大力提倡你这样有见地、敢补短、勇担当的精神。你以前做过老师，今后学校上女工课的老师要是请假，就请你去当老师。”

这一天，姜辉麟不仅很兴奋，而且感到自己收获满满。这之后，那位教手工课的王老师和姜辉麟之间不仅没有什么隔阂，而且真心相处成了要好的朋友，她们相互学习切磋，共同取得了进步。

4

景贤女中和侯绍裘使姜辉麟的思想不断进步。每逢有侯绍裘的课，姜辉麟总是挤出时间去听，对此，姐姐兆麟支持她、帮助她，侯绍裘也理解她、支持她。

有一日，侯绍裘走进教室后一句话没说，便专心致志地在黑板上勾画了一口井，那井底蹲着一只青蛙。学生都不明白老师画这样的画是什么意思。这时，侯绍裘忽然转过身来问大家："谁能回答，天有多大?"同学们一阵哄堂大笑后，大家都争着回答。有的说："天，天就在我们头顶上，无边无际大，没有人能说得清。"有的说："老师，你给我们造一个天梯，我们爬上去量一量就知道。"还有的说："天太大了，我们请孙悟空，来量一量，他能在天上飞行，一翻滚就是十万八千里。"……同学们又一阵哄堂大笑。侯绍裘一边说"同学们的想象力很好"，一边手指着那只青蛙说"这只青蛙说就只有井口这么大。这就是'井底之蛙'和'坐井观天'这两个成语的来由"。同学们又一阵大笑。

"同学们，请别忙着笑话它，因为它从出生到长大都没离开过井底，所以在它眼里，天就只有井口大。就好像我们有的同学，长这么大都没离开过松江，不知道松江以外的世界有多大一样。"侯绍裘接着又问："谁有法子帮这只可怜的青蛙，看看井口之外的世界呢?"

"系根绳把它提上来。"

"装一个梯子让它爬上来。"

"给它一个望远镜，它就能看到井口以外的世界。"

……

这时，侯绍裘严肃而认真地说："同学们，对我们来说，这口井好比是松江，而阅读报纸刊物，请外面的人来演讲等等，就是开阔我们视野和心胸的绳索、梯子和望远镜。学校里有阅览室，里面有多种报刊、图书，不想做井底之蛙，就应当去读书看报，或者去听演讲。我们提倡养成‘学生无一人不看报’的风气……”

姜辉麟旁听了这堂非常富有哲理的课，课后她思索多多。这堂课她不仅学着讲给了姐姐兆麟听，而且还回家讲给了丈夫黄勖哉听。勖哉听了之后也特别受启发，对辉麟平日夜晚挑灯学习表示更加理解和赞许。

为培养学生多读书、读好书，学校图书室增添了许多的新书和杂志。辉麒和兆麟每天工作中有一项重要内容，就是上街收买当天的报纸和当月最新的杂志放到图书室内。自此，景贤女中的阅览室内，经常人头攒动，座无虚席。辉麟和兆麟也时常在假日和晚上，埋头在阅览室里认真读书读报，关心国家大事，了解各种社会新思潮。

“我们第一须先确立我们的人生观，要使我们的人生观是社会的而非个人的，要认定一个人不是为己而生，是为社会为人类而生，以最大多数（人）之最大幸福为人生的最终目的最大责任，而以尽此责任为乐。”“不避艰险，不怕危难去奋斗。”“这万恶的社会，终有一天被我们或被我们的子孙改造过来。”“以最大多数之最大幸福为人生的最终目的、最大责任。”姜辉麟听了侯绍裘在松江圣经学校的一次题为“我们该做怎样的青年”的演讲后，心潮起伏，震撼不已……

侯绍裘和朱季恂等校董们在艰苦的办学条件下，满腔热忱地实施教学革新，全心组织教师队伍进行教学。学校的教师只领一半薪水，侯绍裘和朱季恂更是全尽义务，他们冲破重重社会压力和经济困难，坚定不移地提倡妇女解放、婚姻自由，批判封建道德观。他们还特别组织学生为家长和社会大众公演《李超群的终身大事》《女性之敌》《孔雀东南飞》等反封建戏剧，有力抨击了社会上存在的歧视、侮辱、压迫妇女的旧习俗和恶势力。对此，姜辉麟看在眼中，听在耳里，敬仰之情铭记于心。

松江景贤女中的教育改革，不仅为当时的女子中学所罕见，在当时整个教育界也是影响巨大，这让景贤女中成为整个上海教育革新的一个典范。为此，《民国日报》曾连续刊载盛赞景贤女中的文章，中共上海地方兼区执行委员会委员沈雁冰参观景贤女中后，发表了《一个女学给我的印象》一文，称颂侯绍裘等是“思想新而热心的人”：“我很佩服他们有勇气排除一切冷淡的、固拒的、没有抵抗力的压迫的空气，而火辣辣地做自己的事……维持景贤的那几位朋友的奋斗精神，实在令人可敬！”

姜辉麟作为景贤女中的一员，看到社会知名人士对景贤女中和侯绍裘等校领导的褒奖和赞誉，自然也感到格外荣光和高兴。每当她看到这些有关景贤女中的报道，都会将报纸借回家或买一张带回家给丈夫和母亲及左邻右舍看，并热情地为他们进行解读。

第七章 家国情怀

1

时局大动荡，思想大解放。随着五四运动逐渐进入高潮，全国上下新思想、新文化的传播风起云涌，反帝爱国运动此起彼伏。在这种形势下，新文化运动以来，中国思想界两位领军人物李大钊和陈独秀意识到建立中国共产党的时机已经成熟。于是，“南陈”和“北李”秘密协定，分别在南方和北方建立起了共产党组织。在李大钊、陈独秀等革命人士的奋力推动和组织下，各地早期的地方党组织相继成立。至此，成立全国集中统一的中国共产党已经水到渠成。

1921年7月23日至30日，中国共产党第一次全国代表大会在上海法租界望志路106号秘密召开。出席会议的有上海小组的李达、李汉俊，武汉小组的董必武、陈潭秋，长沙小组的毛泽东、何叔衡，济南小组的王尽美、邓恩铭，北京小组的张国焘、刘仁静，广州小组的陈公博，旅日小组的周佛海和受陈独秀委托参会的武汉小组代表包惠僧，共13人，另有共产国际代表马林（荷兰人）和赤色职工国际代表尼克尔斯基（俄国人）。会议的最后一天，在嘉兴南湖的红船上，中共一大通过了党的第一个纲领和决议，正式宣告中国共产党庄严诞生。从此，在中国出现了一个完全崭新的、以马克思列宁主义为其行动指南的、统一的无产阶级政党。中国的无产阶级因此有了战斗的司令部，中国的劳苦大众从此有了翻身解放的希望，中国的革命从此焕然一新。

1922年7月16日至23日，中国共产党第二次全国代表大会在上海公共租界南成都路辅德里625号召开。出席大会的有党的中央局成员、地方组织的代表等12人，代表全国195名党员，他们是：陈独秀、张国焘、李达、杨明斋、罗章龙、王尽美、许白昊、蔡和森、谭平山、李震瀛、施存统。大会根据世界革命形势和中国政治经济状况，制定了党的最高纲领和最低纲领。最低纲领即中国现阶段的革命任务是："（一）消除内乱，打倒军阀，建设国内和平；（二）推翻国际帝国主义的压迫，达到中华民族完全独立；（三）统一中国本部（东三省在内）为真正民主共和国。"最高纲领即党的最终奋斗目标："组织无产阶级，用阶级斗争的手段，建立劳农专政的政治，铲除私有财产制度，渐次达到一个共产主义的社会。"这次大会，在中国近代历史上第一次明确提出了彻底地反帝反封建的民主革命任务，为中国各族人民的革命斗争指明了方向。

集中力量领导工人运动，掀起中国工人运动的第一次高潮，是中国共产党成立以后所做的第一件大事。从1922年1月至1923年2

月，全国罢工达 180 多次，其中主要的有香港海员大罢工和京汉铁路大罢工。然而，虽然香港海员大罢工取得了胜利，但京汉铁路大罢工却遭到直系军阀吴佩孚的血腥镇压，从而造成了震惊中外的“二七惨案”。

1923 年 2 月 1 日，京汉铁路各站工会代表在郑州召开总工会成立大会。军阀吴佩孚丢弃保护劳工的假面具，命令军警用武力加以阻挠和破坏，并封闭总工会会所。于是，总工会当即组织全站 2 万工人举行总同盟罢工，并将总工会移至武汉江岸办公。2 月 4 日总罢工开始，全线所有客货车一律停开，长达千余公里的京汉线立即一路瘫痪。2 月 6 日，湖北工团联合会和京汉铁路总工会法律顾问、共产党员施洋，发动武汉各工团代表 2000 余人赴江岸慰问，并和万余名铁路工人举行集会和游行示威。2 月 7 日，曹锟、吴佩孚等派大批军警分别在长辛店、郑州和武汉江岸等处进行血腥镇压，工人被杀 40 多人，伤 200 多人，被捕 60 多人，遭开除 1000 多人。林祥谦、施洋及京汉铁路总工会委员长、共产党员史文彬均被逮捕。林祥谦被捕后，因拒绝下令复工而慷慨就义，施洋也在武昌被杀害。

帝国主义的侵略和北洋军阀的独裁统治，特别是“二七惨案”的血的教训，让中国共产党进一步认识到，没有强有力的同盟者，要战胜强大的敌人是不可能的。

1922 年秋，侯绍裘由朱季恂介绍加入中国国民党。1923 年初，孙中山开始改组国民党，老党员重新登记入党。4 月，侯绍裘和朱季恂由邵力子介绍，重新加入国民党。这时，松江只有他们两人为新的国民党党员。6 月初，侯绍裘、朱季恂等在醉白池联合各界爱国人士组织成立“松江救国同志会”，此会以反帝反封建和声援孙中山为主要出发点。

1923 年 6 月 12 日至 20 日，中国共产党第三次全国代表大会在广州东山恤孤院 31 号召开。陈独秀、李大钊、毛泽东、蔡和森、陈潭秋、瞿秋白、张太雷、谭平山、向警予、邓中夏、项英等来自全国各地及莫斯科的代表近40人出席大会，他们代表了全国420名党员。大会的中心思想是党在现阶段“应该以国民革命运动为中心工作”，共产党员以个人身份加入国民党，采取党内合作的形式，同国民党建立联合战线，以完成反帝反封建的国民革命的重要任务。大会选举陈独秀、蔡和森、李大钊、谭平山、王荷波、毛泽东、朱少连、项英、罗章龙等9人为中央委员。

同年7月，中共上海地方兼区执行委员会为贯彻党的三大决议，积极开展以国共合作为中心的统一战线工作。当组织上知道热血青年侯绍裘的一系列革命活动经历后，特别派委员邓中夏和王荷波同志到松江联系侯绍裘，指导松江地区的民主革命和建党工作。邓中夏几次来到景贤女中，同侯绍裘联系交流。这一年的秋天，侯绍裘意志坚定地成为松江地区第一名中国共产党党员。至此，侯绍裘团结组织进步青年和进步人士成立“三五社”（意含“三民主义”“五权宪法”），并受中共上海党组织委托，在景贤女中建立了以国民党左派为核心的松江县党部。同时，景贤女中也成了秘密发展中共松江党组织的最早基地。

1924年1月20日至30日，在中国共产党人的参加与帮助下，孙中山在广州召开了国民党第一次全国代表大会。大会重新解释了三民主义，通过了共产党人起草的以反帝反封建为主要内容的宣言，确定了“联俄、联共、扶助农工”的三大政策，把“旧三民主义”发展为“新三民主义”。大会选举出中国国民党中央执行委员会，共产党员李大钊、谭平山、毛泽东、林祖涵、瞿秋白等10人当选为国民党中央执行委员或候补执行委员（约占委员总数的四分之一）。会后，在国民党中央党部担任重要职务的共产党员有组织部长谭平山、农民部长林祖涵、宣传部代理部长毛泽东等。随后，全国大部分地区以共产党员和国民党左派为骨干，改组或建立了省级和县级国民党党部。

这样，国民党就由资产阶级的政党开始转变为工人、农民、城市小资产阶级和资产阶级的民主革命联盟，成了各革命阶级的统一战线组织。国民党一大的成功召开，标志着第一次国共合作的正式建立。

2

侯绍裘回到家乡松江接办景贤女校不久，姜长麟便与侯绍裘等经常联系，他们在一起热切探求改革社会、推进松江革命之大计。对此，辉麟和兆麟都知晓，也非常支持弟弟参与这一革命事业，并且在相约回北仓桥看母亲时，都会一起交流心得，讨论一些社会问题。1923 年 5 月 1 日，侯绍裘与朱季恂、高尔松、姜长麟等创办了革命刊物《松江评论》。这本刊物以“批评地方时事，唤起革命精神，介绍新的思想，提高民众常识”为宗旨，积极促进社会改造。

侯绍裘在《松江评论》上发表《“五四”纪念和五月中其他各纪念节之关系》，提出：“中国的问题，唯有打倒国际侵略主义，才是根本的解决；军阀政府已变成外国侵略主义的爪牙，必须一齐打倒，而要打倒国际侵略主义……”这些观点引起社会各界强烈反响。姜长麟也发表了多篇文章，坚持民主立场，在积极反帝反封建的同时，大力批判资本主义，宣传社会主义。

姜辉麟每每拿到《松江评论》，总爱不释手地带回家，晚上一篇一篇地认真阅读，并不时地赞扬和勉励弟弟长麟多写一些鼓舞人心的文章发表。1923 年的暑假，长麟、还麟参加了上海大学开办的暑假讲习班，他们聆听了邓中夏、陈望道等人讲课，接触了马克思主义。不久，长麟、还麟在侯绍裘的介绍下加入了中国国民党，长麟还担任了国民党松江县党部监察委员。

中国共产党高举的反帝反封建之旗，姜辉麟此时虽然还未对此有特别清晰的认知，但对国共合作的意义，她逐步有了感受，这份感受来自侯绍裘邀请恽代英、萧楚女、沈雁冰、施存统、杨贤江、邵力子、柳亚子、陈望道、叶圣陶、杨杏佛等人来松江进行的各场演讲。这些演讲或在景贤女中，或在松江图书馆，但大多是在松江最繁华之处醉白池公园的一个讲习大厅，这里可容纳更多的松江各校青年和各界人士前来听讲。

这些名人革命家来松江演讲时，辉麟和兆麟承担了演讲集会前的全部会务和接待服务工作，与此同时，姐妹俩自然也一场不落地悉心听讲。辉麟的二弟还麟认真记录了施存统等人的演讲，并把演讲稿整理出来发表在《松江评论》上，小弟余麟也常跟着姐姐哥哥去听讲。这些演讲有的宣传三民主义、社会主义，有的讲工人运动、妇女解放、破除迷信，还有的讲自然科学、社会经济、文化教育。一场场精彩的演讲，不仅开阔了景贤女中学生、松江青年与许多人民群众的眼界，也在松江大地上播撒了革命的火种。由此，辉麟思想上有了更深的觉悟，也懂得了“要解救中华民族，必须砍断帝国主义的魔爪，挣脱封建主义的锁链”……

1924年春，毛泽东、罗章龙在侯绍裘的陪同下，由黄浦江边码头乘小艇到松江县，推动成立了国民党江苏省临时省党部。之后，侯绍裘主持了国民党江苏省临时省党部工作。

景贤女中在承载教导任务外，又多了国民党松江县党部和国民党江苏省临时省党部的两个工作机构，来来往往的人也多了起来。这时，一向在侯绍裘眼中活泼开朗、肯学会学、工作严谨、机智灵巧的姜辉麟，便成为侯绍裘在接待两个党部来人和商谈时的主要帮手，负责接待服务和有关文件的刻印、分发、邮寄工作，姜辉麟披星戴月且不亦乐乎地忙碌着。对此，她的公婆、丈夫和孩子自然是多有埋怨，但辉麟只能起早摸黑地多做些家务，平时多买些时兴的糕点零食和好看的布料给孩子和公婆，哄他们开心，多争取家人对她的理解和支持。

辉麟已是四个孩子的母亲了，她自觉没有尽到贤媳、贤妻、贤母的责任，内心很愧疚。每当夜晚回家看到两个幼小的孩子躺在丈夫身旁挂着泪痕而睡时，她心酸的眼泪总会止不住夺眶而出，总是忍不住轻跑到门外掩声哭泣一会儿……好些日子，辉麟没有能搂抱着孩子睡觉了。

清晨，有时孩子还没睡醒，她就要悄悄地离家去工作。有时，孩子醒来第一声叫喊的就是：“阿妈，我要阿妈，我要阿妈抱一下，我要阿妈带我出去玩……”

此时，辉麟只能一一抱过孩子亲一下说：“好孩子，阿妈今天学校太忙，不能带你们出去玩，改天阿妈一定带你们出去玩，今天就让阿爸带你们出去玩，好吗？”

“不，我们要阿妈和阿爸一起带我们出去玩。”

每当这时，辉麟总是千哄万哄，忍着内疚的泪水跑出家门……

3

1924 年 8 月，齐卢战争爆发。直系军阀江苏督军齐燮元与皖系军阀浙江督军卢永祥争夺上海地盘，区位特别而又经济富裕的松江，自然成了这两路军阀你争我夺的战略要地。激烈的战火很快就烧到了松江大地，两路军阀仗着手中的枪炮，迅速在松江展开了拉锯式的侵占和掠夺。匪军们每占一处就烧杀抢掠，奸淫妇女，无恶不作。松江城陷入一片混乱惊恐之态。大户人家早得消息，悄悄雇车船带上贵重物品到上海市区去避难；中产人家惶惶整理家什，纷纷逃到乡下亲戚家；广大百姓或是紧抵大门不敢露面，或是悄悄让女人和孩子去乡下躲避。松江所有的学校自然是无法上课的了。

侯绍裘与朱季恂经过一番商酌，决定将景贤女中迁至上海市区。当即，侯绍裘和朱季恂前往上海寻找校迁之地。经过努力寻觅，加上侯绍裘与朱季恂接办景贤女校并改革创新的影响力，他们得到了同样因避战祸迁到上路宝通里的苏州乐益中学校长张冀牖先生的支持和帮助，决定先借用苏州乐益中学腾出的一些校舍来安置景贤女中师生。

入秋时，景贤女中纷繁复杂的搬迁工作终于完成。这样，景贤女中总算开了课。辉麟和兆麟从早到晚为学校搬迁已忙碌了一个多月了，战乱中的松江家人现在怎么样？辉麟的四个孩子在家，最大的才七岁，最小的才一岁多，刚断奶不久。家里虽然请了阿姆帮忙，但这兵荒马乱的，辉麟怎能不担心孩子、不想孩子、不想家呢？姐妹俩自然都很想回家看看，但是由于学校刚开课，还有很多工作要理顺，她们姐妹俩不能同时请假回松江看家人。兆麟便让妹妹辉麟先请假回家看看，探个信。

早晨天刚放亮，辉麟拖着疲惫的身躯，振作着精神，叫上黄包车赶往车站，去坐开往松江的客班车。虽然上海到松江城只有几十里路程，但又是坐车，又是摆渡船，又是步行，折腾了一上午才到家。一个多月没回家了，松江城已是纷乱不堪且满目萧条。虽然，此时这里还没有战火纷飞，但沿街的许多商铺和住家都已关门上锁。她沿府前大街走到百岁坊，婆家是“铁将军”把门，她惊恐地从门缝向里看，家里静悄悄的，没有一人在。她再到北仓桥中心弄的阿妈家，也是“铁将军”把门。辉麟的心一下子提到了嗓子口，她惶惶地四下找人打听之后，才知家里的人可能搬到乡下去了。

4

好在辉麟还知道婆家与娘家乡下亲戚的住处，连忙找到一辆专门送客下乡的三轮车赶往乡下。辉麟先是找到了阿妈暂住的一个表叔家，看到阿妈一切安好，心里总算先松了一口气。

阿妈见辉麟来了，非常开心，也少不了一番关切。

辉麟迫不及待地问阿妈：“先别问我怎么样，我的孩子们和勖哉在哪里，您知道吧？”

“你不要急，他们都很好，没事的，你们一大家都来乡下了，在勖哉的姨妈家，她家的房子多，好住的，就在前面一个庄子。你还没吃饭吧，你先坐一下，你表叔、表婶出门有事去了，我给你热点菜饭去。”

辉麟和阿妈一起去到厢房，辉麟帮阿妈在灶台下烧火。阿妈一边热饭菜，一边继续说着从松江搬到乡下的事：“我和你婆婆家都是十多天前搬到这乡下亲戚家暂时避一避的。松江城要有战事的风声很大很急，城里人大多心急火燎地跑了。我原本不想来乡下，你家的勖哉特地跑来我这里，要我赶快和他一起去乡下避一下，他说：‘阿妈您在这里开推拿门诊很招人眼，而且现在松江的老老少少都跑得差不多了，过几天松江城就要有军阀来争地盘了，满城是战火，您还在这里那是很危险的。我已雇好两辆大马车，您今晚简单地收拾一下，明天天一亮跟我们一起走。辉麟她们的学校搬到了上海，她们应该还是安全的。'就这样，我随勖哉雇的马车一起来到这乡下了。"

听了阿妈的一番话，辉麟的心总算是落到肚子里了。辉麟同时告诉阿妈："兆麟姐和弟弟长麟、还麟、余麟的情况都还好，您老人家放心。兆麟姐本想和我一起来看您的，只是学校搬到上海后刚开学，事务太多，我们不能都请假，就让我先来看看您，她过一阵就会来看阿妈的……"

已是下午三点，辉麟饿极了，大口大口地将阿妈热的饭菜全吃下了。阿妈见辉麟吃好了，便说："走，我现在就领你去前庄，你的几个孩子每天都在念叨你呢！"

在路上，辉麟还听阿妈说："这十多天来，我都是在勖哉那儿帮助带孩子的，因为请的那个阿姆回家忙稻谷了。昨天，那个阿姆回来了，我才搬到你表叔家来住的。"

这个村子不算太大，但村庄的树木较多且很高大，村庄的房屋排列得很整齐，村里的房屋大多是窗台以下是青砖砌筑，窗台以上泥砖垒砌。从村西侧面一条小路来到村民住房的前面，向东过去四家，是一座特别的青砖作墙、屋面为黑色小瓦的明清样式的四合院，两个大人正带着四个孩子在门前玩耍。

"辉麟，你看到了吗？四合院门前的四个孩子，不就是你的孩子吗，勖哉和阿姆也在呢。经纬、宗英，你们快来，看谁来了？"

"是的，这是大儿子黄经纬，大女儿黄宗英，小儿子黄宗镶，小女儿黄宗杰。"辉麟说着四个孩子名字的时候，泪水已在眼眶里打转了。

经纬和宗英两个大点的孩子看到了阿妈，当即双双"哇"的一声哭喊着扑向辉麟："阿妈，你到哪去了，怎么不回家来看我们？"

"好久没看到阿妈了，我们都想阿妈！"

辉麟蹲在老屋门前，张开臂膀紧紧地将两个孩子搂在怀里。

“好孩子，不哭，阿妈来看你们了。学校最近搬家，太忙，阿妈也想你们。”

当丈夫黄勖哉和阿姆将两个小点的孩子也抱到辉麟面前时，孩子们愣了好一会儿，才也“哇哇”大声哭喊起来：“阿妈，我要阿妈！我要阿妈！”两个小的一边哭一边扑进了辉麟怀抱。

四个儿女紧偎在阿妈怀中委屈地哭泣着。听到孩子的哭喊，辉麟的阿公、阿婆也来到了门外。此时此刻，辉麟百感交集，情感冲破了闸门，泪如雨下地放声和孩子们抱哭在一起：“乖孩子，阿妈也想你们！阿妈真的也很想你们……”

5

一家人终于在一个不属于自己家的家里开心地吃了一顿团圆晚饭。饭前和饭间，辉麟向阿公、阿婆、丈夫及夫家的亲戚讲述了近来松江、上海及景贤女中的有关情况，并痛诉了帝国主义和各路军阀欺压人民的罪恶行径，也讲解了民主革命和国共合作给人民大众带来的希望。尽管公婆和丈夫勖哉都是读过书的明理人，他们也非常痛恨外国列强和国内军阀给社会大众带来的苦难，但他们还是希望辉麟能离开景贤女中，回来照顾家庭和孩子。

四个孩子和阿妈玩闹了一个晚上，终于在阿妈的故事会里一个个眼皮打架睁不开了。两个大孩子由阿姆哄着带去睡了，两个小孩子由辉麟呵护着入睡。

夜深了，窗外一轮明月挂在天上。辉麟悄悄起身下床，用单被将两个孩子的小肚皮盖好，放下蚊帐，拉着坐在一旁的勖哉轻步地走到门外的打谷场上。辉麟有话要对丈夫说，她知道丈夫一定也有话和她说。

乡下的夜风吹在身上更觉得凉凉的，几只萤火虫在夜空里飞来飞去，打谷场边沟塘里的蛙鸣不时清脆地响几声。朦胧的月色之下，勖哉拉着辉麟柔柔的手，饱含真情地凝望着亲爱的美丽的妻子。

“焕琳，你在学校做事，应该比我更清楚，现在社会真的很动荡不安，外国人侵略欺压我们中国人不说，那国内的军阀混战又如此激烈，你是一个普通的女人，已是四个孩子的阿妈，什么民主革命，什么新三民主义，什么反帝反军阀，那是政府的事，那是社会大人物的事，我们只是普通的小市民。焕琳，我求你还是辞去景贤女中的事务，回来和我与孩子们一起生活，阿爸阿妈以及你的阿妈年岁也渐渐都大了，家里也真的需要你回来呀！还有，现在局势这么乱，听说你还经常在一些地方抛头露面搞什么宣传，现在学校又迁到了上海，我真的每日都担惊受怕的。”黄勖哉亲切地呼唤着“焕琳”的名字，恳求妻子辉麟回来就不要再离开家了。

“祺康，你的话句句真情真切。我和你结为夫妻以来，一直大多忙在外面，对阿公阿婆的敬孝、对你和四个孩子的爱都太少，做媳妇、做妻子、做母亲，我都深感有愧。是你，一直任着我的性子，十分理解我、支持我、关心我，还在阿公阿婆面前帮我圆说，在孩子们面前帮我圆说，这些我都深深地珍藏在内心里，我真的是万分地感激你。不过，我现在暂时还不能离开景贤女中，不能离开民主革命的宣传阵营，因为我所做的不是为了自己的利益，是为全中国人民的美好明天！祺康，真的对不起，请你原谅我，现今我真的不能离开学校，但我一直爱着你，爱着我们的孩子，爱着我们这个家！”

辉麟说完这一番肺腑之言，已是泣不成声地依偎在丈夫勖哉的胸怀。勖哉既理解妻子的追求，但更多的是心疼妻子和四个孩子，他紧紧地将辉麟搂在了怀里……

第八章 壮歌激烈

1

姜辉麟在乡下和家人只相聚了两天，便避着四个孩子流着泪离开松江，赶到上海投入景贤女中和民主革命的相关工作中。当晚，辉麒一见到姐姐兆麟和弟弟长麟，便通报了松江家中的情况，让姐弟们安心。

1925年3月，中国民主革命的伟大先行者孙中山因病逝世。孙中山先生是伟大的民族英雄和爱国主义者，是中华民国、中国国民党的缔造者，是三民主义的倡导者，首举彻底反帝反封建旗帜，一生以革命为己任，立志救国救民。他的逝世，举世震惊，全国哀悼。十多年前，姜辉麟作为一名学生在松江景贤女校见过孙中山，并在松江醉白池雪海堂大厅聆听过他豪情万丈的民主革命演说。尽管，姜辉麟当时还不太懂得什么叫民主，什么叫革命，但她知道孙中山所讲是要热爱国家，是要维护人民大众的利益。

报纸上很快刊发了孙中山临终前十七天留下的三份遗嘱，分别是《国事遗嘱》《家事遗嘱》和《致苏联遗书》。其中的《国事遗嘱》深切地触动了姜辉麟的心。

> 余致力国民革命，凡四十年，其目的在求中国之自由平等。积四十年之经验，深知欲达到此目的，必须唤起民众及联合世界上以平等待我之民族，共同奋斗。现在革命尚未成功，凡我同志，务须依照余所著《建国方略》《建国大纲》《三民主义》及《第一次全国代表大会宣言》，继续努力，以求贯彻。最近主张开国民会议及废除不平等条约，尤须于最短期间促其实现。是所至嘱。

随后，辉麟和姐姐兆麟等一起连夜刻印了上千份《哭孙先生并告同志》演讲传单。这份演讲传单是侯绍裘在悲痛中以一名中国共产党党员和国民党党员的双重身份写下的。演讲传单印好后已是凌晨一点多钟，但辉麟等在油印室里依然一起大声地朗读着：

> 先生之功业。先生之奔走革命，力排众议，推翻两千余年之专制，创造远东第一之共和，斯固尽人皆知矣。然先生之最大功业，岂徒是哉。以先生一生经营，共和之形式虽成，离革命之真谛尚远。外人之帝国主义，正在蚕食，故先生主张先从民族主义入手，以免外人侵略。近年来更极力主张打破帝国主义，废止不平等条约。先生常曰，我国对外条约，如卖身文契，非打破不

可。斯事也，功虽未成但近今民气渐伸，已成公众之信条。可信不久当有实现之希望。非先生之功而何。

……

先生之人格。先生刚而不畏死，革命十次失败而不惧。在广东时，备受曹吴陈之中伤。虽屡濒于危而不馁，仍再接再厉，至死不易。先生去年至上海时，外人以先生主张打破帝国主义，废止不平等条约，拟禁止先生登岸。先生谓上海为中国之领土，我为中国之主人，有何不可登岸之理由，外人亦无可如何。可知其刚直不挠矣。虽然，先生固亦大慈大悲之人也，终身奔波，日夜救国，不愿独善，不愿独福，牺牲生命而不惜，席不暇暖者，救国救民而已。先生之人格，何等伟大。

……

先生自身，固尽善矣，然事业未竟。正待我等努力，如外人以经济政策侵略我国，致使我国力日衰。供给军械，致命我军匪不清，乱源愈多，兹二事者，实为我国最可悲最可痛心之事也。欲脱此苦，舍从先生民族民权民生三主义行之而未由。今日追悼诸公，归去以后，务宜各遵先生之遗嘱。研究其学说，效其人格，努力而为之，若是，则灿烂之中华民国，庶有望乎！

……

之后多日，姜辉麟义不容辞地参加了侯绍裘在上海、浦东、松江、川沙、黎里等处的演说。每到一处，她不仅在大街上散发演讲传单，还时常在一些闹市区登至高台之上，手持着《哭孙先生并告同志》的演讲稿，以昂扬的激情来感动和唤醒热血的爱国民众。

2

阳春三月，正是莺飞草长时。此时对于民主革命者们来说，却是心寒戚戚地冷；此刻的中国民主革命正经历着一场狂风暴雨般的袭击与摧残。孙中山逝世不久，革命形势忽然变得异常严峻。国民党中部分掌权的右派分子，乘机操纵一些军队和地方武装力量破坏工农群众组织，杀害工农运动的骨干，并同北洋军阀勾结，密谋发动武装叛乱，颠覆一些地方的革命政府。已被打垮的陈炯明，得到英帝国主义的支持，死灰复燃，蠢蠢欲动。中外反动势力纷纷出动，互相勾结，反对三大政策，大肆诬蔑、攻击国民党左派。

在此紧要关头，面对帝国主义和国民党右派分子的猖狂进攻，许多革命志士挺身而出，坚决捍卫孙中山的遗志，从各方面积极推动革命事业的进展。姜辉麟和阿姐姜兆麟一起随同侯绍裘和阿弟姜长麟，分别在上海景贤女中、松江、苏州等地，针对国民党右派猖獗的反动活动愤然发表演讲，大力揭露国民党右派背叛孙中山三大政策的丑恶行径。同时，侯绍裘和姜长麟还积极发展中共党员和国民党左派成员。此时，侯绍裘是国民党江苏临时省党部负责人，姜长麟则为党部的秘书长。在他们巡讲之后回到上海景贤女中的当天晚上，姜辉麟和阿姐姜兆麟在侯绍裘和姜长麟介绍下，正式加入了中国国民党。

“在今天，在今晚，在此时，你们已正式加入了中国国民党，已经成为一名有组织、有纪律、有任务的反帝反封建的革命者。我们景贤女中也必将成为一个反封建的堡垒、革命者的摇篮。”侯绍裘的一番激情鼓励，让兆麟和辉麟姐妹俩热血沸腾，浑身是劲……

3

在景贤女中工作和学习的过程中，姜辉麟除了在革命思想上受到侯绍裘和弟弟姜长麟，以及许多来松江演讲的革命名人的影响，其间还与同在追随侯绍裘参与革命的张应春和范志超相识、相处，从而结为革命知音。

张应春，比姜辉麟小四岁，苏州人，父亲是高小教师。五四运动前她考入上海两江女子体育师范专门学校，很快接受了五四以来的新思潮。1922 年毕业后至福建厦门集美女子师范学校任教。翌年秋天，张应春经柳亚子介绍至松江景贤女子中学任教，她不仅端庄漂亮，还有一身豪杰之气。

范志超，出生于松江佘山范家滩一个小业主家庭，父亲是一名中医。她容貌清秀典雅，年龄略小于辉麟。她就读景贤女中时，思想上受到松江革命家们的影响，是侯绍裘十分看中的学生和密友，毕业后留校任教。

理想一致，信念一致，追求一致，姜兆麟、姜辉麟、张应春、范志超四人时常聚在一起如饥似渴地阅读《新青年》《松江评论》《前锋》《向导周报》等进步报刊，讨论新思潮、新文化，相互启迪，相互影响，相互促进，一起竭力从事新三民主义的宣传鼓动工作。

景贤女中借用苏州乐益中学校舍时间不久，侯绍裘很快便在上海老靶子路租到了一片房屋。为此，景贤女中又搬了一次家。侯绍裘为了能有更多的时间从事革命工作，与朱季恂商量，请出曾与他一起创办"新松江社"（意在激浊扬清，弃旧图新，使旧松江出现新面貌）的沈联璧任景贤女中的校长，他则依然担当景贤女中的教员工作。可是，景贤女中刚刚安顿开课不久，便发生了震惊中外的五卅惨案。

1925年5月15日，上海日商内外棉七厂资本家借口存纱不足，故意关闭工厂，停发工人工资。工人顾正红带领群众冲进厂内与资本家论理，要求复工和开工资。日本资本家不但不答应工人正当要求，而且凶恶地向工人开枪射击，当场打死顾正红，打伤工人10余人。如此恶性杀人伤人事件，日方一开始严密消息封锁，还严重歪曲事实真相。然而，事件的真相很快被工人传出来，上海的民众当即群情激愤，这也成为席卷全国的五卅运动的直接导火线。

在中国的土地上，谁来维护真理和民权？谁来为被枪杀的顾正红和被打伤的工人们申冤报仇？谁来打击日本帝国主义的嚣张气焰？

第二天，中共中央发出第32号通告，紧急要求各地党组织号召工会等社会团体一致援助上海工人的罢工斗争。5月19日，中共中央又发出第33号通告，决定在全国范围发动一场反日大运动。随后，中共中央召开紧急会议，决定以反对帝国主义屠杀中国工人为中心口号，于 5 月 30 日全面发动广大群众在上海租界举行反对帝国主义的大型游行示威。

上海望志路永吉里 34 号，是刚刚从松江搬过来的国民党江苏临时省党部所在地。5 月 29 日，这里已成为这次大游行的学生指挥部。此时，兼任国民党上海执行部宣传委员和教育委员的侯绍裘，与青年团中央委员兼宣传部长（同时兼任上海大学教授和国民党上海执行部宣传部秘书）的恽代英一起，共同负责指挥学生游行。一大早，姜辉麟、姜兆麟便被侯绍裘分派到这里参与各学校的学联联络，负责宣传传单和各校集合地点、游行线路、游行注意事项等材料的刻印与递送等工作。

已经是晚上九点多了，侯绍裘和恽代英为了修订《打倒帝国主义》的传单文稿和讨论游行组织工作的安排，一直没有去吃晚饭，姜辉麟、姜兆麟也都没去吃饭。但姜辉麟实在觉得太饿了，便到楼下不远处的巷子里买了两锅大饼让大家一起吃。

5 月 30 日上午，上海工人、学校教职员工、学生 2 000 多人，分组在公共租界周围的各条马路上散发“团结起来，打倒帝国主义”的传单并进行激情高涨的讲演，愤怒地揭露日本帝国主义开枪杀害顾正红、打伤 10 多名工人的罪恶行径。这些散发传单的人当中，姜辉麟就是其中之一。街上的人越来越多，姜辉麟手中发放的传单是她和阿姐兆麟昨天晚上刚刚油印出来的。当手中的传单就要发完时，姜辉麟跳上大街旁边的水泥路台上，扬着传单激昂地宣讲起来：

列位同胞们：

你们觉得生活困苦吗？你们知道为什么比以前苦吗？这是因为，英、美、法、日帝国主义占据海关，把入口税弄得比出口税轻，所以国货不振兴，外国人把洋货送来换了洋钿去，因而弄得我们一天穷一天了。英、美、法、日帝国主义常常借钱给军阀，拿了铁路、矿产种种权利去，军阀借了债，又向他们买军械来打仗，打得我们生命都难保。

日本人杀我们的工人同胞，巡捕房反捕了工人去。学生要募捐去救济……捕房又捕了去。我们去追悼被杀的顾正红，又被捕房捉了去。他们在牢里又饿又冷，不但衣服食品拿不进去，连望望都不准。但是上海是上海人的上海呀！

最近工部局越界筑路，侵占中国领土，又要实行什么印刷附律、码头税，处处压迫我们。鸦片之毒，人人皆知，但卖鸦片大本营是在租界。这样的压迫是要压迫死的，我们起来同他们争生活呀！大家团结起来，打倒帝国主义！

4

接下来，大规模的游行开始了。姜辉麟、姜兆麟勇敢地带领着景贤女中的学生走在游行队伍的前列，高举“团结起来，打倒帝国主义”旗帜，高喊“上海是中国人的上海！”“打倒帝国主义！”的口号，一起向着租界进发。游行中加入的学生、工人、市民越来越多，大游行的气势越来越大。这时，与日本资本家勾结的租界巡捕房巡捕强硬地挥舞着枪棍推搡着游行的人们。随后，当巡捕抵挡不住游行队伍的潮流时，租界当局下令拘捕游行队伍中激昂在前面的工人和学生。

拘捕最强硬的是南京路老闸巡捕房的巡警，他们在当天下午就拘捕了100多人。巡捕房大肆抓人，一时间万余名愤怒的群众聚集在老闸捕房门口，大声高呼“打倒帝国主义！”“收回外国租界！”“立即释放我们的爱国学生和工人！”的口号。这时，英国捕头爱伏生竟调集通班巡捕，公然开枪屠杀手无寸铁的群众，打死13人，重伤数10人，逮捕150余人。其中捕去的学生有40余人，射杀学生4人，击伤学生6人，路人受伤者17人，死亡3人。

这天下午，在南京路老闸巡捕房前散发传单的姜辉麟也受了伤。

她在巡捕开枪杀人的混乱局面下被人群挤倒在地，左脚趾被踩伤。她一时爬不起来，眼看可能被踩成重伤甚至被踩死，幸亏有校友奋力呵护，把她拉了起来。姜辉麟的脚趾剧烈疼痛着，但她仍坚强地站立，从自己的挎包中拿出一摞传单让大家继续去散发，然而她很快又因脚趾疼痛难忍站立不稳而再次被挤倒在地。校友们急忙再次将她拉起，看她不仅站立不住且满脸是豆大的汗珠，脸色也是格外苍白，便将她架护着去了附近的一家教会医院。经医生检查，姜辉麟的左脚有两根脚趾趾骨已被踩成了中度骨折。

外面的反帝革命斗争正在激烈进行着，医院里的姜辉麟一刻也不安心。她想偷着跑出去，可脚肿得厉害，一时还不能落地走路。心急火燎的辉麟，每天都等着阿姐兆麟来看望她时带来的“前方”消息。她每天会请医院护理人员帮她找来一些报纸，了解有关的新闻报道。

5月30日深夜，中国共产党中央召开紧急会议，决定由瞿秋白、蔡和森、李立三、刘少奇和刘华等组成行动委员会，具体领导这次反帝革命斗争。他们组织全上海民众罢工、罢市、罢课，抗议帝国主义屠杀中国人民。帝国主义的屠杀，点燃了中国人民心中郁积已久的对帝国主义侵略的仇恨怒火……

侯绍裘、姜长麟等随着人群来到南京路发表演讲，散发传单。他们在演讲中高声控诉：“帝国主义枪杀中国工人顾正红倒没有罪？中国工人、学生在自己的国土上声援被害同胞，反而有罪？这是什么世道？是哪一国的法律？帝国主义这样横行霸道，难道我们中国人能忍受吗？……”下午四时至五时，租界巡捕在浙江路一带逮捕和殴打演讲学生，愤怒的群众聚集在南京路老闸捕房前，坚决要求释放被捕学生。英巡捕头目下令开枪射击，当场打死13人，伤者无数。五卅惨案，震惊天下。

5月31日，租界又发生了一次大示威游行。当晚，在中国共产党的指引下，上海总工会正式成立并发出第一号通令，宣布1925年6月1日实行全市工人总罢工。从6月1日起，上海全市开始了声势浩大的反对帝国主义的总罢工、总罢课和总罢市，相继有 20 余万工人罢工，5 万余名学生罢课，租界商人全体罢市。当晚，中共中央再次举行会议，蔡和森在会上分析了革命形势，进一步提出了新的策略主张："在上海应当马上成立工商学联合会，成为这一反帝运动总的公开指挥机构，以巩固和发展这一运动，进行长期的斗争；同时要马上把运动扩大到全国去……"

6 月 4 日，上海总工会与全国学联、上海学联、各马路商界总联合会共同组成的上海工商学联合会宣告成立……为了打破帝国主义的舆论封锁，推动反帝爱国运动，中共中央于 6 月 4 日创办了《热血日报》，由瞿秋白任主编。《热血日报》及时向广大群众传达党指导运动的方针、政策，揭露帝国主义的罪行。

6 月 5 日，中共中央发表《中国共产党为反抗帝国主义野蛮残暴的大屠杀告全国民众书》，指出："这次上海事变的性质既不是偶然的，更不是法律的，完全是政治的……全上海和全中国的反抗运动之目标，决不止于惩凶、赔偿、道歉等'了事'的虚文，解决之道不在法律而在政治，所以应认定废除一切不平等条约，推翻帝国主义在中国的一切特权为其主要目的……须将这个斗争持续地依靠于全国民众自身的力量，万不可倚赖和相信政府的交涉而中辍民众的反抗……"

医院的病房是寂静的，趴在窗口的姜辉麟，却是一阵阵心潮澎湃。大街上一支支游行的队伍潮水般不停地在她的眼下"汹涌"而过。住院一周以后，在姜辉麒的坚决要求下，她每天上午做过必需的治疗后，便夹拄着一根拐杖，带上一大包最新的宣传单（这些传单是辉麟让阿姐每天帮她带来的）走上街头，把传单散发给行走在大街上的人们，直到天黑以后她才疲惫地回到病房休息。

"五卅"运动的狂飙，迅速席卷全国及海外。从工人发展到学生、商人、市民、农民等社会各阶层；从上海发展到全国各地 700 个县，各地约有 1700 万人直接参加了运动。北京、广州、南京、重庆、天津、青岛、汉口等几十个大中城市和唐山、焦作、水口山等重要矿区，都举行了成千上万人的集会、游行示威和罢工、罢课、罢市。与此同时，中国人民反帝斗争还得到了国际革命组织、海外华侨和世界各国人民的广泛同情和支援。苏联莫斯科也举行了50万人的示威游行，声援中国人民的五卅运动，并为中国工人捐款。一时间，世界各地有近100个国家和地区的华侨举行集会和发起募捐，共同声援五卅运动。

五卅运动使中国人民在反帝斗争中取得了辉煌的成果。在英、日资本家先后答应“承认中国政府颁布工会条例所组织之工会”“对罢工工人在生活上予以相当之帮助，酌加工资，不得无故开除工人”等条件后，各业罢工工人陆续复工……五卅运动充分显示了工人阶级的领导力量和革命统一战线的作用。这一场具有广泛国际影响的反对帝国主义的斗争，沉重地打击了帝国主义，大力地唤起了中华民族的觉醒，推进了国民革命运动的迅猛发展。

五卅运动渐渐落幕，江浙一带的军阀混战也暂时停息，许多因避战乱而暂迁到上海市区的学校都先后搬回原地。这时，景贤女中已分为了两部分，本部迁回了松江的学校原址，上海市区却增设了景贤分部。沈雁冰、叶圣陶、郑振铎、丁拂先等党内外知名人士先后被聘请到景贤女中分部任教，以增强分部的教学力量。姜辉麟忙完了景贤女中上海分部的创建工作之后，便回到松江女中继续做她的校务工作。

5

1925年8月23日，国民党江苏省党部在上海正式成立，侯绍裘被选为常委，不久又担任了国民党江苏省党部的中共党团书记。这时的侯绍裘主要精力是放在中国共产党的统一战线工作上，他经常在上海、苏州、松江等地往返奔波。在复杂的政治环境里，他立场坚定，旗帜鲜明，积极团结国民党左派，坚持不懈地同国民党右派作斗争。在当时的国民党江苏省党部20名执行委员和监察委员中，有中共党员身份的有14名。

姜辉麟不仅是侯绍裘的忠实追随者，也迅速成长为国民党左派中的一名骨干党员。她除了竭力做好景贤女中的校务工作，也时常辗转于上海、苏州、松江等地，秘密或者半公开地传送文件与资料，还多次随侯绍裘去江苏多地调研正在蓬勃兴起的农民运动。在这个过程中，她深深领会了侯绍裘所说的："当前的斗争，光喊打倒军阀没有用，必须和军阀的靠山帝国主义做坚决的斗争。"

1926 年 1 月，江阴县农民运动领袖周水平惨遭军阀政府杀害后，侯绍裘当即以犀利的笔锋，义愤填膺地撰写了一篇《周水平烈士事略》的文章。

"周水平同志的死，明明白白告诉我们，军阀绅阀地主阶级是联合在一条战线上的，他们的利益和贫民的利益是绝对不同的。同志们，我们要认清，我们需要切记，我们需要千万切记在心咧……"姜辉麟一边默读着侯绍裘声讨敌人的文稿，一边连夜将其文章刻印成革命传单。

天还没亮，姜辉麟便顶着刺骨的寒风、踏着月光前往上海，将侯绍裘文章的手稿和传单送到多家报社予以刊登。途中渡船时，由于船帮上落了一层霜，她上船时脚下一滑跌进了水中。虽然后背全部着水，但她不顾一切地将手中装有手稿和传单的蓝布包裹高高地举起。棉袄和棉裤大部分被水浸湿，手稿和传单却安然无恙。她重新上船，强忍着棉衣潮湿传来的寒冷，过河之后一路小跑地赶到镇上重新买了一套棉衣穿上，然后迅速将手稿和传单一一送到了报社。

姐姐姜兆麟在被派到上海大学参加国民党江苏省党部举办的政治训练班期间，由张应春、姜长麟介绍，光荣地加入了中国共产党。政训班结束后，姜兆麟受中共上海区委妇委的派遣回到松江，一边在景贤女中做校务工作，一边做妇女运动工作。为此，姜兆麟常带着妇女运动骨干到阿母家，研究和筹划妇女运动事宜。有阿母开设的祖传小儿推拿诊所作掩护，阿母的家便成为中共党组织在松江秘密活动的重要场所和联络站点。尽管，辉麟开始不知阿姐兆麟已是中共党员，但阿姐担负了松江妇女运动的组织领导工作，她自然也借着和阿姐一起回娘家看望母亲之机，帮助阿姐一起做妇运工作。

不久，姜兆麟因工作需要，奉上级党组织之命，调任武汉汉口妇女运动委员会。临行前那天晚上，兆麟郑重其事地对辉麟说：“辉麟，我今天告诉你，前不久去上海大学接受政治培训时，我已成为一名光荣的中国共产党党员了，之前没有告诉你，那是因为有组织原则，现在组织上让我告诉你我的中共党员身份，第一因为我们既是一对亲姐妹，你又是国民党中的左派人员，我们都是侯绍裘同志领导的民主革命同志；第二是我明天就起程去武汉工作了，组织上让我在离开松江前，将松江许多没做的妇运工作交代给你，今后也会有许多同志来找你商量一些妇运工作上的事情，这是党组织对你的信任。我相信不久之后，组织也一定会发展你成为一名光荣的中国共产党党员的。”

“阿姐，你就放心吧，我们是亲姐妹，你是我姐，我听你的，也更听组织的，我知道共产党是有着崇高革命理想的党组织，是为了人民大众过上好日子的党，我一定会把你和组织上所交代的工作做好的，我会接受党组织对我的考验。”

接着，兆麟说：“辉麟，今天我还要告诉你，你的弟弟长麟、还麟、余麟，他们在我之前都已是中国共产党党员了。还麟、余麟也是在进入上海大学学习时入党的，上海大学真是革命的摇篮呀！他们能被派往苏联中山大学学习，那是由侯绍裘推荐，经中共上海区委书记罗亦农同志批准的。我的入党介绍人是张应春和咱们的阿弟长麟。之所以目前还没有介绍你加入中国共产党，那是因党组织考虑到你目前是四个孩子的母亲。现今的中国共产党组织还很弱小，还时常遭到国民党右派打压，加入共产党有一定的人生风险，随时有被抓捕和失去生命的可能。我因为没有什么家庭负担，在入党时已对党发出誓言的：‘我要从多哭到不哭，在敌人面前只流血，不流泪，宁可牺牲个人，不放弃革命原则，坚强工作，准备流血……’”

第九章
白色恐怖

1

1926年1月下旬，姜辉麟在阿姐、阿弟们的影响及阿妈的支持下，经多番说服丈夫黄勖哉之后，含泪丢下了当时最大九岁、最小仅两岁的四个孩子来到了上海，开始了在侯绍裘的领导下开展中国共产党机关掩护和交通工作的新使命。也就在这年10月，阿弟姜长麟由周恩来推荐，赴广东任黄埔军官学校政治部第一科科长兼政治教官，致力于培养革命军事干部。长麟远行前的那天晚上，辉麟与侯绍裘、范志超、张应春一起在一家小酒馆里十分高兴地举杯为长麟送行。

1926 年 2 月，中国共产党向全国人民明确提出了“出兵北伐、推翻军阀统治”的政治主张。5 月，国民革命军第七军一部和第四军叶挺独立团等作为先头部队，先行出兵湖南。7 月 4 日，中国国民党中央执行委员会通过《中国国民党为国民革命军出师北伐宣言》。国民革命军在宣言中表达了中国国民党“为国请命，为国除奸，成败利钝，在所不顾，任何牺牲，在所不惜”的决心，号召全国民众群起而助其革命一举成功，并坚信国民革命一定能取得胜利。7 月 6 日，国民革命军总司令部在广州成立，蒋介石任总司令。7 月 9 日，国民革命军在广州举行北伐誓师典礼，誓师大会在广州东校场隆重举行，党政军负责人和各界民众 5 万余人参加大会。蒋介石发表宣言，誓以武力打倒祸国殃民的封建军阀吴佩孚、孙传芳、张作霖，并以国民革命军总司令名义宣告北伐战争正式开始。随即，国民革命军的 8 个军约 10 万人，兵分三路，从广东正式出师北伐。

7 月 12 日至 18 日，中共中央在上海召开的四届中央第三次执行委员会扩大会议，通过了《中共中央第五次对于时局的主张》，号召全国民众积极推动和响应北伐，迅速扩大民众运动，巩固革命的联合战线，推翻国内军阀与打倒帝国主义。由于北伐军的英勇善战，共产党员和共青团员的先锋模范作用，以及广大人民群众的有力支援，北伐战斗一路势如破竹，不到十个月的时间，大革命便从珠江流域推进到长江、黄河流域，取得了前所未有的伟大胜利。

此时，姜辉麟多跟随侯绍裘在上海工作，每日里不是在刻印革命传单，就是到大街上散发革命传单，或是为准备进行工人武装起义的组织和队伍递送革命情报，有时则奔赴松江、青浦一带铁路沿线，给那些趁黑夜撬毁铁轨、割断沿途电话线的地方党组织和铁路工人队伍送情报，有两次还遇到军阀的巡逻车，那雨点般的机枪子弹射过来，枪林弹雨中一派险象环生之象。

姜辉麟连日不知疲倦地奔波忙碌，也不知什么原因，感染了伤寒。一开始，她只感到发热，全身不适，伴有寒颤，还有腹泻，硬是顶了两天没作声。随后，她出现持续高热、玫瑰皮疹、不停寒颤甚至起不了床的情况，同室好友范志超立刻将她送进医院治疗。治疗一周之后，病情好转一些，因战乱病床紧张，医院劝她出院回家调养一段时间。范志超向侯绍裘请示后，便将她送回松江老家调养。可是，姜辉麟到家之后没两天，又出现了高热，并出现神志不清的情况，勖哉连夜将妻子送到城里一家私人诊所救治，那老先生一番望闻问切之后悄悄对黄勖哉说："你的家人有些凶多吉少、九死一生的样儿，我只能是'死马当作活马医'，但愿能绝处逢生了。"也算是上天有眼，一周之后，辉麟在这位老先生的针灸和中草药双管其下之后，还真的起死回生了。

大病初愈，丈夫勖哉及辉麟的阿公、阿婆与阿妈都劝她在家里多多养息，但辉麟坚定地说："我有工作任务在身，待在家里，也是心神不安，这是养不好身体的。"于是，辉麟在能起床行走的第三日便回到了上海，继续投身到她那忙碌的革命工作中。

2

为了配合策应北伐军进军上海，推翻北洋军阀的反动统治，1926年10月和1927年2月期间，中共中央曾先后领导上海工人举行两次武装起义，但都因准备不足，以及客观条件不成熟而失败。3月中旬，中共中央在总结前两次武装起义失败经验教训的同时，在北伐军向苏州、松江等地进军已对上海形成包围圈时，再一次筹划准备了上海工人第三次武装起义。这一次武装起义，由中共中央军委书记兼上海区军委书记周恩来任总指挥。

为确保武装起义胜利，上海区委组织了5000人的纠察队，秘密进行政治、军事训练。同时，派出一部分工人打入敌人的"保卫团"，掌握一部分武器，借敌人的训练和装备，扩大工人纠察队的武装和军事素质，并根据敌人所在地区力量的强弱，划分了七个作战区域。起义前十天，铁路工人中断了铁路运输，使北洋军阀在上海的警备司令部3000人和当地警察2000人处于孤立无援的境地。3月21日中午十二时，上海全市80万工人开始罢工，学生开始罢课，商人开始罢市。总罢工实现后当即便转为武装起义，租界里的中国工人也集合到华界参加起义。随即，工人纠察队分别从南市、虹口、浦东、吴淞、沪西、沪东、闸北等七个区向反动军警据点发动进攻，许多市民群众主动帮助纠察队筑街垒、运弹药、送食品。

在筹集并运送食品的松江分队中，姜辉麟担当着组长的角色。这些队友中，有的是她所在景贤女中学校的同仁，有的是松江城里的革命积极分子和老乡。这时，她的阿公、阿婆、夫君、四个孩子及阿妈已在前不久从乡下搬回松江城的家里。辉麟在家时，已适时地向家人讲解着当前的革命形势，讲述着北伐军和上海第三次工人武装起义的重大意义，以及革命斗争中的一些精彩片段。这些民主革命的斗争，大多数都得到了夫君、阿公、阿婆和阿妈的认可与支持，老人家们还忙着做了几锅大饼和一些咸菜，让辉麟带去支持工人们斗争。

姜辉麟和队友们将征集来的熟食及大米、面粉，用独轮木车、渡船和汽车等一趟趟地送至指定的地点。早春时节，夜风还凉，一袋袋食品和粮食被搬运上车、上船、下车、下船，大家忙得个个浑身是汗、疲惫不堪。然而，因着大家心中都装着“打倒军阀”的信念，再苦再累也都心甘情愿地拼着命去干。实在饿了、累了，大家就啃几口馒头，打一会儿盹。

在车上、在船上，姜辉麟还时常不失时机地给队友讲一些她所知道的有关五四运动、五卅运动的背景和见闻，也讲述一些她所懂得的民主革命和北伐军及上海工人武装起义的意义和目的。

当晚，各路纠察队先后占领除闸北以外的六个区。闸北是直鲁联军重点防守区，军事据点达二十多处，配有机枪、重炮和铁甲车。中共中央及中共上海区委领导上海工人武装，在北伐东路军白崇禧的军队已抵达上海龙华却有意拖延迟迟不继续进攻，而是坐山观虎斗坐收渔利的情况下，经过采取各个击破的办法和三十个小时艰苦卓绝的浴血奋战，终于在 22 日六时许攻克了敌人的全部据点。中国共产党直接领导的上海工人第三次武装起义取得了重大胜利，沉重打击了帝国主义和军阀的反动统治，也充分显示了中国共产党强大的组织力量和中国工人阶级顽强的战斗精神。

在上海工人第三次武装起义中，侯绍裘在中共上海区委的领导下除了积极参与武装起义重要的组织工作，还在武装起义胜利的前夕带领着姜辉麟等参与了市民代表会议和民主选举市政府的筹备工作。其间，侯绍裘通过统战关系，在民选市政府人选问题上，竭力坚持原则，与多方工作协调，有力挫败了国民党右派企图控制市政府的野心。经过几番激烈的斗争，在起义胜利的当天上午，上海特别市临时政府成立，选举产生的上海特别市临时政府 19 名委员中，中共党员和工人代表占一半以上。

3

然而，上海工人第三次武装起义的胜利果实可谓转瞬即逝，以蒋介石为代表的国民党右派很快露出了反革命新军阀的狰狞面目。一时间，中国大地上的政治乌云铺天盖地，一场有计划有目标的残忍杀害共产党人和国民党左派的罪恶阴谋出笼，这真是“山雨欲来风满楼，腥风血雨盖天地”。

正当上海人民庆祝上海工人第三次武装起义胜利和上海特别市临时政府成立的时候，蒋介石磨刀霍霍地来到了上海，与帝国主义、买办资产阶级和青洪帮流氓头子迅速勾结，洪水猛兽般向革命势力凶猛扑来。

1927 年 4 月 2 日，侯绍裘在参加完上海特别市临时政府就职典礼后的第三天，便奉命急匆匆将国民党江苏省党部迁到南京。之所以如此急促地做出这一决定和行动，是因为南京即将成为蒋介石的重要阵营，周恩来和罗亦农紧急提出：必须全力加强共产党和国民党左派对江苏和南京工作的领导。

侯绍裘一到南京，一面主持安排将国民党省党部设立在中正街安徽公学内的国民党南京市党部对面，一面立即通过北伐军第六军政治部主任林伯渠，迅速封掉了反动分子网罗流氓打手组成的伪南京市党部和伪劳工总会。随侯绍裘一同前来南京参加国民党省党部筹建工作的人员有姜辉麟和范志超等，她们白天连着晚上地忙碌于各种材料的刻印、装订等。

4 月 6 日，江苏省政府筹备委员会成立，侯绍裘、李富春、李隆建、张曙时四人被推为筹备委员。江苏省政府成立大会已定于 4 月 11 日正式举行，就在这关键时刻，蒋介石“以釜底抽薪之计，借口继续行北伐之重任，将受中国共产党影响较深且又十分同情支持人民的北伐第二、第六军，从南京市区调往江北，并随后开赴徐州”。

具有较强政治敏锐性的侯绍裘已看出形势处于十分严峻和极端危险的状态。4 月 8 日晚间，他临时召集国民党省党部常务委员和监察委员召开紧急会议，指出蒋介石已公开反革命了，要大家做好应对国民党反动派突然袭击的准备，并通知所属各部立即将重要文件、档案、密电迅速整理，转移到安全的地方。与此同时，侯绍裘把工作人员和女同志安排到旅馆住宿，并通知第二日起在国民党省党部工作的女同志，没接通知不要来省党部上班，有事情另行单独通知。

正如侯绍裘所料，蒋介石第二天一到南京，就唆使流氓打手捣毁了国民党左派主持的国民党江苏省和南京市党部，以及夫子庙里的南京市总工会，并当场绑架了省、市党部 30 多名工作人员。

南京很快成为一座黑云压境的恐怖之城。此时的侯绍裘虽然心急如焚，但他还是沉着冷静地冒着随时被捕的危险，一边东奔西走设法营救被捕的同志，一边紧急筹划组织召开市民大会。

4 月 10 日上午九时，有近 10 万人参加的“南京市民肃清反革命派大会”在半边街的公共体育场举行。大会由中共南京地委委员、国民党南京市党部常务委员刘少猷主持。会议中，侯绍裘义正词严地愤怒揭露和谴责了蒋介石唆使流氓打手公然捣毁省、市党部并绑架无辜工作人员的暴行。国民党江苏省党部执行委员、工人部长兼秘书长刘重民宣读了赴“总司令部”请愿的“七项条件”，强烈要求严惩肇事者，保护群众集会自由，保护工人运动，恢复省、市党部。

向着蒋介石“总司令部”行进的大型示威游行开始后，姜辉麟等一路上还不停地向路边的市民们散发传单。到了“总司令部”，刘重民等六位团体代表被推荐去面见蒋介石，请愿要求蒋介石答应七项条件。然而几番严正的交涉不仅没有任何结果，六位代表也差点被扣押着不放，请愿的群众高喊口号：“我们要见代表，必须答应七项要求！”

蒋介石只出来向代表们说了一句傲慢无比的狠话后再不露面，并且唆使反动武装分子用棍棒和刀枪对游行队伍大肆进行武力驱散和镇压，当场打死数十人，打伤者不计其数。

当晚十一时，在中共地下交通处南京大纱帽巷10号，侯绍裘秘密召开了国民党江苏省、南京市党部和各革命团体中共产党员的主要负责人会议，他们要紧急研究应变措施。不幸的是，秘密会议已被国民党反动派的公安局侦缉队发觉。11日凌晨两点，隐蔽在院外负责放哨的人惊慌地冲进会场说：“快走，敌人来了！”

侯绍裘第一时间吹掉了油灯，但此时数十个荷枪实弹的武装暴徒已将会场包围了。与会人员措手不及，除刘少猷一人在侯绍裘帮助下从后院越墙脱险，侯绍裘、谢文锦（中共南京地委书记）、刘重民、许金元、郜一谷、梁永等10名同志均当场被逮捕。

侯绍裘等同志们被抓这天，姜辉麟和一位熟悉南京的国民党省党部工作人员一直在南京城里秘密寄信和送信，因此幸运逃脱了国民党反动派的这次抓捕。

之后得知，前些日子被侯绍裘派到苏州黎里工作的张应春，因国民党省党部从上海搬迁到南京，加之江苏省政府成立大会即将召开，有好多事要她来做，当她从苏州赶到南京并找到设在安徽公学里的国民党省党部时，发现省党部已被反动派捣毁并占领，她便悄悄离开并找到好友陈君起一起前往大纱帽巷10号，却不幸地被暗藏在那里的反动派特务当场抓捕。

4

蒋介石“清党”反共，当然是早有预谋的。1926年，蒋介石夺取了国民党的党、政、军大权之后，实行独裁的野心日益高涨。随着北伐的胜利进军，蒋介石日趋反动。11月9日，他在南昌成立了总司令部，下定决心实行“清党”反共，并迅速开始了准备。蒋介石在南京一手制造的四一〇反革命事件，也是四一二反革命政变的前奏。

1927年4月12日凌晨，停泊在上海高昌庙的军舰上空升起了信号，早已准备好的全副武装的青洪帮、特务数百人，身着蓝色短裤，臂缠白布黑“工”字袖标，从法租界乘多辆汽车分散四出。从一时到五时，这些“黑工”先后在闸北、南市、沪西、吴淞、虹口等区袭击工人纠察队，工人纠察队仓促抵抗，双方发生激烈的战斗。这时，蒋介石收编的由孙传芳旧部组建的国民革命军第二十六军开来，以“调解工人内讧”为名，强行收缴了工人纠察队枪械。从凌晨到上午，上海有2700多名武装工人纠察队被解除武装，120多名工人纠察队队员牺牲，180多人受伤。当日上午，上海总工会会所和各区工人纠察队驻所均被“黑工”占领。在租界和华界内，外国军警搜捕共产党员和工人1000余人，全部交给了蒋介石的军警。

刘少猷幸运地逃脱了敌人的抓捕后，自然第一时间就将这一消息报告给了中共南京地委的主要领导。同时，他立即派人将侯绍裘等同志被敌人抓走的消息告诉了在旅馆居住的同志，并让大家千万不要再去国民党省党部及交通站，赶快到别的地方暂时隐蔽起来，最好是尽快各自先回家等待消息。

侯绍裘、谢文锦、刘重民等中共重要干部和骨干人员被捕，并且一时下落不明。中共中央和中共上海区委的领导十分焦急，当即派出一些同志到南京济难会开展工作，要求尽一切办法打听到侯绍裘、谢文锦、刘重民等同志们的下落，要千方百计地求得营救。

这时，还有一个不幸消息传来。也就在11日深夜，中共上海区委常委、区委职工运动委员会书记，上海总工会代理委员长，“五卅”反帝爱国斗争主要领导人之一的汪寿华，遭到青帮流氓头子杜月笙抓捕，第二天就被反动派的打手活埋于上海城西枫林桥，他是四一二反革命政变中第一位牺牲的中共高级干部。

国共合作的风云突变，革命斗争势在必行。4月13日上午，在中共上海区委的领导下，上海烟厂、电车厂、丝厂和市政、邮务、海员等各业工人举行罢工，参加罢工的工人达20万人。与此同时，上海总工会在闸北青云路广场召开了有10万人参加的群众大会，愤怒声讨蒋介石反动集团凶残的反革命行径。大会通过决议，要求：一是恢复工人的武装；二是严办破坏工会的反动派；三是抚恤死难烈士的家属；四是向租界帝国主义者提起严重的抗议……会后，群众冒雨游行，赴宝山路第二十六军第二师司令部请愿。

然而反动派已经疯狂，高高举起的屠刀岂能轻易放下。当长达一公里的游行队伍行至宝山路三德里附近时，埋伏在里弄内的国民党反动武装突然窜出，毫无顾忌地向群众开枪扫射，当场打死100多人，伤者不计其数。宝山路上，一时间血流成河。

当天下午，蒋介石指挥的反动派军队，很快占领了上海总工会和工人纠察队总指挥处。接着，查封或解散革命组织和进步团体，进行疯狂的搜捕和屠杀。在事变后三天中，上海共产党员和革命群众被杀者300多人，被捕者500多人，失踪者5000多人。

令人毛骨悚然的白色恐怖在继续蔓延。4月15日，广州的国民党反动派也发动了反革命政变。当日抓捕共产党员和革命群众2000多人，查封工会和革命团体200多个，优秀共产党员萧楚女、熊雄、李启汉等先后被害。同时，浙江、安徽、福建、广西等地国民党反动派也纷纷以“清党”名义，对共产党员和革命群众进行血腥屠杀，奉系军阀也在北京大肆捕杀共产党员……

5

侯绍裘是姜辉麟最尊重的校领导和好老师，更是她崇敬的革命向导和革命领导。侯绍裘被抓捕了，好友张应春和范志超也不知道是怎么样的处境，那天晚上，她俩都不在开会的现场，她们难道也遭到了抓捕？忽然间，姜辉麟感到惊恐万分，茫然无助。

失去了与领导和同志们的联系，姜辉麟没有立即返回上海，她想在南京打听侯绍裘等同志们的消息。偌大的南京城，白色恐怖的阴云已铺天盖地，姜辉麟虽然打听到了南京多家监狱的所在地，但每一所监狱大门前都有荷枪实弹的卫兵把守着。监狱门前还不时地响起一串串警笛声，一些带着镣铐的人被武装军警从警车或军车上押下来，便被推搡着进了监狱大门。看到这般情景，姜辉麟知道凭自己一人是无法打听到侯绍裘的下落的，必须赶快找到省党部其他领导或同志们来一起商量对策。可是，上哪儿找他们呢？她初来南京，茫茫人海，无从寻觅……

三天后，姜辉麟独自一人乘车回到了松江，回到了自己的家。

姜辉麟一进家门，正在院内玩耍的四个孩子立刻拥了上来，一起大声高喊：“阿妈回来了！”“阿妈回来了！”

辉麟听了孩子们的呼喊，心头立即涌上一股热流。她蹲下摸着孩子们的脸，热泪禁不住夺眶而出。

“阿妈，你怎么哭了，你回家，我们太高兴了。阿妈，你别哭，你别哭。”大女儿宗英说着说着，自己也“哇”的一下大声哭起来了，跟着，另三个孩子也大声地哭了起来。

辉麟和四个孩子已哭成一团。这时，辉麟的丈夫黄勖哉和阿公、阿婆已来到了院子里。勖哉过来拉起孩子们和辉麟说：“孩子们，别哭了，阿妈回家不好吗，你们都别哭了，都笑一笑。”孩子们被阿爸这样一逗，也都“哈哈”“哈哈”地笑了。辉麟站起来抹了一把眼泪，定神地望了望勖哉和阿公阿婆，这才真切地说着：“勖哉、阿公、阿婆，你们辛苦了……”

晚上，勖哉对辉麟说：“景贤女中已经停课了，学校的老师都离开学校了，说是因学校股东侯绍裘是国民党左派，还是共产党，他在南京筹办省党部开会时被蒋总司令派军警抓捕了，学校这几天连续有人带枪来搜查他的材料。你应该是和侯绍裘一起去南京的吧，你遇到危险了吗？不过，你平安回来就好。从今往后你不能再去冒这个险了，革命是那些大人物来干的，不应该是你这样一个有着四个孩子的母亲去干的……”黄勖哉再一次恳求妻子姜辉麟。

这一晚，姜辉麟和黄勖哉关于是否继续参加革命进行了好一阵子的争论，但夫妻俩最后还是“握手言和”了，因为“打倒帝国主义、打倒反动军阀，让民众有平安的日子过”也是黄勖哉的心声。

6

有关侯绍裘、张应春等同志牺牲的消息，直到 1927 年 4 月下旬才被打听到。侯绍裘等人被抓捕后，被秘密关在南京珠宝廊市公安局看守所。在狱中，敌人软硬兼施，使尽各种手段，但始终没有动摇侯绍裘等同志的革命意志。蒋介石曾企图以江苏省政府主席的高位引诱侯绍裘，却被他断然拒绝。敌人一无所得，最后下了毁尸灭迹的毒手。三四天之后的一个夜里，刽子手把侯绍裘等捆绑着装进麻布袋中，乱刀将其杀害，然后将他们偷偷地抛入南京通济门外九龙桥下秦淮河里毁尸灭迹，同时被害的有谢文锦、刘重民、张应春等 10 余位同志。

噩耗传来，姜辉麟失声痛哭，同时感到眼前乌云翻滚，茫茫无路。

年仅三十一岁的侯绍裘遭残酷杀害，还在国外的侯绍裘好友、著名爱国诗人、国民党左派柳亚子闻讯后，悲痛地写下悼哀诗篇：

指天誓日语分明，功罪千秋有定评。
此后信陵门下士，更从何处觅侯生？

一时间，许多景贤女中的老师和学生都悄悄地来找姜辉麟，大家一起流着泪朗读着柳亚子的诗，一起缅怀革命英烈、战友、老师——侯绍裘和张应春等。

一个个噩耗还在不断传来。4月28日，中国共产主义运动先驱、中国共产党主要创始人之一的李大钊在北京英勇就义，时年三十八岁。6月26日，中共早期领导人之一、中共上海区委书记、中共第五届中央委员和政治局候补委员、中共江苏省委第一任书记陈延年（陈独秀长子），在上海被捕入狱，并于7月4日英勇就义，时年二十八岁。7月2日晚，中共五届中央委员、中共江苏省委代理书记、上海总工会委员长赵世炎，由于被叛徒出卖，在自己的住所被捕。7月19日，赵世炎在上海龙华警备司令部的枫林桥畔被杀害，时年二十六岁。

蒋介石利用手中的权力悍然发动了“清党”反共的四一二反革命政变，全国成千上万的中共党员和国民党左派成员被或秘密或公开地杀害，又或者被关入监狱。武汉国民党中央执行委员会一致决定，宣布开除蒋介石的国民党党籍，免去其本兼各职：“着全体将士及革命民众团体”，将蒋介石“拿解中央，按反革命罪条例惩治”，并将国民革命军第一集团军所统率的第一、第二、第三、第四方面军及总预备队划归中央军事委员会直辖指挥。这些决定得到武汉各界的一致拥护，但是，蒋介石另立“中央”，于4月18日在南京建立了另一个国民政府，和武汉国民政府“宁汉分裂”。

7月，武汉汪精卫集团也公然开始“分共”反共。他们一方面解聘共产国际中国代表鲍罗廷的顾问职务，另一方面通知各政府部门和军队驱逐共产党人。至此，蒋介石集团和汪精卫集团与帝国主义及大地主、大资产阶级勾结，残酷屠杀共产党人和革命群众，使三年前开始的国共合作反帝反封建的大革命遭到了全面的失败。同时，这也宣告国共两党第一次合作失败。

四一二反革命政变后，国民党的基层组织基本瘫痪，但共产党在人民大众中的影响力迅速扩大。中国共产党经历了一场残酷的血的洗礼之后，该怎样在黑暗与迷茫中寻找到一条光明之路？“国破山河在，春城草木深。”1927 年 8 月 1 日，由中国共产党联合国民党左派发起和领导的八一南昌起义，打响了武装反抗国民党反动派的第一枪，响亮地揭开了中国共产党独立领导武装斗争和创建革命军队的序幕。

第十章 红色曙光

1

侯绍裘被抓捕并且被秘密杀害了，景贤女中的校长沈联璧也在险象环生中远走武汉。学校一时开不了学，即使能开学，姜辉麟也去不了，因为她是国民党左派之一，是一直追随侯绍裘的“干将”之一，一旦有人举报，她必然是被抓捕的对象。或许是辉麟和姐姐兆麟在学校人缘好，又都是普通的小人物，且学校已停课，教职员工都散去了，她们俩还算是相安无事。随后不久，曾一度被组织上抽调到武汉搞妇运工作的姜兆麟，因汪精卫“清党”反共回到上海后，便被组织上安排去松江县东侧的奉贤县曙光中学工作了。

革命者鲜血染红的四一二反革命政变事件虽然已过去几个月了，但姜辉麟因痛失了亲密的革命战友侯绍裘和张应春，心情一直好不起来，以致还生了一场不大不小的疾病。她一连多天或高烧或低烧，丈夫黄勖哉请来中医和西医都来看过，也用药了，就是一直不能完全退烧，这可把勖哉及全家人急坏了。其间，勖哉把岳母请来家给辉麟把脉并照应。辉麟的阿妈来了之后，连祖传的小儿推拿的办法都用上了，但也没有解决辉麟的发烧问题。看着天天满脸通红、日夜昏昏沉沉的辉麟，一家人都急得无所适从、寝食不安。前不久，辉麟得了那么重的伤寒病都治好了，这次到底得了一种什么怪病呢?

一天下午，辉麟阿妈似乎忽然想起了什么，她将勖哉拉到一边说：“我昨天听人说在奉贤一所曙光中学看到了兆麟，明天我就去奉贤将辉麟的阿姐兆麟喊来看一下，或许她能有好办法，她在外面时间长，或许能请到好医生。”

“好的，那您老人家明天去一趟，将阿姐请来想想办法。”

这真是母女心相印，血脉同相连。就在辉麟的阿妈说要去奉贤找兆麟时，傍晚时分，姜兆麟竟然领着范志超一起来到了姜辉麟的家。范志超，辉麟的阿妈和辉麟的婆家人大都认识。兆麟和范志超不约而至，这可让阿妈兴奋得不得了。

“这真是‘说曹操，曹操到’！兆麟、志超，你们怎么忽然就神兵天将一般来到这里，辉麟病了十多天不好，我正准备明天一早就去奉贤找你们呢！”

昏睡着的辉麟听到阿姐兆麟说话的声音，忽然睁开了眼睛，并立刻坐了起来。她看到兆麟姐和景贤女中的好友范志超，眼泪唰地掉了下来。

“辉麟，你怎么病了！听阿妈说你已经病了十多天，都怪阿姐这些天太忙了，没回家看阿妈和你。我在武汉时间不长，因汪精卫也叛变了革命，便回到江苏了，但不是松江，而是到奉贤去工作了。”

“阿姐、志超，你们来了。侯绍裘先生、应春妹妹离开我们永远回不来了，你们怎么也都不来找我了？是革命和组织不要我参加了吗？这几个月，我都急死了，我就是急得见不到你们，才生病发烧，这么多天都起不来。我真的是太想你们了，你们都到哪里去了？”辉麟说得很激动，但她是在头脑已清醒的状态下说的。

“辉麟，看把你急的，我们这不都来看你了吗。”阿姐兆麟走到房门口向外看了看，只见阿妈在前屋厅堂和辉麟的阿公、阿婆说话，便悄悄神秘地说：“辉麟，告诉你一个好消息，我们又有学校了，学校就在松江东侧的奉贤县奉城镇。这是一所新办不久的学校，更是一个有组织的反帝、反封建、反国民党反动派的革命学校——曙光中学。这‘曙光’二字，意味着中国革命的曙光已经来临，我们学校教员中的刘晓、李主一等都是共产党员。你阿姐我，还有你志超阿妹，我们现今也都在那儿上班了。今天就是来看看你，并不是要你去奉贤的曙光中学和我们一起去工作。因为你是有着四个孩子的母亲，这次我们工作的曙光中学在奉贤，不是在松江，你要去那里工作，照顾孩子就更不方便了。况且，现在反动派还是特别地猖狂，我们现在都是秘密地工作，随时也会有危险发生的。”

“去！我离得开家，我不怕危险，我家黄勖哉会支持我的，有困难他会克服的。我只要一有革命工作去做，就不会生病的。你们什么时候带我去，我就什么时候跟你们走。”姜辉麟感到自己又有机会去做革命工作，立刻感到浑身来劲了。说着，她就要下床，像是立即就要跟她们一起走的样子。

范志超看到姜辉麟这样着急和兴奋的样子，连忙按住姜辉麟说：“辉麟，你先别急，你最近先把自己身体养好，你在松江一定也能再做革命工作的，我们的革命事业在松江一定也会再发展的，松江用不了多久一定也会再掀起打倒帝国主义、打倒军阀、打倒国民党反动派的革命热潮的。”

“不行，我现在就要和你一起去奉贤干革命工作，我要和你们一起为我们的革命战友侯绍裘、张应春报仇雪恨！现在让我待在松江，待在家里，我是一天也待不住的。你看，你们来了，我的病就好了，你摸一下我的头，现在已退烧了，我的头也不痛了。我知道你们现在都是共产党员，我也会努力成为一名共产党员的。”

“辉麟，你不要这么急，你的革命热情和意志，我们都能感觉到、意识到。但是，你就是病养好了，要去奉贤曙光中学工作，也得和我那妹夫及你的公公、婆婆商量好了，得经过他们同意，你才能去，你家里照看孩子的负担真的是很重的。你看，我和志超也都是刚去曙光中学不久。等你能去奉贤的时候，我们一定会带你去的。你是已经有革命工作经验的同志，革命工作确实也需要你这样的同志，但革命者也有很多难以克服的困难。”

“是的，侯绍裘等同志被捕的当天夜里，本来我应该在会场上做记录的，只因之前我被侯先生派去江北浦口执行其他任务。结果我在渡口码头被人跟踪，只好绕道躲避，以致最终没能赶上渡船回到江南，也幸运地逃脱了国民党反动派的抓捕。当我第二天下午赶回来时，才知道那天凌晨参加紧急会议的同志们遭抓捕了，我想打听他们的下落，也想找到你们，但在南京待了四五天什么结果也没有，就回到了上海。我也是前不久才联系上组织并被安排到奉贤曙光中学去工作的。”范志超借机也将自己在四一二反革命政变前后的情况告诉姜辉麟。

黄勖哉带着四个孩子一起出去抓药，回到家里的时候，看到兆麟不请自来，还带来了他见过的范志超，再看到妻子辉麟已神情自若地坐在床上和姐妹们侃侃而谈，且精神状态非常好时，既是大吃一惊，更是十分高兴。兆麟和志超拿出带来的好吃的食品给孩子们，孩子们“阿姑”“阿姨”地亲热地叫着她们……

2

1927年6月上旬，中共中央决定撤销中共上海区委，分别成立中共江苏省委和中共浙江省委。中共江苏省委员会兼上海市委员会，江苏省委正式成立的会议及省委第一个秘密工作地点，设在上海北四川路施高塔路恒丰里104号。

6月26日上午，中共江苏省委第一次会议举行，陈延年、赵世炎、王若飞、郭伯和、韩步先、张维桢、康生、黄竞西等人出席会议，会上宣布了省委成员的分工。中共上海区委书记陈延年（陈独秀长子）任中共江苏省委书记；中共小沙渡部委书记郭伯和任省委常委、组织部长；中共中央秘书长王若飞任省委常委、宣传部长，中共上海区委组织部长赵世炎任省委常委，韩步先任秘书长。忽然，一个交通员进来密报，外面不远处有军警到处搜查，会议立刻暂停，人员迅速离开。下午，经查看恒丰里附近一时没什么动静，部分人员便进屋继续开会。可是会议刚开始不久，恒丰里104号便突然被包围，陈延年、郭伯和、黄竞西、韩步先等四人当即被抓捕了。此后，中共中央决定由赵世炎代理中共江苏省委书记。

7月4日，陈延年、郭伯和、黄竞西同时在枫林桥英勇就义。而由于韩步先的叛变，赵世炎等10余人于7月2日同时被反动派抓捕。7月19日，赵世炎被反动派杀害于枫林桥。

在腥风血雨中诞生的中共江苏省委，刚成立半月就接连遭到以蒋介石为首的反动势力的凶残扼杀。如此险恶的环境下，党的工作开展十分艰难，党组织和党员只得迅速分散隐蔽，大部分党员都转移到偏僻的城镇和农村开展秘密活动。奉贤的曙光中学，就是在四一二反革命政变的白色恐怖下秘密建立起来的一所闪耀着红色革命之光的学校……

姜辉麟在阿姐兆麟和范志超第二天离开松江返回奉贤曙光中学后，便完全退烧了。之后，她自然是苦口婆心地用大道理和小道理向丈夫及公婆灌输了两天，最终，家人无可奈何地同意她去奉贤曙光中学工作了。

出发那天清晨，黄勖哉两手各拎着一个行李箱，亲自将辉麟从松江送到奉贤。一路上的赶脚和乘船，夫妻俩正好找到了一次难得的倾心交流的机会。

3

曙光中学在奉贤老县城奉城镇奉粮路上一座始建于清代同治年间的“潘公祠”里。这里原本供奉着松江知府潘鼎新和奉贤知县杨溥的牌位，所以也称“潘杨祠”。房子为砖木结构，坐北朝南，五开间三进平房。这里的房屋高大宽敞，房屋中间有大天井。姜辉麟到达当晚，校长徐雅平特别在学校食堂举行了欢迎姜辉麟和黄勖哉的晚宴。晚宴上，主要教员李主一、刘晓、金学成、刘德超、姜兆麟、范志超等相陪，其乐融融。黄勖哉看到这里不仅是一所像模像样的学校，而且学校领导对待辉麟和他都十分热情，心里原本的担心也基本消失了。

第二天刚好是礼拜天，学生放假，阿姐兆麟和范志超便一起陪辉麟送黄勖哉出了奉城。之后，兆麟和志超还陪着辉麟逛了逛奉贤县城。明代所筑的奉贤城基本完好，周围六里，高二丈五尺，雉堞一千七百六十六。城有四门，东曰朝阳，西曰阜城，南曰镇海，北曰拱辰，其上各有谯楼。城内有棂星门、泮池、大成殿、言子祠、肇文书院、文昌阁、万佛阁、魁星阁、同善堂、武庙等明清古典建筑。奉城镇街道呈“十”字形，有东街、南街、西街、北街之分。1912 年县署迁南桥后，这里虽为城厢，但仍是城市建制，设有县司法署、镇公所和奉城坊等行政机构。

漫步在奉城的古城墙上时，兆麟和志超还特别向辉麟介绍了曙光中学的校长徐雅平以及教员李主一、刘晓。为啥叫徐雅平当校长呢?因为他是南京东南大学毕业的，当时虽不是党员（后来入党），但也是反帝反封建、反军阀的进步知识分子，他数理化等课都能上，哪里有缺他就顶上去。李主一、刘晓在曙光中学名义上是教员，但曙光中学是江苏省委安排筹办的，他们其实是中共奉贤党组织负责人，学校的重要工作安排他们俩都是要参加讨论的。

李主一，原名李宪章，是奉城洪庙老李家埭人，他出身于晚清的秀才大户家庭，在家乡读完私塾和小学，进入上海同济医工专门学校（同济大学前身）附属中学，毕业后回家乡办学，曾任竟成小学校长。辛亥革命后，李主一接受民主主义思想，加入孙中山领导的国民党。他写诗抨击军阀混战，1925 年进上海大同大学深造，结识了林钧等中共党员，开始走上了革命道路。不久，经林钧介绍，李主一正式加入中国共产党。1926 年 8 月间，他离开学校回到奉城，筹组国共合作的国民党第一届县党部，并任执行委员。他常不顾个人安危，在上海与奉贤之间递送党的文件和革命宣传品，组织农民协会，发动农、盐、渔民开展各种斗争，宣传新三民主义和共产主义，使奉贤地区的国民革命运动得到了蓬勃的发展。1927 年春，他还发动了一部分盐民举行暴动，配合上海工人武装起义。

1927 年四一二反革命政变后，奉贤县农协被迫解散。同年 7 月，国民党县党部、县教育局和县教职员会联合在奉贤举办暑期讲习会，李主一便请刘晓等中共党员任教，宣传国民革命、共产主义等革命思想。不久，国民党右派改组奉贤县的县党部，李主一被解职。1927 年 7 月，他受中共江苏省委指示，邀集刘晓等人来奉贤，先在南桥举办暑期教师训练班。随后，李主一、金学成、宋亚等中共党员在奉城的潘公祠内捐资创办私立曙光初级中学（曙光中学），以掩护国民革命失败后幸存的革命力量，以求在奉贤地区继续开展革命斗争。李主一身为校董，学校创办缺乏经费，就拿出自己家中的钱款，还带着师生到县里各处募捐。曙光中学建立不久，即成立了中共奉贤学校中心支部，直属中共江苏省委领导，李主一任组织委员，负责与省委间的联络工作。

刘晓，原名刘运权，字均衡，1908 年出生在湖南省辰溪县潭湾镇的一个地主家庭。他家虽然在大山中，但也算是书香门第。刘晓六岁读私塾，小学时因胆子大且经常和同学打架，被称作“刘霸王”。1921 年小学毕业后考入沅陵县朝阳中学，1925 年因参加进步活动被学校开除学籍。1925 年 8 月，在堂叔刘德超的介绍下，刘晓的父亲花二百大洋送他进南京东南大学附中读书。刘德超当时在东南大学读书，刘晓便和他住在一起。在刘德超那里，刘晓看到了《新青年》《向导》《共产主义 ABC》等进步刊物和书籍。1926 年春，刘晓考入上海国立政治大学。在校期间，他积极参加爱国学生运动和反帝反封建革命活动。1926 年 9 月，刘晓在上海又见到了已加入中国共产党的刘德超。之后不久，刘晓便在刘德超和另一位中共党员的介绍下光荣地加入中国共产党。

1927 年四一二反革命政变发生后，刚刚二十岁的刘晓在中共法南区委的领导下从事党的地下活动。不久，中共中央号召广大党员从城市转移到农村，组织农民暴动，反抗国民党反动派的白色恐怖。7 月初，法南区委告诉他，组织上决定调他到奉贤工作，接头人为李主一。于是，刘晓（化名刘巽斋，俗称“小刘”）、刘德超（化名刘柄）一起来到奉贤。叔侄二人到奉贤后，先是通过李主一的关系，在南桥的一个全县小学教师暑期训练班任教，为期一个月。在训练班上，他们讲授的内容为中国农民运动、世界革命史和科学社会主义等。这个训练班时间虽短，但刘晓和刘德超在这里教育、结识并团结了一批学生。

就在训练班举办期间，李主一、金学成、宋亚等中共党员已经集资在奉城潘公祠内创办了曙光中学。南桥的暑期训练班结束后，刘晓、刘德超便被李主一邀请至曙光中学任教，以此为掩护来开展革命活动。在曙光中学，刘德超任训育主任，刘晓年轻，为教员，负责讲授国文、英文和历史课。曙光中学共有一、二、三年级三个班级，140 多名学生。这所学校的教员中有许多都是中共党员或进步人士。

兆麟和志超讲完了曙光中学及有关李主一和刘晓的故事后，阿姐兆麟还有意贴着辉麟的耳朵说："我告诉你，我们的大弟弟姜长麟现在也在曙光中学做教务及担任数学、中文教员了，只是这几天他被刘晓派到上海去办事了，不在学校。"

姜兆麟和范志超给姜辉麟讲曙光中学已成为中共秘密工作点的事，也是受刘晓和李主一委托而说的，中共曙光中学党支部有意要吸收姜辉麟为中共党员，这也是组织上对姜辉麟的最后一次摸底调查。

姜辉麟短时间里听了这么多有关曙光中学和学校里为革命秘密工作的共产党员的事迹，内心顿时热浪滚滚、心潮起伏。

"曙光中学有这么多共产党员在为中国民主革命而默默工作，我什么时候也能成为一名光荣的中国共产党党员呢？"姜辉麟用急切而昂扬的目光凝望着阿姐姜兆麟和好友范志超。

"辉麟，你之前已经有很多参加革命的经历，现在又有迫切的入党要求，我相信组织上一定会很快接纳你成为一名光荣的中共党员的。"

4

1927年8月中旬，姜辉麟来曙光中学报到的前一天，中共江苏省委秘密派林钧来到曙光中学，在学校后院的一间小屋里秘密宣布中共曙光中学中心支部成立，刘晓任党支部书记，李主一既是校董，也担任党组织委员。来到曙光中学的第二天晚上八点，姜辉麟被弟弟长麟领到中共曙光中学中心支部成立的那间小房子里，说是校董李主一有重要事情对她说。这间小房子掩映在一片高高密密的花木后面，房子后面就是高高的学校围墙，外人是很难见着的。

姜辉麟随姜长麟步入屋内，屋子中间有两个四方桌拼成的读书台，四周有长条凳子围着，书台上面放着两盏亮着的煤油灯和几摞书籍。屋子后墙位置有一道高挂着的灰色长方形窗帘。

这时，李主一迈步走进屋来了。"辉麟，请坐！"李主一面带微笑地对姜辉麟说。

"李校董好！"姜辉麟略显紧张地在李主一、姜长麟对面坐了下来。

“你好！ 姜辉麟，你是姜兆麟同志的妹妹、姜长麟同志的姐姐，你之前在松江和上海景贤女校以及其他场所参加的反帝、反封建、反军阀的革命活动，我们已通过你的阿姐、阿弟和你的好友范志超的介绍而有所了解。 我非常欢迎你到奉贤曙光中学来工作。 现经校董会研究，决定让你做曙光学校的女生校监兼司务。 范志超同志是总校监，你的主要工作是配合范志超同志做好学校女生课后生活与安全监管，并负责学校有关资料及试卷的刻印工作，这些是你在曙光中学的公开工作，你愿意吗？”

“我愿意，我之前有这方面的工作经验，我相信我能干好，请李校董放心。 不过，也请校董们多予以指导和监督。”

“好，你做这些工作应该是轻车熟路，我们放心。 另外，昨天，我们委托了姜兆麟和范志超两位同志向你介绍了我们曙光中学教学以外的另一些工作任务，那就是中共党组织在曙光中学所开展的反帝、反封建、反军阀的民主革命工作。 根据你之前在景贤女校和作为国民党左派党员的民主革命经历，结合她们昨天和你交谈情况的反馈，现组织上认为：多年以来，你对中国民主革命很赞成，也很有热情，也参加了很多民主革命行动。 同时，你对中国共产党这个彻底反帝、反封建、反军阀的革命组织也很信任、很支持，你也非常希望能够加入中共党组织。 我说的这些都对吗？”

“对，非常对！ 我离开家乡松江，离开我的家，离开我的夫君和四个孩子，来到奉贤曙光中学，就是为了能够继续参加反帝、反封建、反军阀的民主革命。 当然，我也迫切希望能成为一名光荣的中国共产党员，能和我阿姐、阿弟及你们一起并肩为党的革命事业而战斗，为我们的革命先烈报仇雪恨。”

“好！ 姜辉麟，考虑到你之前在民主革命上已做了许多工作，组织上也对你进行了充分的考察和了解，也看到你现今对加入中国共产党的迫切要求，现在我李主一和姜长麟同志愿意做你的入党介绍人，请你站起来，我代表奉贤曙光中学中心党支部还要先问你几个问题。”李主一说后站起，姜长麟、姜辉麟也一同站了起来。

李主一说：“中国共产党是反帝、反封建、反军阀的革命组织，我们党的最终目标是实现共产主义。但是在反帝、反封建、反军阀的民主革命和实现共产主义的革命过程中，一定会有人流血牺牲的，你有没有为共产主义牺牲个人一切的决心？”

“有！我一定有。在敌人面前只流血，不流泪，宁可牺牲个人，也不放弃革命斗争，在革命工作中，随时准备流血、牺牲。”姜辉麟庄严而坚定地回答。

“你能不能严守党的机密？”

“能！我一定能保守党的机密。”

“党的革命工作有很多艰难困苦……”

“我不害怕艰难困苦。党叫我干啥就干啥，哪怕是刀山火海我也敢上、敢闯！”姜辉麟的回答坚定有力。

在李主一和姜辉麟谈话的时候，姜长麟已从后窗布帘后面拿出一块红布，随后用一把小铁锤和两颗小铁钉将红布钉在了一面白墙上。这是一块有小方桌子大小的红布，左上方绣着一把不太规则的金黄色镰刀与一把斧头的图案，右下方还绣着白色 CCP（中国共产党英文名称缩写）三个字母。

“这一面中国共产党党旗，是我和刘晓等党员同志们前不久一起做的，你将成为第一个在这面党旗下宣誓入党的党员。接下来，请你来到这面党旗下，有力地举起你的右手，握紧拳头，跟我一起面向党旗，向党宣誓！”李主一说完便领着姜辉麟走到党旗前，并示意姜辉麟一起举起右拳，领着她进行入党宣誓：

“我愿意加入中国共产党，我一定严守秘密，服从纪律，牺牲个人，努力革命，永不叛党。”

姜辉麟庄严地宣誓完毕，李主一拉起姜辉麟的手热烈地说：“姜辉麟同志，你从现在起已经是一名光荣的中国共产党党员了，我们从现在起就是革命同志了！”

李主一把“同志”二字说得特别重。这时，姜长麟也走到二姐辉麟面前，拉起阿姐的手，紧紧地握住说：“二姐，我为你高兴，你现在不仅是我的二姐，也是我的同志了，我们的弟弟还麟、余麟和大姐兆麟都是中共党员，我们家姐弟五个都是中共党员了。”

“是的，我们家姐弟五个都成为中共党员了，我们都是革命同志了！我今天太高兴、太激动了。”此时此刻，姜辉麟是激动万分，她一手拉着阿弟长麟，一手又拉起李主一，噙满热泪的双眼望着他们说：“非常感谢你们两位同志愿意做我的入党介绍人，我一定不会辜负党组织对我的信任。‘同志’这两个字，让我浑身充满了力量！”

“是的，‘同志’二字让我们一直浑身充满着力量。‘同志’，我们是志同道合的革命同路人！姜辉麟同志，你现在已经是党的革命同志了，除了学校的公开工作，你还将担负一些秘密的党的革命工作，比如夜晚秘密刻印党的宣传资料，传递党的秘密文件，参与组织一些群众革命活动，等等。”李主一接着严肃认真地对姜辉麟说。

“我愿意，我愿意接受党交给我的一切革命任务。请党组织随时交给我任务，我坚决完成。”姜辉麟坚定自信地回答。

“好！我们相信，你一定会成为一名坚定而优秀的共产党员。”李主一说完，再一次有力地与姜辉麟紧紧地握手。

这时，姜长麟取下了墙上那面鲜红的党旗。李主一、姜长麟一起来到后墙那道窗帘前，姜长麟示意姜辉麟也来到窗帘前，姜长麟拉开一面大窗帘，将已整齐叠好的党旗放进窗台上的一个木箱里。

李主一指着窗子两旁放着许多书籍的两个书架说：“姜辉麟同志，我们在这窗帘后的墙上做了两个简易的书架，书架上是我们曙光中学中心党支部秘密存放的一些革命书刊和文章，供支部党员们抽时间来阅读、学习。你看，这里有《共产党宣言》《向导》《新青年》《前锋》《布尔什维克》等，还有李大钊、陈独秀、瞿秋白、周恩来、毛泽东、萧楚女等人在报刊上发表的文章。今后，你可以和支部党员们一起来这里好好学习党的革命理论，以求进一步提高自己的革命理论水平，更好地增强自己对党的忠诚信念。”

“太好了，我一定会多来这里好好学习党的理论，不断提高自己的革命能力……”

姜辉麟与阿姐姜兆麟及范志超住在同一个宿舍。长麟将二姐辉麟送到宿舍，阿姐兆麟和好友志超立即一起迎上去问：“长麟，辉麟已宣誓成为我们的同志了吗？”

“是的，二姐已宣誓了，她已经是我们的姜辉麟同志了。”长麟非常激动地将这个好消息告诉了大姐兆麟和范志超。

“太好了！祝贺你，姜辉麟同志！也谢谢你，姜长麟同志，谢谢你成为姜辉麟的介绍人！”兆麟一边说着一边上前握住妹妹辉麟的手，又拉起弟弟长麟的手将其放到了辉麟手上。范志超也激动不已地上前，将一只手放在他们的手上说：“祝贺你，姜辉麟同志！”接着，四个人激动地对视了一下，一起小声地说：“我们现在都是中国共产党的人！都是一名光荣的共产党员！”

这一天夜里，姜辉麟自然是激动地久久不能入睡……

5

之后不久，中共江苏省委又派林钧来到曙光中学秘密召开了奉贤、南汇、川沙三个县的党团骨干会议，传达了中共中央的“八七会议”精神。

“八七会议”是第一次国内革命战争失败以后，在关系党和革命事业前途和命运的关键时刻，中共中央政治局于1927年8月7日在汉口召开的紧急会议。毛泽东在会议发言中明确指出“政权是由枪杆子中取得的”，第一次提出了“枪杆子里面出政权”的思想。会议通过了《中共“八七”会议告全党党员书》《最近农民斗争议决案》《最近职工运动议决案》《党的组织问题议决案》等。会议总结了大革命失败的经验教训，坚决纠正和结束了陈独秀的右倾投降主义错误，撤销了他的总书记职务。会议确定以土地革命和以武装反抗国民党反动派的屠杀政策为党在新时期的总方针，选举了新的临时中央政治局，毛泽东、周恩来、邓中夏等为候补委员。八七会议在中国革命紧急关头及时地向党和全国人民指明了斗争方向和新的出路。

这一天，姜辉麟第一次以中共党员的身份聆听了来自中共中央的会议精神，更是将毛泽东“枪杆子里出政权”这句话深深地铭记在了心里。

已是色彩斑斓的秋天了。中共江苏省委将“曙光中学中心支部”改升为“中共奉贤县委”，刘晓任县委书记，李主一任组织部长，方厚生任宣传部长，刘德超任军事部长。此时，曙光中学是奉贤、南汇、川沙三县中共地下工作者交流革命斗争情况的秘密集中点。同时，这里也成为当时浦东地区的一个革命中心。不久，奉贤县委便在南桥地区发展了一些党员，组建了中共南桥地下党支部，在曙光中学校内成立了共青团组织和读书会等进步团体。南汇周浦中学有20多位敢于同反动校长作斗争闹学潮而被开除的学生，他们在刘晓和李主一等的邀请下也都来到曙光中学就读。学校师生除教学外，还经常深入农民之中宣传革命道理，组织农民协会和妇女会，开办农民夜校与识字班，组织农民批斗贪官污吏、土豪劣绅。

在曙光中学自己编印的一套秘密油印课本中，有孙中山的《总理遗嘱》，还有鲁迅和郭沫若的革命文艺作品。老师们悄悄地教学生们唱《国际歌》等革命歌曲，刘晓、李主一还让宣传部长王厚生创作了一首《曙光中学校歌》，配上《少年先锋队队歌》的乐曲，每日清晨全校师生一起高唱：

望东方曙光，一轮鲜红的太阳。
照着工房，照着农场，照着红旗飘扬。
冲破黑暗，我们建设曙光的天国在地上。
我们有铁的纪律和红的热血欢唱。

革命青年，团结起来，追求革命曙光。

……

正如校名和校歌所昭示的那样，曙光中学是一所掩护革命力量、培育进步青年“追求曙光”的特殊学校。

第十一章 深入乡场

1

“我已正式成为中国共产党领导下的一位坚定的革命者。”入党后的姜辉麟，每天浑身是劲地工作和学习着。曙光中学的师生在刘晓、李主一等的带领下，也有计划、有组织地到奉贤乡下农民和渔民群众中宣传革命道理，并组织创办了多个农民夜校，姜辉麟紧密跟随刘晓、李主一等参加各种革命活动。

一段时间后，姜辉麟和一名男老师被刘晓派往奉城镇一个叫茅家镇的小村庄，负责率先办起一所农民夜校。刘晓告诉他俩：“办这样的夜校，有两个目标，一是让上不起学的贫苦家庭青少年学一些文化知识；二是在上夜校的青年中培养和团结一批革命力量，为壮大革命队伍打下基础。”

茅家镇不大，村里大多是贫苦的农民和地主家的雇农，许多人家常常吃不上饭，穿不暖衣，村里的青少年大多是大字不识一个的文盲，白天繁重的劳动已经让他们累得直不起腰了，哪有余钱、精力和兴致去上什么夜校呢。姜辉麟和同事便一家一户地上门说服和引导。

“大爷、大妈，我们是奉城曙光中学的，我们在你们村里办的夜校，是晚上上学，而且每隔三四天才上一晚学，并且一分钱学费不收。你家孩子都十几岁了，他们不读一些书，一点文化都没有，那是永远没有出路的……”就这样，经过姜辉麟和同事一家家一个个苦口婆心的劝说，许多上不起正规学堂的穷苦青少年一个又一个地来到了夜校，最后动员了近40人。

夜校的学堂是李主一带着姜辉麟借用这里一乡绅私家祠堂的厢房改设的。起初，这位和姜辉麟同姓的姜姓乡绅有点不太情愿，主要怕多事惹事。李主一当时有点耐不性子，说了句“要钱给钱”的硬话，差点把这位乡绅惹毛了。幸亏姜辉麟跟在乡绅两口子后面“大叔”“大婶”的亲热地喊，说了一些“您们这是在发善心、做善事”的好话，最终说得这乡绅两口子高高兴兴地将祠堂的厢房免费借给曙光中学办夜校了。

农民家庭中的青少年，每天都有许多非常重的农活要做，按照刘晓的要求，姜辉麟和同事每隔三天来夜校上一次课。夜校的教材都是在刘晓、李主一等指导下，由姜辉麟和同事一起选篇并自己刻版的油印课本，有《语文识字》《算术》，有《三字经》《千字文》，也有《总理遗嘱》和《向导》刊物中的一些反帝、反封建、反军阀的革命文章。夜校的青少年们大多越学越有兴趣，越学越愿意来学，最后在大家的主动要求下，夜校由每隔三天晚上上一次课改为每隔两天晚上上一次课。

有了很好的群众基础之后，在姜辉麟等同志的积极动员和组织下，茅家镇还很快成立了农民协会和妇女会。茅家镇有个二十多岁的寡妇陆氏，因带着个孩子生活十分艰难，无奈之下准备改嫁。奉城的一帮地痞知道后，便时常前来骚扰。姜辉麟得知了这一情况，当即喊来李主一等前去怒斥这帮地痞。地痞离去后，姜辉麟劝说陆氏赶紧参加农民协会和妇女会。有大家一起来保护她，那帮地痞从此便不敢再来她家骚扰寻衅，陆氏也很快重结良缘过正常日子了。在茅家镇农民夜校里，姜辉麟还组织学员学习演戏，她曾组织编排了一出名叫《打倒田老爷》的小戏，来宣传和鼓动农民开展抗租抗捐和反饥饿斗争。每次这小戏在姜家祠堂院子演出时，看戏的农民们都会将院子挤得满满的。

姜辉麟在茅家镇办夜校，组织成立农民协会和妇女会，以及排一些革命小戏，都是按照中共奉贤县委上级党组织在广大农村开展土地革命斗争的指示精神所做的部分前期组织准备工作。并且，这些工作在奉贤乃至江苏全省是具有示范性和可复制性的。当茅家镇有了良好的革命工作开展基础之后，这里的夜校、农民协会和妇女会等工作便交给了在镇上发展的中共党员去做了，姜辉麟则被组织上派到了别的镇村，继续牵头做着类似茅家镇的革命工作。

姜辉麟在奉贤四团镇小庙村办夜校时，有一天，她正在夜校的学堂里亮着几盏马灯组织农民们演出《打倒田老爷》小戏，忽然有人从门外跑进院内，在她的耳朵边说："有一个地主老财正领着几个警察向这边来，像是冲着我们夜校来的。"姜辉麟当即叫停了演出，并且自己穿了戏装上台和男主角一道唱起了昆剧《占花魁》。这一招，那可是姜辉麟之前在茅家镇就总结出来的，这里听戏的农民和盐民也知道突然换节目的用意，那是地主老财带警察来找麻烦了。

"这台上唱的什么戏？"镇公所的警察不动声色地悄悄进到院子里，轻声问后面听戏的一女子。

"台上唱的是昆剧《占花魁》呀！"

“那台上之前唱的是什么戏？”

“就是昆剧《占花魁》呀！你们难道没听过？好听着呢！你们怎么不早来听呀，现在快唱完了，你们来迟了。下次早点儿来。”

“之前真的就演过《占花魁》？没演过什么《打倒田老爷》吗？”

“之前演过的不是《打倒田老爷》，那是《打倒天老爷》。那被打倒的是神话中的天老爷，他该下雨时不下雨，不该下雨时总下雨，你说不打倒他打倒谁？”

穷苦的农民和盐民们，最痛恨的就是地主恶霸与地痞、警察。这听戏的女子说得几个警察无话可说，他们还饶有兴趣地听了一会儿《占花魁》之后，才有些气呼呼地对那向镇公所报告的地主说：“我们了解过了，也亲自听过了，人家夜校的学员在演唱传统戏剧《占花魁》和《打倒天老爷》，你也不要管得太宽了，更不要自己硬往自己身上拉！走，走，走，我们喝酒去、喝酒去。”这个地主老财，告状不成，还要赔上一桌酒席，也就有苦说不出了。

2

曙光中学内成立中共奉贤县委后，因革命成效和成果突出，中共江苏省委又于 1928 年 1 月在曙光中学内秘密建立了中共浦东特委，林钧任书记，负责领导川沙、南汇、奉贤三县的农民运动和土地革命斗争。一时间，曙光中学的革命活动更是丰富多彩。其中，最有影响的文化活动是创办了一本刊物《浦东青年》，用来宣传民主革命和抗租抗捐的革命道理。

《浦东青年》由林钧、刘晓、李主一等拿思路、定方向，他们也会亲自为刊物写一些文章。刊物的大部分资料（包括中央和省委的方针政策和主要领导讲话文章）的收集、编辑、刻版与油印，大多是由范志超、姜辉麟来完成。而姜辉麟等一些时常在村镇办夜校和开展农民运动的同志，会将刻印好的《浦东青年》悄悄地发给镇村的众多青年，一旦发现这些青年中有一定革命觉悟的，就积极动员和吸纳他们加入曙光中学的共青团和党组织。

1928年春节来临前，姜辉麟和一位小王同志各自拎着一个装满《浦东青年》的箱子离开曙光中学，他们担负着前往奉贤东南隅的平安、小庙、四团、塘外等乡镇发放期刊的任务。两人在出发前装扮成一对从城里回乡下探亲过年的夫妻，还特别在镇上买了几盒包装很好的糕点搭配着拎着。

这天，姜辉麟里面穿着一身闪闪的深紫色带白色小碎花的绸缎薄棉旗袍，外穿一件米灰色呢制大衣，脚上着一双尖头中跟黑色皮鞋，头上戴着一顶白色的薄棉小洋帽，再配上一副光彩的“金耳环”“玉手镯”，一看就是富贵人家的贵夫人模样。小王同志是河南开封人，原来是北伐革命军的一个连长，后来留在了上海当工人，因参加第三次工人武装起义表现突出被发展成中共党员。由于他小时候在家乡练过少林功夫，曙光中学建立后便被组织上派来当体育教员兼负责学校的保卫工作。小王今天里面穿着灰色呢制中山装，外面穿着一件黑色呢制长大衣，再加上脖子上一条青色的棉围巾、手上的一枚绿色猫眼大“钻戒”和头上的一顶黑色礼帽，俨然一个英俊威仪的“大场上”的人物。

姜辉麟知道原本镇与镇之间是没什么岗卡检查的，她和小王坐一辆黄包车到了渡船码头，再乘渡船前往平安镇。河面上寒风飕飕，空中不时地还飘着几朵雪花。摆渡的船家一路撑杆，脸上冒着几星汗水。船舱里有近20位乘客，看上去多是平安镇当地人到县城购置年货的。就在渡船快要抵达河岸时，姜辉麟忽然发现河岸边小码头上像是有人在设卡拦路检查。

这时，小渡船上有一个人说：“嘿！又是那帮臭地痞，他们吃喝嫖赌没钱了就一起穿上不知从哪儿偷来的黑皮袄，冒充警察局便衣巡查队，来这小码头上拦路搜刮民财了。遇到有钱的、做生意的，他们总是明要明抢地弄钱财，遇到有钱物不愿给的，上去就动手、动刀、动棍地打，听说还打死过人呢，真是太可恶了。”这人说着，看了看姜辉麟和小王，继续道："还听说，他们都不是平安镇人，是外乡跑来偷着在这儿干的，是打一枪换一个地方。看来你们是从外地过来的，就这身穿戴行头，可是要多松松腰了，这伙人是不会放过你们的。这里，除了后面的河道，左右两面都是沼泽地、芦苇荡，上下渡船的人绕不开这小码头和这段路的，大家都必须要通过这码头，才能继续上路进镇里。"说话的人听口气就是平安镇一带的。

"光天化日之下，这伙人怎么这样胆大妄为，这是什么世道！政府怎么不管一管？"姜辉麟接着那人的话说。

"政府管？他们才不管这些呢，他们都是一路货色，是一丘之貉，他们抢来的钱财，那是要带那些'老爷'们分的。"正说着的时候，小渡船已经靠岸了。

姜辉麟小声对小王说："我们俩都拎着很有'货色'的财物，硬闯肯定会惹出大麻烦。"

"那怎么办？"

"别怕，我们先别忙过去，看一下是什么情况。你身上不是装有一块'挡箭牌'吗，这些'冒牌货'一定不敢在我们头上'动土'的。"姜辉麟望着小王。

"对呀，我有'国民革命军第二十六军三团团长王振天'的军官证，怕什么！"小王会意，悄悄地从大衣口袋里拿出一个"军官证"看了一下。这军官证是刘晓之前找人特别为小王同志制作的，就是为了碰到警察和国民党军设卡检查时，以假乱真临时对付一下。今天这一紧急情况下，看来还真能派上用场了呢。

3

四个冒充警察局便衣巡查队的地痞，已狐假虎威地在小码头上耀武扬威了，看上去这四个家伙是要一一检查下渡船上岸的人。四五个穷苦模样的当地百姓走在了前面，看似富裕一点的人渐渐退到后面。四个家伙一拥而上逐个翻箱倒包地检查了一番，见没什么油水可捞，便推推搡搡地将他们赶过栅栏，接下来便继续明目张胆地对一些做生意的或看上去有点财气的人进行盘查。

“你是哪里人，是干什么的？”

“我就是平安镇人，是做小生意的。”

“我看你就不像是做生意的，倒像是共党分子。快将箱子打开，我们要查验一下。”一地痞边说边来抢一个中年男人的皮箱子。那人用力拽住箱子不肯放手，并气愤地说：“你们哪里是在查共党，你们分明就是要抢人东西。”

“嘿，你还不让检查，是想让我来硬的。”说着，地痞上去一拳打在中年男人的脸上。中年男人“哇”的一声大叫，放下手中的箱子，双手捂着眼睛蹲在地上大喊：“你们就是强盗，抢东西，还打人！”

“嘿，你这手镯不错，是偷来的吧！快拿下来给我看看。”又一地痞说着就伸手抓一妇人的手镯。

“老总，不要硬来拽我的手镯，等我取下来让你检查。”那妇人浑身颤抖地放下手中的提包，忙着用另一只手来取手镯。那地痞顺手就先将那妇人的手提皮包抢了过去……

“走，我们过去！”实在看不下去这帮地痞流氓胡作非为的行径，姜辉麟和小王各自拎着箱子和糕点，满面怒色地走了过去。

有两个地痞见一对阔少和贵夫人走过来，便眉开眼笑地主动一起迎了上来。

“你们都给我住手。有什么情况，先来跟我说。”小王拉着姜辉麟快步穿过人群，走到前面大声喊道。

“嘿！你们这一对，像是大户人家的阔少爷和少奶奶。你们是从哪里来？要到哪里去？快把箱子放下，我们要开箱检查。”

“我看你们俩身上的外套大衣，还都真不错，都是毛呢料的。把大衣都给我脱下，我们要细致检查。”

“夫人的手真是白嫩，瞧这翡翠手镯配这白嫩的手真是很漂亮。”

这时，四个地痞一起围上来你一句我一句皮笑肉不笑地对姜辉麟和小王说着，并上前就要来拿箱子、拽大衣。

“混账东西，要命的就站在原地不动。”小王同志大声喝道。

“你小子好大的胆，竟敢骂我们是‘混账东西’，还要我们站在原地不动，我看你们一定是共党分子。 我们是奉城警察局搜查队的，先把他们绑起来再说。”一个大个头戴着墨镜的家伙说着，这帮地痞操起铁棒、拔出刀子就要往上冲。

小王立即一手从怀里掏出一支黑亮精制的小手枪，一手拿出一个小本子大声地说：“我是国民革命军第二十六军三团团长王振天，谁敢动我和夫人一根汗毛，我就立即打死他。”

四个地痞流氓被小王这一声喝喊震住不动了。

“二十六军……三团……团长……”一个胆大结巴的地痞，壮着胆子凑上前去看证件。

“你睁开狗眼看清楚了！ 你们是奉城警察局的人，是谁派你们在这里搜查的，证件都拿出来我看看。 我看你们就是到这里拦路抢劫的地痞流氓。 振天，把这帮强盗押到奉城警察局去问问。”姜辉麟气势凛然地上前指着四个地痞流氓大声地说。

那个说话结巴的地痞回头望了一眼其他三个同伙，突然狗急跳墙，猛地窜上去要抢小王的枪。 小王灵巧地闪身，一个飞腿将这家伙踹出好几米远，重重摔在地上“唉唉”直叫。 又一个地痞舞起铁棒上来扫向小王，小王又一闪身，那地痞扑了空，小王乘势转身又一个飞脚踹向那地痞的腰，那地痞栽在地上号叫着。 另两个地痞见状，连忙一起跪在地上求饶。

“长官饶命，我们有眼不识泰山！”

“长官饶命，我们有眼不识泰山！”

“都给我滚！ 再不滚，押你们去警察局。 再将我们惹急了，我让王团长一枪毙了你们这些不长眼的狗东西。”姜辉麟指着这帮地痞流氓气狠狠说着。

“长官，我们再也不敢了，再也不敢了！ 我们现在就离开这里。”那两个跪在地上求饶的地痞说着便连忙爬了起来，拉起另两个趴在地上仍在喊叫的家伙，连滚带爬、趺趺撞撞地向着渡船码头外去了。

此时，包括那位之前被地痞打伤的中年男子在内的同船人，看了这样一场惊心动魄的战斗后，都一起向着姜辉麟和小王围了过来。大家一边说着："真是要感谢你们俩救大家于危难！"一边也在称赞："你们俩真是英雄豪杰、大义凛然，不畏强暴。这位兄弟真是功夫了得，为民除害，为大家解气又解恨！"

大家簇拥着姜辉麟和小王一起上路，并争着要为他们俩拎箱包。众人一路有说有笑，姜辉麟还借机讲了一些团结起来打倒地主与恶霸的革命道理。

姜辉麟和小王进了平安镇，来到一个"春来茶馆"（中共地下联络站）住下。当晚就与茶馆"老板"等一起研究：怎样在平安、小庙、四团、塘外等乡镇秘密散发《浦东青年》刊物？怎样在这些乡镇开展农民运动？怎样发展农民运动中表现突出的农民成为共青团员和共产党员？

一连多天，姜辉麟和小王还化装成卖茶叶的小商贩，与春来茶馆的老板一起挑着一担装的花茶、绿茶、铁观音及普洱茶七子饼，背着一些《浦东青年》到平安、小庙、四团、塘外等乡镇及村庄，走街串巷，登门入户，明着是售卖茶叶，私下则秘密走访一些思想进步的农民家庭，发放《浦东青年》，鼓励、动员农民参加农民夜校和农民协会，并宣传反饥饿、抗租、抗捐及与地主恶霸作斗争，也不失时机地物色可吸收加入中共党、团组织的积极分子。

直到大年二十九，姜辉麟才顶着大雪疲惫不堪地从奉贤赶回松江。一家人团团圆圆过春节很重要，姜辉麟心中装着革命，装着党的教导，也还装着一个家……

第十二章 城乡卖烟

1

因白色恐怖一直十分猖獗，革命斗争形势十分严峻，姜辉麟春节在松江和家人团聚一周后，便和姐姐兆麟一起回到了曙光中学。一到学校，在刘晓主持的党组织会议上，林钧通报了春节前后中共江苏省委又遭敌人破坏的情况。

1月19日，中共江苏省委召开常委会议，决定由项英等5人组成省委主席团。2月15日，浦东区委书记、上海总工会秘书唐瑞林被捕。2月16日，新调任的中共江苏省委常委、组织部长陈乔年（陈独秀次子）在英租界北成都路刺绣女校秘密主持召开各区组织部长联席会议，同时省委常委、上海总工会委员长郑复他和党团书记许白昊在酱园弄召开各区特派员和各区总主任联席会议，由于唐瑞林叛变告密，租界巡捕突然包围了这两个会议的会场，陈乔年、郑复他、许白昊等 11 人全部被捕（此后的 6 月份，上述 3 人均在监狱里英勇牺牲）……

然而，革命斗争形势再险恶，革命工作还得义无反顾地去做。1928 年春，中共浦东特委的工作重点，依然是在农民和盐民群众中开展革命宣传，积极发展党员，组织农民、盐民进行革命斗争。然而，奉贤各地的大地主串通反动政府，不择手段破坏浦东人民的革命活动。3 月下旬的一天晚上，林钧、刘晓和李主一一起商量后，决定由李主一前去上海中共江苏省委一个秘密联络站，向省委汇报奉贤农民运动及反地主恶霸的抗租斗争工作情况，林钧还让他带去一封浦东特委转交给省委的信。

清晨六点钟，李主一便奔赴上海。他走后两小时不到，林钧和刘晓便接到中共江苏省委秘密派人送来的通知：“省委前不久遭到破坏，在普陀小沙渡路刚刚设立的省委联络站又遭敌人破坏和控制，各地党组织请勿再去此处联系。另外，曙光中学内的奉贤县委和浦东特委也让敌人有所察觉，要迅速安排转移到乡下秘密开展工作。”

“坏了，李主一去的就是普陀区小沙渡路联络站，他所带的那封浦委交给省委的信件内容是浦委准备对付奉贤的几个土豪劣绅的意见等。李主一一旦被抓捕，那封信便当即可确认他是共产党了，李主一同志的生命安全十分危急。”林钧说完接着对刘晓说，“我现在就起身去追赶他，或许他没到省委联络点时我能赶到将他截住，因为我请他先将我的一件被香烟烧了一个洞的呢绒大衣带到我家，让我的夫人拿到修衣店修一下，这件大衣是我外出常用的脸面行头。李主一到过我家，认识我夫人。你这边就负责迅速让这里的所有同志撤离曙光中学去乡下先隐蔽起来，并通知浦东特委在川沙、南汇二县的联络站，不要再到上海小沙渡路联络站和曙光中学办事，你看怎么样？”

“行，但你一个人去不行，姜辉麟同志陪你一起去，她人机灵，路也熟悉，还有工作经验，两个人去也好有个照应。这边我立即安排党员和主要教职员们转移到乡下去。林书记，你可一定要小心，李主一同志也许会先到省委秘密联络站，一定要见机行事，千万不能盲目进入。”

刘晓和林钧说完，立刻叫来姜辉麟，并当面简单地交代了几句话：“上海的中共江苏省委及工作地点遭受敌人破坏，你配合林钧书记去上海截住可能遭受危险的李主一同志。”

“是，刘书记，我一定听从林书记的安排和要求，全力把任务完成好。”姜辉麟坚定地作了回答。

姜辉麟对奉城到上海特别市的大路、小路、旱路、水路都很熟。根据时间推算，李主一应该在当天下午四点左右到达小沙渡路，而即使姜辉麟领着林钧走最近的小路，那 80 里的行程，一路徒步、坐船、乘马车，也得在下午五点左右才能到达。但是，无论李主一有没有被抓，他们都必须走一趟，去求个实信。这样，林钧、刘晓包括姜辉麟等在内的曙光中学同志才能做下一步打算。

在徒步的路上，林钧对姜辉麟说：“早上，李主一出门和我及刘晓打招呼时天刚亮。他出发前特别进行了装扮，是非常有派头的。他穿的外套是一件黑的呢短大衣，里面是笔挺的呢制中山装，下身穿着西装裤，脚着黑皮鞋。他穿好以后还说了句‘灵个（好的），不会有人注意’。刘晓书记当时还说：‘李部长的长相很像国民党的官僚，由他送东西，一般警察是不会在意这样有派头之人的。’”

一到上海，林钧首先带着姜辉麟来到自己所租的居室里，确定李主一是否已将衣物送到了家里，林钧和夫人杨淑英租住的房子靠普陀区小沙渡路联络站不远。

林钧回到家第一眼就看到了他让李主一捎回来的那件呢绒外套。

“李主一先生是什么时候送衣服来的？”

“李先生大约一小时前来的，他说还要去办一点事，还说办完事再来坐坐。”林钧的夫人杨淑英看着丈夫着急的样子连忙简短地说。

“办完事再来坐坐”是当时党组织常用的一个秘密小约定，如果说来，正常一定会来告知一下平安归来，但不一定进屋，有时是在院墙、院内或其他指定地点放一个秘写的纸团。如果说来，结果没有来，也没有在指定的地方留下秘写的纸团，那一定是出现意外或出事了。

“情况已经不妙！走，小姜同志，我们快去看一下。”二话没说，姜辉麟连忙在棉衣外套上一件蓝花布上衣罩衫，头扎一蓝花布巾，并将自己装衣服的小木箱拆成两片，其中一片很快变为一个可存放多种卷烟且能挂在胸前的卖烟架子，这也是她经常随身携带的利于出行打听消息的一个道具。

林钧知道小沙渡路联络站详细地点，姜辉麟从后门出去，林钧从前门出去。到了路口，姜辉麟跟在林钧后面不远处，一路喊着：“卖香烟喽！上好的香烟！”她走到通向联络站的巷口，林钧停在巷口外一个小商铺那儿，示意姜辉麟前方不远就到了。之前林钧已告诉她，联络站是街巷中间地段一个两层的很古典的茶楼，门口挂着5个红灯笼，上面印着“小沙渡茶楼”。

姜辉麟继续一边叫卖，一边往巷子里面走，靠近一点探个究竟。在临近茶楼不远处，姜辉麟还是一路喊着：“卖香烟喽！上好的香烟！”按照以往交通员联络的暗号，她会喊：“卖香烟喽！上好的香烟！上好的香烟！谁买香烟喽！”这连着两次前后喊法不一样，也是招呼联络站同志的暗号，按照约定，茶楼里的人会出来买烟，如果对上了暗号，她则将情报悄悄交给来人，就算完成送情报的任务了。但今天她不能这么喊，现在联络站已经被破坏了，她只能叫着所有卖香烟的小贩通用的叫卖声——“卖香烟喽！上好的香烟！”

茶楼里外的灯虽然都亮着，但茶楼门前和前厅空荡无人，楼下和楼上偶有人影晃动。姜辉麟机灵，迅疾向茶楼望一眼，立即察觉这一定是敌人在这里守株待兔。

姜辉麟心想，自己要不动声色地赶紧离开这里。于是她一边继续喊着“卖香烟喽！ 上好的香烟！”，一边继续向前走，直到走出那张着恐怖之网的巷口，这才绕弯去和林钧碰面。姜辉麟依然从林钧家的后门悄悄进去，林钧已先一步回到了家。姜辉麟把所见到情形一说，林钧便说：“李主一同志一定出事了。”三人一直等到晚上九点也没见李主一回来报平安，更加确定李主一已被敌人抓捕了。

幸好林钧和夫人也刚搬到这里不久，除了浦东特委的赵天鹏、周大根以及刘晓、李主一四个人，还没人知道他的住址。尽管这样，林钧也决定明天一大早搬离这里。

当天晚上，三人简单吃了点东西，姜辉麟帮着林钧夫妇一起收拾好行李，才熄灯休息。姜辉麟和衣躺在房间里，一夜基本没合眼。李主一是她的入党介绍人，是她革命道路上的又一个领路人。平日里，李主一待人很热情，工作有激情，办事有力度，工作之余说话幽默，常常会逗大家一次次开心地笑……

第二天，天还没大亮时，林钧先一人从大门出来到街上叫来两辆黄包车，等在后门的小巷口，杨淑英和姜辉麟看到车来了，从后门带着行李上车，前往上海车站附近。之后，他们又绕了两条街，在车站不远处一个里弄的一家旅馆住下后，心里才感到几分安定。

接下来，林钧和姜辉麟继续在上海打听李主一的下落。两日后，林钧联系上了化名王源清的省委常委王若飞，并通过上海有关巡捕房和监狱的内线关系，打探到李主一的确切消息。

那天傍晚，李主一不知省委设在小沙渡路的秘密联络点已被破坏，他一进去就被守候在那里的敌人抓个正着。李主一身上藏着的浦委写给省委的信当即被搜出，敌人判定他无疑是共产党了。李主一被捕后，先后被羁押于榆林路巡捕房、戈登路巡捕房和国民党淞沪警备司令部。敌人用老虎凳、棍棒、电烙等毒刑逼供他，但李主一始终坚贞不屈，严守党的秘密。目前，李主一已被关押到上海龙华监狱。

林钧要留在上海与省委同志一起商量怎么营救李主一，他让姜辉麟返回奉贤乡下找刘晓他们，省委也需要知道刘晓等同志的近况如何。姜辉麟临行时，林钧禁不住对她发出一番感慨：“现今，上海是中国最繁华的地方，但对于我们这些共产党人来说也是最危险的地方，被叛徒出卖，被敌人抓捕、严刑拷打甚至牺牲，随时都会轮到我们自己。你是一个有着四个孩子的母亲，为什么下得了这般抛家弃子的狠心？你难道不怕有一天，你也被敌人抓捕去吗？”

“有人认为革命的出发点是‘爱’，而我则认为是‘恨’。那么多革命者为争取国民大众的利益被反动派抓捕杀害了，我恨那些外国强盗，恨反动军阀和国民党反动派，我要和所有的革命者一起，用革命来打他们个落花流水，把他们彻底摧毁！我不怕牺牲，如果我被捕，杀头枪毙随他便。我相信共产党一定能救中国，我个人抛头颅、洒热血，换得子孙万代的平安和幸福，值得！”

“好样的，姜辉麟同志！我们都不怕牺牲。远的不说，李主一同志就是我们身边的好榜样！”

“是的，李主一同志就我们学习的好榜样！”姜辉麟眼含热泪。

2

因知道刘晓等同志已从曙光中学撤离到奉贤等地的乡下，姜辉麟就没有再去曙光中学，而是直接前往奉贤庄行镇。几番周折之后，姜辉麟终于在庄行镇和南汇县交界处的一个盐民家里找到了刘晓、刘德超以及阿姐兆麟等同志们。听到姜辉麟所报告的李主一已被捕入狱的确切情况，大家的心情立刻变得十分沉重。

曙光中学内，先后建立了中共曙光中学特别中心支部、中共奉贤县委及中共浦东特委。在刘晓、林钧、李主一等领导下，奉贤地区党的力量有了很大发展，很短时间内全县的党员队伍就发展到数十人。同时，曙光中学的许多师生也被派到各方去宣传组织群众，发动抗租抗捐和反饥饿斗争。曙光中学内部更是显得越来越“革命”了：校歌采用被称为红色歌曲的《少年先锋队队歌》的曲调，并贴到学生办的墙报上，一时间还公开讨论着共产主义。而曙光中学过于暴露的红色革命，逐步引起了国民党当局的注意。特别是1928年3月间，中共南桥支部的党员徐宝椿、胡秉彝等因为散发刘晓从上海带回的革命传单而被抓捕后，很快牵连到曙光中学。

黑云压境风雨来。4月5日清明节这天，曙光中学的学生放假不在学校里。上午九点，淞沪警备司令部派员会同奉贤县署秘书杨肖鲁突然率奉城法警抵达学校。这帮穷凶极恶的家伙进入校园后二话不说，便以“曙光中学李主一等有共产党嫌疑”为由强行查封了曙光中学。幸运的是，在李主一去上海到省委联络站那天早上，省委派人送来了敌人要对曙光中学动手的秘密情报，因此在敌人查封曙光中学之前，刘晓已领着学校的中共党员和主要教职员工，紧急转移到奉贤西部庄行镇等地乡下和盐民生产生活地区开展隐蔽的革命活动。

因为自己年轻和过于奔放的革命热情，而失掉了曙光中学这个重要的革命据点，刘晓感到非常痛心和愧疚，但他没有因此丧失革命的信念和意志。就在这时，中共江苏省委派王若飞来到庄行镇，指示改组奉贤县委，刘晓仍任县委书记，委员有李定扬、老乔（留日学生）、周大根和金大块头（金学明）。县委成员全部撤离城镇，分散到乡下，继续重点开展好奉贤地区农民和盐民的革命斗争。中共江苏省委的指示给刘晓等人增添了新的力量。

于是，刘晓带领大家深入海边最艰苦的盐民中工作和生活：镇上不敢去，怕被熟人认出；吃的东西得不到保证，常常一天只吃一顿饭；还时常在芦苇荡中开党组织工作会。为了便于接近群众，刘晓认了一位老盐民为“干爹”，他嫌自己的皮肤太白，和盐民相差甚远，就在身上涂着泥，再多去晒太阳，力求使自己变得黑些。姜辉麟在他的影响下也跟着效仿，大家和盐民们一起晒盐，一道吃住，赢得了盐民们的信任和尊敬。

中共奉贤县委终于又逐渐站稳了脚跟。在奉贤西部的庄行镇，刘晓利用与暑期训练班学员唐一新的关系，很快在唐一新的老家庄行乡姚泾村秘密建立了农民协会地下支部。在奉贤西北隅的邬桥镇，利用曙光中学学生家长的关系，秘密发展了一批药店店员和码头工人，组成了地下支部；在四团、小庙、青村港等地也发展了党支部，进而在奉贤西部地区建立了党的区委机构——中共奉西区委员会。奉西区委的党组织和党员发展很快，其中，由唐一新做支部书记的庄行党支部就有30多人……

6月下旬，在奉贤城内隐蔽的一个党组织联络人送来消息，让刘晓派人去见一个姓林的同志。刘晓知道这一定是浦东特委的林钧书记要来了，当即派姜辉麟去了奉贤城的约定地点。

当姜辉麟领着林钧走进设在庄行镇乡下一海边盐民家的奉贤县委所在地时，大家从姜辉麟那双红红的泪眼就可以看出，林钧带来了大家都不愿意听到的，一定是有关李主一同志的不幸消息。

"李主一同志被关在龙华狱中的最后时刻，他的妻子前往探监。李主一坦然地向妻子嘱咐道：'我为革命而死是光荣的，要抚养好孩子，并替我在曙光中学操场后面买一块田，就把我葬在那里，坟墓旁立块石碑，碑上题'死得其所'四个字，这样我虽死犹生……6月21日黄昏，李主一被敌人判为死刑。临刑前的一天晚上，李主一还让妻子带信给战友，勉励其不要离开组织，要为党好好工作，并将所剩衣物赠送给了李逸明等同监难友。二十分钟后，李主一被枪杀在龙华狱中。"林钧流着泪说完这一段话后，姜辉麟忍不住抱着阿姐兆麟低声痛哭起来。随后，屋子里哭声一片。

"一定要为李主一同志报仇雪恨！"这是在场的同志共同发出的喊声。

3

铲除张沛霖等土豪劣绅，之前已是浦东特委计划中的事。李主一也是因他身上装着的那封要对几个土豪劣绅动手的请示意见书被敌人搜索去，才暴露了共产党的身份而被当即抓捕的。

张沛霖，出身奉贤四团镇北街一个地主家庭，家有田产700余亩。1927年起，任奉贤县东一乡行政局长的张沛霖便广立名目收取苛捐杂税，而且常与中共地下组织为敌，致使奉贤县委的多个秘密联络点屡遭破坏。李主一被捕后，张沛霖随同阮志道等人前往上海出庭“控告”，死死盯着李主一不放过，从而致李主一被判死刑，也让中共江苏省委没办法实施营救。现在，必须要给以张沛霖为代表的土豪劣绅一些颜色看看。这次林钧来和刘晓等同志会合，就是接中共江苏省委指示，由浦东特委和奉贤县委一起首先向张沛霖讨还血债。

很快，枪决张沛霖的任务交给了曾参加八一南昌起义的周大根、赵天鹏和地下交通员唐兰生来完成。周大根和赵天鹏的入党介绍人都是林钧，他们入党宣誓都是在曙光中学小阁楼里那面党旗下进行的。此时，姜辉麟也主动请缨参加了铲除恶霸张沛霖的行动小组。

在奉贤的历史上，南桥、奉城、四团是响当当的“三大镇”。南桥是奉贤的老县城，奉城是后来的县城，那么四团镇为何能坐上第三把“交椅”呢？外乡人乍看到“四团”这个地名会摸不着头脑，不由会问：这“四”是何指？这“团”又是何意呢？其实浦东三县（川沙、南汇、奉贤）的很多地名均以“团”“灶”“墩”来命名，如南汇的三灶、六灶、大团、三墩，浦东的六团，还有奉贤的四团、三团。历史上，这一带沿海的居民多从事煮盐营生，而这“团”“灶”“墩”依次是盐业生产的管理组织级别，“四团”就是这一带盐场的第四团。

这个张沛霖处处剥削欺负平民百姓，把四团当作他敛取不义之财的“聚宝盆”。他想方设法阻挠和扼杀共产党组织领导的农民协会抗租抗税运动，以维护他的利益。

1928年6月16日傍晚，姜辉麟又装扮成一个卖烟卷的外乡人，来到四团镇北街的张沛霖家门前。张家大宅院门口有一个持枪叼着香烟的保镖，张沛霖正坐在院内一棵大桂花树下的石桌前喝茶消遣，大院内用人们正在忙着杀鸡、择菜，看来张沛霖晚上不会出去——今天是除掉恶霸张沛霖为李主一报仇雪恨的大好机会。这一情报，很快送到了刘晓那儿。刘晓立即通知赵天鹏、周大根和唐兰生今晚执行任务，并由姜辉麟和刘德超配合他们一起行动。

天渐渐黑了，赵天鹏、周大根、唐兰生每人揣上一支6英寸（1英寸=2.54厘米）新的马牌手枪，在四团北街上张府大门斜对面的一个小酒店里点了几个小菜，要了一壶老酒。三人一边细细地喝着，一边盯着张家大门，他们在等待姜辉麟和刘德超的前期配合，因为要想冲进张家大院处决张沛霖，必须先引开张府门前的保镖。刘晓按照计划，把这引开保镖的任务交给了姜辉麟和刘德超。

初夏的这个晚上，凉风习习，月黑星稀。四团镇的北街上除有几个纳凉的老人摇着蒲扇，街面上没几个人行走。而张府大门前和街上几家店铺挂在门前的橘色或红色大灯笼，还是把街道照得亮亮的。

“卖烟卷喽！这里有新上市的上好的仙女、三猫、老刀、哈德门牌香烟。”姜辉麟穿着米色的对襟短衫、蓝色的裤子、黑色的布鞋，齐耳的短发别着一个亮晶晶的蓝花发卡，身前挂着一个放着许多种香烟的木烟盒，不动声色地从一条小巷走出来，在街面上一路叫卖着。这时，刘德超也从一个小巷子里晃歪歪地出来了，他几步走到姜辉麟面前，大声叫道：

“小阿姐，什么样新上市的上好仙女、三猫、老刀香烟？拿给我看看。”

“是啊，是上好的仙女、三猫、老刀香烟，还有老牌子哈德门牌呢，你看看要哪一种？”

“我看这‘仙女牌’的好！”刘德超拿起一包“仙女牌”香烟在眼前晃了晃，然后眯起眼睛说，“不过，你这，你这个小阿姐还真像仙女呢！”

“你这人怎么这样没教养，怎能戏弄我一个卖烟的妇道人家？”姜辉麒提高嗓门大声叫嚷的时候，她已偷眼看到张府门前那个保镖正背着大枪向这边走过来凑热闹了。这时，小酒店里的赵天鹏、周大根、唐兰生也走出来了。

“我说你是仙女，是在夸你长得好看，你这女人怎么这样不识抬举！”刘德超继续与姜辉麟“纠缠”时，赵天鹏、周大根、唐兰生则跨着大步穿过大街，猛然冲进了张沛霖家的院子里。

“嘭！ 嘭！ 嘭！”几声响亮的枪声从张沛霖家的大院里传出。

“杀人啦！ 有人杀人啦！ 快来救命呀！”张沛霖家的大院里立即喊叫声一片。

背枪的保镖听到枪声和叫喊声，惊恐中忽然回过神来，他刚从肩上取下枪准备往张家大门跑时，故作惊恐乱跑的刘德超故意转身猛地撞向他。 刘德超和保镖一起摔倒在大街上，那支大枪落在光滑的石板上，滑出去七八米远。

“杀人啦！ 杀人啦！ 快来救命呀！”张家大院里的喊声还在继续。 赵天鹏、周大根、唐兰生三人进入张家大院后，一起对着正在院内乘凉喝酒的张沛霖连开几枪，将其击毙，并击伤了妄图出逃给敌人报信的张沛霖外甥姚某，然后迅速从张家后院翻过围墙，分头悄然地消失在茫茫夜色中……

可是，就在第二天中午刘晓、林钧、刘德超、姜辉麟等同志弄了几个小菜准备喝杯小酒庆贺除掉张沛霖时，却传来了赵天鹏和唐兰生二人被抓捕的消息。

原来昨天夜里，周大根经奉城到了塘外岳父家中过了一宿，第二天早晨他将手枪托内兄李良生代为保管，并让李良生转告其妹早早做好应变的准备，自己则化装成商人去了上海。 而赵天鹏和唐兰生一起走到奉贤东北的泰日桥镇时，忽然被一帮地主的巡逻武装给拦住了。虽然赵天鹏和唐兰生之前已将手枪藏匿在四团镇外一个破庙的墙脚下，但巡逻队还是发现了赵天鹏身上的血迹，再加上之前他们也听到南面四团镇方向有枪响，当即便将赵天鹏和唐兰生铐住押解到南桥。由于张家很快报了警，赵天鹏和唐兰生随即又先后被押到上海淞沪警备司令部看守所和龙华监狱审讯。

锄除了民愤极大的四团恶霸张沛霖，但革命战友赵天鹏和唐兰生却落入敌人手中，这真是一波刚平一浪又起。随后不久，有关赵天鹏在龙华监狱英勇就义、唐兰生被判刑八年的消息便传来了。

赵天鹏和唐兰生在监狱中坚定顽强，无论敌人对他们用什么酷刑，他们都没吐出半个对党组织和同志们不利的字。尽管中共江苏省委以及刘晓、林钧都想方设法进行多方营救，但终因张沛霖的家人盯得紧，再加上奉贤反动政府也盯住不放，最终营救失败。7月2日，赵天鹏被押到奉贤四团镇的一棵银杏树下枪杀示众。赵天鹏英勇牺牲时，大声地喊着："共产党万岁！""共产主义万岁！"

又一个革命战友倒在了敌人的枪口下，姜辉麟和同志们的心中又埋下了一颗仇恨的种子，大家的心情再度沉重了许多。但同时，那革命斗争的意志也更加坚定了。

第十三章 特委特事

1

1928年7月初，由于组织奉贤农民协会工作的需要，姜辉麟被抽调到庄贤镇以北的南桥镇，从事壮大南桥农民协会并开展抗租革命斗争的地下工作。

南桥的别名叫“南梁”。“梁”有“桥”的意思，据说南桥得名是因为当地古桥较多的缘故，也有说五代十国的时候有一朝国号“梁”，正史上称之为“南梁”，因此也就有了“南桥”之名。人们还说，南桥包括奉贤都是从海里长出来的，这句话其实并不夸张。有史书记载，沪杭公路附近的地下是一个极其神秘的地方，史称“古冈身”，从南桥到萧塘一线是建在海岸线上的，公路以东就是茫茫的大海。

沧海桑田，历史变幻，千百年之后，南桥已逐步发展成一个较为富庶的盐业小城。明清时期，虽然盐民和地主、镇民和商家也有很大的贫富差距，但百姓们的日子还过得去。而自北洋军阀混战以及四一二反革命政变之后，国民党新军阀掌控政权，那些封建地主阶级为了自己的利益，更是变本加厉地盘剥镇民和盐民。

姜辉麟到南桥，是以到“姨妈”家帮其治病的名义去开展工作的。她借助之前在曙光中学读过书的两个进步学生及其家长的关系，秘密组织农民协会开展抗租抗税的宣传活动。她利用自己跟母亲所学的小儿推拿治腹泻的本事，上门到群众家中做小儿推拿，得以走家串户开展宣传动员工作。被姜辉麟列为宣传对象的，自然也都是贫苦的农民或盐民。她每到一户人家，常常直言不讳地说：“你们兄弟几人，年年替人家做长工，父母替人家做短工，为什么还年年月月天天地受穷呢？地主豪绅们年年月月天天不劳动，但他们为什么年年月月天天都过着富裕的生活呢？那还不是他们剥削压迫了你们，所以你们才一直在受穷。但是，现在的中国有了共产党，他们一心要为穷人谋幸福，要领导穷人们组成农民协会，大家一起有组织地闹翻身、闹革命，打倒土豪劣绅和地主，这样农民们才能分到土地，才能形成一个没有人压迫人和人剥削人的新社会……”

时间不长，南桥的农民协会便组织起来了。之后，刘晓还派了刘德超来南桥与姜辉麟一起秘密开展党员发展和党支部组建工作。不久，一支20多人的南桥赤卫队也悄悄组建起来了。

有一天，刘德超到奉贤最南端海边一盐民家向刘晓汇报工作，回到南桥时，给姜辉麟带来了特别的工作任务：在南桥秘密接待中共江苏省委派出的省委巡视员陈云同志。刘晓派姜辉麟去接应陈云，是因为她对南桥的情况较为熟悉，人又机灵，而且作为女性更容易伪装。

陈云到南桥，是准备以南桥为临时落脚点，巡视四一二反革命政变后上海郊县中共党组织恢复重建情况，并调研组织筹划农民秋收起义和盐民的革命斗争。南桥在奉贤县的庄行镇和奉城的中间，在南桥秘密落脚便于和周边联系。

一日下午四点半，南桥镇的天一阁茶楼上，有不少人在喝茶，还有几个像是地主家打手的人也在那里喝茶打纸牌。姜辉麟一上楼就见到一个年轻男子站在窗口，他身穿灰色长衫，戴着灰色礼帽，手拿一张《申报》，清瘦、个子不高、头发二八分。再看，他身旁的茶桌边放着一个棕色的柳编手提箱，茶桌旁还坐着一个平头穿白布马褂的小伙子。姜辉麟断定这清瘦的年轻男子一定就是省委派过来的陈云同志了。

姜辉麟身着白底蓝花旗袍，短发上夹一个蓝色小发夹，肩挎一个黑色的小皮包。那年轻男子已不经意地瞄了她一下。这时，姜辉麟主动走向那年轻男子，一边走一边说："表弟，你站在窗口目不转睛地在看谁呀？我都上来了，你怎么还在那儿看！"

"哦，表姐，你都上来了。我还能看谁？我当然在看你呀，你什么时候不声不响地就上来了？"

这一问一答正是接头的暗号。如果姜辉麟前面问的对方答错了，那便不是她要接头的人，她随时可以说："对不起，我认错人了。"现在暗号对上了，这确实是姜辉麟要接应的陈云同志。

"来，来，来，表姐，快来这边坐，这边坐。哦，小虎子，这是我表姐，她是来接我们的。"

"表弟，我们还在这里喝茶吗？你又不急着去看你的姑妈和姑父了？家里人都在为你准备接风晚宴了。"

"好的，好的，不急，不急，我们先喝杯茶，说说话。我这次到南桥会多住几天的，这次，我准备在这一带多采购一些海产品到上海去，表姐可要多带我去跑一跑哟！所以嘛，不着急，不着急，我们先一起喝点茶。"

喝完一杯茶，姜辉麟“催促”陈云离开了茶楼，将他引至南桥镇东一个党的秘密联络点——海韵客栈。

当天晚上，陈云在海韵客栈见到了化了装的中共奉贤县委书记刘晓，听取了刘晓对奉贤一带的党组织恢复，以及秋收起义和盐民革命斗争的宣传推动工作。同时，陈云也传达了从省委那里带来的中央和省委的有关指示精神：“在国共合作的大革命时期，革命的主要对象是帝国主义支持下的北洋军阀；在土地革命时期，革命的主要对象是国民党新军阀。要依靠贫农、雇农，联合中农，消灭地主阶级，变封建半封建的土地所有制，为农民的土地所有制……”

第二天起，姜辉麟领着作为干货海产品采购商人的“表弟”陈云，走进了上海以南的奉贤、金山、松江、南汇等县的重要城镇和乡村，对各地的党组织恢复与重建，以及当地农民协会的现状和秋收起义准备情况，一一进行了巡视和调研。

2

1928年6月18日至7月11日，中国共产党第六次全国代表大会在苏联莫斯科举行。大会总结了大革命失败的经验教训，制定党在新的历史时期的路线、方针和政策。会议确定了党的总路线是争取群众，“要用一切力量去加紧团结收集统一无产阶级的群众，使他们围绕党的主要口号，做巨大的组织工作，以巩固革命工会、农民协会，尽可能地领导日常经济政治斗争，以发展工农群众组织”。会议指出党的总任务是争取群众，准备暴动。

在“六大”精神指引下，中共江苏省委在农民运动中提出了“注意启发、加强对农村党组织建设和日常斗争的领导，组织农民进行秋收起义”的要求。1928年7月，省委正式作出了《江苏农民秋收斗争决议案》，并决定设立淞浦、沪宁、南通、扬州、淮盐、徐海等六个特委。

9月13日，松江地区和浦东地区合并建立的“中共淞浦特委”，在松江县钱家草村顾桂龙家正式成立。中共淞浦特委管辖着130多个党支部、1700余名党员，负责领导松江、金山、青浦、南汇、川沙、奉贤、嘉定、宝山、崇明、太仓等十县的革命斗争。淞浦特委由杭果人、陈云、林钧、严朴、顾桂龙五个委员组成，杭果人任特委书记，陈云任组织部长，林钧任宣传部长，严朴、顾桂龙为委员。淞浦特委成立后，姜辉麟和阿姐姜兆麟均被抽调到淞浦特委机关工作。

中共淞浦特委首先着手的是两方面的工作：一是进一步对上海周边的党组织恢复情况进行加强巡视调研，切实全面了解上海郊县的实际情况；二是帮助建立和加强各县恢复和发展党的基层组织，努力壮大革命队伍并因地因时组织开展秋收起义和农民武装暴动。为此，特委组织部长陈云继续深入上海西南和东北各县农村进行巡视和指导工作。

兆麟和辉麟姐妹俩成为特委的专职工作人员，兆麟因为裹过小脚行动不便，主要负责内务及就近的交通联络；辉麟主要负责外部交通联络，不时地秘密为陈云等领导去探路、做向导、送文件、送情报、购送物资等。

淞浦特委的工作地点秘密设在松江的钱家草村，这里离松江城姜辉麟家不远，但她也难得有机会回家去看一看，除了外出事务较多，也是为了党组织和家人的安全。每到夜深人静的时候，她对家人的思念便会不由自主地布满心头，特别是四个孩子的脸庞和身影一个个闪现在脑海里时，她心里便会立刻涌起一阵阵酸楚，有时实在忍不住，便咬住被角低声抽泣。夜里做梦，有时梦到的是革命成功了，她和丈夫黄勖哉一起与四个孩子手拉着手，在醉白池或者其他公园里欢笑地玩耍，并时常在睡梦中笑出声来；有时梦到自己被敌人抓捕关进了监狱，勖哉带着四个孩子在大牢铁窗外看她，当孩子们一起哇哇大哭时，她也哭喊着从睡梦中惊坐起来……

3

一日下午，陈云召集姜兆麟、姜辉麟、刘德超等开了一个碰头会，商量一件亟须要办的事。 陈云开门见山地说："组织上安排顾桂龙同志从上海搞来一批短枪和子弹，以备我们秋收起义使用。 两天之后，他会从上海黄浦江用专运粪便的小船，将一批短枪和子弹运到松江的泖港码头。 去年，那运粪的小船可以沿黄浦江的一条岔河直接进到钱家草村附近，但今年干旱，小岔河干涸了，现在需要再找一辆专运粪便的马拉木罐车到泖港码头去转运，这样才能掩敌人的耳目，秘密地把短枪和子弹从运粪船上转移到运粪车里，再运到钱家草村的一个秘密藏枪处。 现在，首先是要找到一辆专运粪便的马拉木罐车。 不过，现在这种车在我们这里却很难找。"

"我家在松江城，离泖港码头不远，我表姨家住在松江城郊，她家是菜农，我记得她家有这样一辆专运粪便的马拉木罐车，我可以去找我阿妈帮助借到这辆车。"

"是的，阿妹辉麟说得不错，我也清楚地记得姨妈家有一辆装粪便的马车，我们的姨父经常用这车去松江城里运粪回来给菜园施肥。 辉麟可以去办这事。"

"好的，那借粪车的事就交给姜辉麟同志去办，我们再找一位钱家草村的党员同志陪你一起去。 这件事一定小心谨慎，要确保万无一失。 我们去接应的是枪和子弹，不是粪便。 码头上有哨卡，敌人的盘查是十分严的。 不过，刘德超等同志也会去码头和在路上暗中掩护你们的。"

"放心吧，陈部长，我们一定见机行事，想出好办法来完成任务！"姜辉麟坚定而信心十足地接受了这次接枪运枪的任务。

第二天一大早，姜辉麟、刘德超、李强和另外一位同志一起赶着一辆马车前往松江城郊外。

中午时分，马车载着大家来了松江城郊外有一片大面积种植蔬菜的村子外。姜辉麟下车悄悄进到村子里，她要先去打探表姨家那辆马拉的粪车还在不在。远远的她就看到表姨家门前的大菜园边上有一辆粪车，不远处别人家的菜园边上也有两辆粪车，菜园南边的树荫下有两匹棕色和一匹枣红色的马。

“没问题，那拉粪的马和车都在！我们先进城去。”姜辉麟回到马车上胸有成竹地对同志们说。

大家一起进入松江城，姜辉麟要回家去见阿妈，请她帮忙借粪车。姜辉麟下车在前面引路，马车向着松江城中心弄辉麟阿妈的住处驶去。在离阿妈家不远处，辉麟示意同志们先在仓桥旅店住下。之前，他们已说好第二天上午八点，在旅店对面的一个铁匠铺边等候通知。

姜辉麟没有回百岁坊的婆家，而是直接去了北仓桥中心弄的阿妈那里。

阿妈见到女儿辉麟回娘家来看她，甚是高兴。母女俩一番嘘寒问暖之后，阿妈便忙着为女儿做午饭，此时，已是晌午一点多了。辉麟吃过午饭，正准备和阿妈谈那租用粪车的事，阿妈却是先发话了：“辉麟呀！我有几个月没见你了，看你这段时间在外面忙得又黑又瘦。我劝你还是不要再这样在外面闯荡了，你是一个有四个孩子的母亲呀！你为了革命可不能不要家，也不要命，现在经常听到有共产党被杀头的，你可要为你的四个儿女考虑考虑。我看，闹革命主要还是男人们的事，我劝你还是早点回家来照顾你的家，你的阿公、阿婆，你的丈夫和孩子们，他们都需要你照顾的。”

“阿妈，您老人家之前不是很开通的吗！您也是十分憎恨封建军阀和地主恶霸的呀！您也知道，你的五个子女现在都在为革命做事，之前你不是很支持我们的吗？现在怎么能忽然又想让我打退堂鼓呢！”

“是的，我也痛恨封建军阀、地主恶霸，我也支持你们参加革命，但你和你的阿姐和阿弟们不一样，你婆家有相对不错的家底，而且你又是有着四个孩子的阿妈呀!”

“阿妈您说得不错，我也想早点回家过平常安稳的家庭生活。但是，革命还没成功，许许多多的贫苦人民在新军阀和地主恶霸的欺压剥削下，常常吃了上顿没下顿呢……”

母女俩的相互“说教”，是你没说通我，我也没说通你。不过，当辉麟毫不相瞒地向母亲提出，让她帮助向城郊表姨家借用一辆拉粪的马车，去秘密装运一点革命要用的重要物资时，阿妈略加思索了一会儿，最终还是同意帮女儿这个忙。当日下午，辉麟和阿妈一起去了表姨家，把那辆拉粪的马车落实到位了，并且还在表姨家吃了顿晚饭。

找拉粪马车的任务虽然完成了，但转运枪弹的任务还在后面。姜辉麟那百岁坊的家离北仓桥阿妈这儿虽然没多远，但她这天晚上还是住在了阿妈家，她怕回家之后一旦遇上什么特殊的事不能及时离开，那就会耽误明天去泖港码头接枪弹的大事。这天晚上，辉麟向阿妈了解到，阿妈经常会去北仓桥帮着看护四个外孙、外孙女，她的丈夫及公婆将四个孩子照顾得很好，他们向周围邻居解释姜辉麟在外地的学校做事。这天晚上，姜辉麟也向阿妈讲解了一些革命的新形势，特别讲述了中国共产党为了建立一个新社会、新国家，坚决反对帝国主义、反对封建剥削，坚定勇敢地去与军阀、地主、恶霸作斗争的革命事迹……

4

为了卸“货”与转“货”的安全，顾桂龙的粪船计划好在天将黑未黑时到达码头。这样，既能趁看得见从船上卸粪到车上，又能在天刚黑时趁人不注意将枪和子弹从粪船转移到粪车里。

姜辉麟和李强在傍晚时将拉粪的马车牵到泖港码头边上一角。李强在那儿看着马车，姜辉麟来到码头上一边等待顾桂龙的粪船，一边留意观察码头周边的地形与环境。泖港码头还是很热闹的，河道两岸有青砖黑瓦的明清民居，码头下大大小小的货船进进出出，不时还有中小型客运木船靠码头下客。码头上方较为突出的，是码头进出口两边各有一个木结构的小岗亭，这是松江警察局设的码头检查站，岗亭旁各有两个背枪的哨兵，亭子两边各放着一道布扎粗铁丝的木栅栏，那是预备有紧急情况时拦人出入用的。

今天，姜辉麟和同伴李强都是一副地地道道农民的打扮。姜辉麟穿着粗布灰色衣衫，头上扎着一条白色的毛巾，腰上还围扎着一方深蓝色粗布裙，这行头还是她从阿妈那儿找来的。为了更像是一个地道农妇，出门前她还特意在锅堂里抓了一点草木灰，在手心搓了搓后，往脸庞、脖子、耳朵以及手背、手臂上都擦了一遍。

夕阳西下的时候，离码头不远处有一条小驳船顺着河边撑过来。船儿渐渐靠近码头，可以看到那遛边的小驳船船头上有一副木粪桶，耳朵上各系着一条红布条，船上有两个男人，其中一人戴着一顶旧草帽，拿着撑船的竹篙。这些已经准确地告诉姜辉麟：这条船就是顾桂龙和另一同志撑来的运粪船。

姜辉麟摘下头上的毛巾，向着已经靠向码头的顾桂龙挥动了四下，顾桂龙看到了码头上来接应他的姜辉麟，也拿下草帽呼应地也挥了四下。姜辉麟知道“货”已在船舱里，顾桂龙也明白转“货”的马车已安排就绪。

姜辉麟回过身走了几步，到岗亭前面就大声地喊道：“二哥，大哥的粪船来了，你可以把粪车牵到这边了。”

“好的，我这就把马粪车牵过来！”李强一边大声地应着，一边牵着马将粪车朝岗亭这边移动。

岗亭旁的哨兵见臭烘烘的拉粪马车正朝码头这边来，连忙上前喝道：“停下，快停下，谁让你将这臭气熏天的粪车拉到这边来的，你想熏死老子！快将这臭粪车拉远点，拉远点。”

姜辉麟连忙走上前说：“老总，我们是松江郊区的菜农，这粪车是用来转运码头下船装的大粪，本来可以不走这码头的，但现在通往我们村的岔河干枯过不去了，只能走这码头转运了，你让我家的粪车靠近点吧，让我就近转运省点力气。”

“这可不行，这粪车在这儿装粪又脏又臭，还挡人上下码头，快点把这装粪的马车拉回去，还拉到西边那个茅厕边上去。”哨兵捂着鼻子不给一点余地阻拦要拉马过来的李强。

“那我们转粪水要挑多远，这不把人累死。”李强一边抱怨着，一边显得十分无奈的样子将马车往回拉。

李强牵着马车来到离岗亭三十米左右的码头边小茅厕旁，将马缰绳短短地拴在一棵树上。这粪车原本就是停在这儿的，他们知道这里的哨兵是不会让拉粪的马车停放在码头上来转运粪便的，之所以这样将粪车牵过来，那是故意告诉这里的“黑狗子”：这是专用的粪车，是来转运粪水的，这臭烘烘的粪车，你们最好离远点。

李强将挂在粪车上的一对粪桶和一根扁担取下，挑着粪桶去船上挑粪了，姜辉麟在这里看着马车。很快，李强和顾桂龙一前一后各自挑着两桶粪下船登上码头，并故意把臭气四溢的粪桶停放在岗亭旁，装作想休息一下。

“快走，快走，你们混蛋，怎么能在这里休息，想熏死老子们呀！快走，快走！下一趟再将粪桶停在这儿，老子用枪崩了你们。”

“好的，好的，这两大桶粪水从河边挑上来，真的要累死我们了。好的，听老总话，我们下一趟不敢在这里休息了。”

就这样，那十多担臭气四溢的粪水，在没一个哨兵愿意过来检查的情况下，全部从运粪船上转移到运粪车上了。当然，其中有四担由短枪、子弹加粪便混装的“粪水”，神不知鬼不觉被转运到粪车里。这短枪和子弹分装在四个汽车轮胎内胆中扎封好，一直被掩藏在粪船、粪桶和粪车的粪水里。

臭气冲天的粪水和装在车轮内胆中的枪弹全部转运到马车上后，李强不慌不忙地驾着马车离开了浉港码头，姜辉麟还顺便在路边买了一些馒头带上。此时，刘德超和另一位同志已赶着马车在前面不远处引路，大家一起趁天刚上黑且有亮亮的月光，泰然自若地赶往了钱家草村。

5

枪支和子弹在敌人的眼皮底下顺利转移，姜辉麟和李强大大舒了一口气。姜辉麟从布包里拿出两个馒头，递给李强一个说：“来，小李子，饿坏了、累坏了吧，快吃一个馒头充充饥。”

李强接过馒头，一边赶马车一边啃着馒头说：“阿姐，这马拉着粪车向前走，这风儿呼呼往后吹，这大粪的臭味现在已一点也闻不到了呢，现在闻到的只有这馒头的香味了，我说的对吧！”

“那是我们今天的运气好，风是从我们前面往后吹的。这馒头吃着香，你就多吃两个，我这里还有呢！”姜辉麟一边啃着馒头，一边饶有兴致地说着。

马车一路“咕咚”“咕咚”地响着往前走。

“真有意思，真的有办法。我说小李子，你说这顾桂龙怎么会想起用这装粪船和装粪车来运‘货’呢？”马车行进到空旷路段时，姜辉麟小声地说。

“这龙哥，不识多少字，就是点子多、胆子大。阿姐你才到我们这村里来，你虽见过我龙哥，但你可能对他的了解不是太多，他的故事可多着呢。现在正好没事，我就给说说消磨点时间。”

“那太好了，我知道，顾桂龙，比我大一岁，他不识多少字，但人非常机灵、勇敢。我真的想多了解了解他的故事，让我多学习学习。”

“那好，我就说几段有关桂龙哥的精彩故事给阿姐你听一听。”一路上，李强将顾桂龙等革命同志的故事讲得有声有色。

“我的这个桂龙哥，就生在钱家草一个贫苦农民家里，十多岁就给地主当小长工。他长大了娶不起媳妇，年近三十才成了一个家。他的妻子是浙江嘉善人，也是贫苦人家出身。桂龙哥成家后，为了糊口，曾经带着妻子和两岁多的女儿，每天划条小船，在黄浦江的松江沿线一带为米商们驳米。有一次，他们家的小船在黄浦江里被军阀的巡逻艇撞翻，全家落水，巨浪吞没了他幼女，那巡逻艇却不闻不问地扬长而去。顾桂龙夫妻俩悲痛万分地回到钱家草，租种土地，再给地主当长工。前年秋天的一个晚上，顾桂龙已入睡，突然被阵阵枪声与犬吠声惊醒。他起身开门探望，只见一个人浑身湿淋淋正向村里跑来。这个人，就是被屈家浜人称为'六先生'的袁世钊。顾桂龙领他进屋，给他换衣、烧粥。袁世钊见顾桂龙一贫如洗，却是个乐于助人的好人，就告诉了他实情。原来，袁世钊得知军阀满载军需物资的火车要在枫泾镇一带过境，他带着农民们在附近铁路上割电线、撬铁轨时，不料被军阀的巡道车发现。敌人用机枪扫射，他指挥农民撤离后，跳下河浜，一连泅过几条河，最后迷了路跑到了钱家草，这才遇到了顾桂龙。两人彻夜长谈，结成患难之交。"

说到袁世钊，姜辉麟也插上了一段话："这袁世钊，我也对他有一些了解，他是枫泾南镇人，虽然比我小几岁，但他参加革命比较早。他由革命先驱侯绍裘介绍参加了改组后的国民党，并一度去上海受过训，回枫泾后成为国民党区分部成员，公开职业为松江第三高小教师。上海发生了'五卅惨案'，他在枫泾也参与组织了反帝示威游行、宣传、示威活动，发动募捐，声援上海工人的罢工斗争，同年，加入了中国共产党。后来，以袁世钊为书记、有 4 名党员的中共枫泾独立支部建立，那是沪杭线上最早建立的农村党支部。袁世钊与支部成员陆龙飞等一起，在农村发动贫苦农民开展农民运动，成立枫泾地区农民协会，并提出了'打倒土豪劣绅！ 打倒帝国主义！ 耕者要有其田！'的口号。他还大胆地在农民协会上宣布：'参加农民协会，可以不受地主豪绅的欺压，可以提出减租减息的合理要求。'就这样，枫泾农民协会成了贫苦农民的靠山，他们纷纷踊跃入会，农民协会很快发展到五六百人。嘿！ 我插话太多了，袁世钊的这些事，都是我随陈云部长在上海周边县域巡视调研时得知的。小李子，你接着说顾桂龙的故事。”

“好的，辉麟姐，我接着说。桂龙哥在袁世钊启发教育下，不久便加入了中国共产党，当时他三十一岁。这一年冬，枫泾区委成立时，桂龙哥任区委委员。这时，在桂龙哥的介绍下，我也入了党。桂龙哥为人耿直，遇事要争个是非，又爱打抱不平，常帮人排难解愁。当地穷人说：‘桂龙对人忠。有疑难事，要听桂龙一句。’陈云同志到青浦和松地区领导秋收斗争后，他和袁世钊、吴志喜等人常在顾桂龙家开会、过夜。农会分为南北两片，袁世钊负责北片，顾桂龙负责南片。顾桂龙家不远处有个大方禅院，这是农会活动的中心。每次开会，顾桂龙都派人在四周旷野放哨，还叫人到大树上瞭望，就连大方禅院一个和尚也参加了农会活动，他时常在农会开会时帮助在院外望风。农会缺少武器，桂龙哥就设法到上海买枪，买到枪后也用装粪的小船从上海巧妙地偷运回枫泾。不过，那时黄浦江支流的水大，粪船能一直划到枫泾和钱家草一带。不久，我们那里的农会组成了一支拥有一些长短枪的农民革命军，大家都称为‘红枪队’。1928 年初，农民军在陈云和吴志喜的领导下举行了‘小蒸暴动’，袭击了地主逼租的枪船。之后，青浦和松江的农民军力量渐渐强大，合编为松江区农民革命军。农民军经常活动在屈家浜、大方庵、钱家草、草长浜一带，他们发动群众，坚持抗租斗争，并在沪杭路两侧袭击敌军，镇压土豪。农民军曾经先后奇袭范浜新镇、小蒸和枫泾周围的几个团防局，缴获长短枪数十支。这其中最精彩的是一天夜里，袁世钊、吴志喜、顾桂龙、陆龙飞等率领 30 多名农民军，有的拿着长短枪，有的拿着大刀、斧头，在塘南一带一举镇压了金海琴、李善庆、李福龙等 7 个恶霸地主。第二天一早，镇村的一些墙上还出现了‘打倒恶霸地主土豪劣绅’‘耕者有其田’的标语。一夜之间，这‘杀七狼’的农民暴动，很快传遍了青浦、松江等地，真是大快人心！”

李强说完这一大段后，姜辉麟又和李强聊起了她在陪陈云巡视调研时，所了解的一些有关“枫泾暴动”的事。

1928年1月19日凌晨，计划有400多名农民军参加的“枫泾暴动”前两日，国民党松江驻军某团和松江军警、枫泾驻军，在地主武装配合下，忽然对农民军进行了全面的“围剿”。这天大雾弥漫，几米外就看不清了，因此直到敌人摸到眼前，放哨的人才发现。大批反动军警蜂拥而至。由于敌我双方力量悬殊较大，农民革命军总指挥吴志喜和副总指挥陆龙飞，一边安排农民军成员上船向青浦县境撤退，一边开枪把敌人引向自己，最终因为子弹打光，双双不幸被捕。住在库浪的袁世钊、顾桂龙听到枪声，随后遭遇敌人的进攻，他们当即率农民军边打边撤，最后从西南方向突围，摆一条船渡过大蒸塘，这才跳出了敌人的包围。

第二天，反动政府到处张贴布告，通缉顾桂龙等“要犯”。随后不久，吴志喜、陆龙飞分别在松江和枫泾英勇就义。按党组织决定，袁世钊、顾桂龙等一部分同志转移至上海。顾桂龙在撤离前仓促地安排了老母亲的生活，把妻子和女儿明珠隐藏在一个四面环水的“独圩”上。据说，顾桂龙此后曾多次潜往松江接济被害战友的家属。他安慰一位战友的老母亲说：“你儿子被敌人杀害，我们活着的一定为他报仇。”那老人也坚强地说：“闹革命不容易，总会有流血死亡的。”老人一边说一边拿出藏在家里的短枪，对桂龙哥说：“把这把枪带给红枪队！”

空旷无边的深秋月夜里，姜辉麟和李强一路上小声畅说着革命同志的革命故事，不知不觉顺利地到达了藏匿枪弹的秘密地点，刘德超和另一位同志已率先到了那里。这是钱家草村稻田边的一片墓地，有一户人家迁坟留下的废弃墓坑，大家一起迅速将枪弹藏了进去，然后用一些烂稻草和粪便铺在上面，这是之前就踩好点的藏枪之处。

6

中共淞浦特委成立之后，清浦、松江一带的党组织很快恢复了。陈云在安排袁世钊、顾桂龙、王子琴等回枫泾一带乡下恢复党组织的同时，还有计划地组织了当年的秋收斗争。经过艰苦努力，他们首先在沪杭线以南的十余个村恢复建立了 17 个党支部，并恢复建立了中共枫泾区委和农民运动委员会。中共枫泾区委由王子琴任书记，顾桂龙任区委委员兼农委委员长。这里的秋收斗争，因顾桂龙、姜辉麟、李强等同志巧妙合作将一批枪弹弄到手，和恶霸地主、土豪劣绅的斗争便格外有力量了。

其间，姜辉麟除了为中共淞浦特委向各个县、乡、村的党组织秘密送递文件和物资，还经常帮助枫泾区委秘密刻印并散发革命传单，有时还在夜间到县城和镇村去张贴革命标语。同时，她多次和中共枫泾区委领导王子琴、顾桂龙一起策划秋后抗租和向地主筹款等行动。一时间，枫泾区委筹得上千元大洋交给了淞浦特委。陈云同志对枫泾区委作特别表扬时说："王子琴、顾桂龙下乡后情形很好，群众情绪不差，地主有奈何之叹，农民阶级觉悟较高。"又说："他们已成立区委，区委九人……子琴是书记、桂龙是农委，这其中，子琴办事能力较好，桂龙群众号召力较大，但也要为特委的交通员辉麟同志记上一功，她为枫泾区委革命斗争所做贡献也不少……"

"枫泾反动政府自卫团总周清怀，要带领一帮爪牙下乡抓人。"这一消息被淞浦特委掌握后，陈云当即派姜辉麟将这一情报送往枫泾区委的秘密联络点。这是初冬的傍晚，姜辉麟一路急行，快要到联络点时，因夜黑加雨后路滑，一不小心滑进一农田边的水沟里。辉麟不仅身上的棉衣大部分湿透，而且左脚也扭伤了，但她使出全身力气从水沟里爬上来，咬紧牙关，强忍着脚伤，一瘸一拐地趁着半轮月色在乡村夜路上又行走了两个多小时，终于将情报送到王子琴手上。随后，便因风寒袭身而发烧了。王子琴一边立即安排两个女同志照顾辉麟，一边迅速让人叫来顾桂龙一起组织队伍应对敌情。

天一亮，来势汹汹到枫泾一带乡下抓农民革命军的周清怀还没到村头，就在一条两边都是芦苇荡的小路上遭遇农民军的半路袭击。一会儿工夫，他手下的爪牙有近二十人伤亡，周清怀也差点被当场击毙，带着肩伤亡命而逃。战斗结束后，王子琴和顾桂龙一起来看望清醒并退烧的姜辉麟，无比感激地称赞："多亏姜辉麟同志在落水后脚受伤的情况下，还顽强地及时将情报送过来，不然枫泾地区的农民军一定会遭受到重大损失。"姜辉麟的脚肿得像个大馒头似的，此时连她自己也记不清是怎样忍着剧痛将情报送过来的。

中共淞浦特委所领导的抗租、筹款斗争，使江苏及上海特别市的国民党反动当局坐立不安，他们下决心要消灭上海郊县乡村正在蓬勃发展的农民革命军武装。进入隆冬之时，敌人开始组织重兵对上海郊县的共产党及其所领导的农民军进行全面搜捕。在枫泾一带，敌人分水陆两路到屈家浜、钱家草等地巡查。

一天晚上，枫泾区委书记王子琴不幸被混在农会中的叛徒出卖而被敌人抓捕，并因拼死抗争而遭遇枪杀。与此同时，顾桂龙也被叛徒从背后射出的子弹击中腰部和腿部而负伤。叛徒被当场击毙，顾桂龙有幸被几个同志奋勇抢救了出来。

就在此时，赶至枫泾大王庄送紧急情报让枫泾区委立即撤离的姜辉麟，刚到村头便听到了一连串激烈的枪战声。姜辉麟猜想，这一定是特委得到情报晚了，敌人已经采取行动了。前面忽然有一阵急促脚步声传来，姜辉麟避到一个老桂花树后面观察动静。很快，那朦胧的月光下有四五个拿着短枪和长枪的农民军模样的人，急匆匆朝这边跑过来，其中有一农民军还背着一个手拿着盒子枪的人。借着月光，姜辉麟远远便觉得那个被背着的人就是顾桂龙。顾桂龙一定是受伤了，她想迎上去，这时后面敌人的追赶声已传来了："快追，几个共党分子就在前面不远。"

这里正好是三岔路口，一条路通到枫泾镇外，一条通向一片芦苇荡，一条通向另一个村庄。背着顾桂龙的几个农民军，毫不犹豫地直奔那通向芦苇荡的小路而去。十几个穿着黑军装和灰军装的敌军很快就追到三岔路口来了，但他们一时不知往哪条路追击。这时，一个拎着手枪的家伙说："这几个共党一定向芦苇荡这边跑了，那芦苇荡里好躲藏。快追击，迟了，他们钻进芦苇荡里就找不着了。”

不能让敌人立即追踪上去——尽管，姜辉麟知道农民军不会真的一直往芦苇荡里钻，这条路伸进芦苇荡后就没路了，芦苇荡夏日雨季有水可撑船，现在冬季无水，大多是人下不去的淤泥地，只有一条埂伸向芦苇荡深处；然而，芦苇荡左侧丛丛密密的杂树后面却有一条很少有人知道的小路，可以秘密地绕出芦苇荡，并可直接去到邻村的一条小河道。这里有顾桂龙他们平常特别安置并伪装好的一条小船，沿着这条小河可以秘密前往上海和苏州。这条秘密的交通线路，之前就是由顾桂龙和姜辉麟一起参与考察设计而确定的，中共枫泾区委也只有区委班子成员和一个交通员知道。

农民军背着受伤的顾桂龙一定走得慢，他们很可能还没进入那条秘密交通线路就被敌人追上了。姜辉麟来不及多思考其他办法，便主动走出来与敌人周旋，以求拖住前去追击顾桂龙等同志的敌人。

敌人刚要往芦苇荡方向去追，姜辉麟就在桂花树后面发出了不大不小的叫声：“啊唷，快走，黑皮黑狗子来了，快走，快走！”敌人的小头目听到大桂花树后面有人在说话，立刻叫嚷道：“快包围过去，他们在大树后面。”一大群敌人当即全部端着枪围了过去。

姜辉麟见敌人一个个小心翼翼地一步一步快围到树下时，她拄着一根弯树棍，斜背着一个破包袱，手里拿一个白亮亮的碗，不紧不慢地主动走出来了。姜辉麟今天化装成了一个讨饭且有点痴呆的中年妇女。敌人已到了桂花树前，小头目见树下只有一个讨饭的女人，十分气急败坏。

“你这臭要饭的，在这里捣什么乱！你看见有几个拿枪的人从哪条路逃走了？快说，不说，就一枪打死你！”

“我，我，没看见，只听到打枪的‘叭、叭、叭叭’。啊，不对，我好像看见了，几团黑影子，像狼一样，跑了，跑了，那条路，不，不对，是那一条路。”手上、脸上都抹得脏兮兮的姜辉麟，先是装作一副神色慌张的样子，现在又嬉戏哈哈地傻笑着、说着、指着。

“快走，不能在这里听这个疯要饭的乱说了，快给我往芦苇荡那条路去追，那共党顾桂龙腿受伤了要人背着，他们一定往芦苇荡那边逃去了，芦苇荡里好藏身。”那个小头目说着便转身带着手下的兵往芦苇荡那边的小路追去。

当姜辉麟迅速赶往邻村小河边时，顾桂龙他们也随后绕道来到了这里。

“桂龙同志，都怪我送情报来迟了，刚到村头就听到枪响，接着就看到你被同志们背着向芦苇荡那边去了。我看到敌人追了过来，便以这身打扮前去与那帮家伙拉扯了一会儿，好给你们多赢得一些时间。”

“这不能怪你送情报迟了，那是由于我们内部出了叛徒，让敌人提前行动了。我的腿受伤了，要同志们背着跑，多谢辉麟同志想办法拖住敌人，不然我们一定会被敌人追上的。”

姜辉麟和顾桂龙说话的工夫，同志们已用杂物将小船进行了伪装，然后将顾桂龙藏在装满杂物的船舱内，由两个同志一起陪着他连夜前往上海去治疗了……

第十四章 转战上海

1

敌人连续不断地对上海周边县乡的共产党组织和成员进行大规模地毯式搜捕，主要目的是全面摧毁刚刚建立不久的中共淞浦特委。一时间，淞浦特委管辖的十多个县的乡镇和村庄，也全部笼罩在敌人疯狂抓捕与血腥杀害的阴影之下，许多刚刚恢复的中共县委、区委和党支部再次遭遇重大挫折。

1928 年 12 月，淞浦特委机关秘密迁到了上海市区同孚路与长浜路（今延安中路 1013 弄 2 号）交汇处的十字路口旁一家烟纸店的楼上。这烟纸店又称胭脂店和烟杂店，在老上海的大小马路、长短弄堂里，“迓”着成百上千家个烟纸店。之所以用“迓”，是因为这些烟纸店不但小，而且从来不会大张旗鼓，就算这样，它们依然是一方“万宝全书”。这里到底卖点啥呢？可以讲，一家人日常过日子所需要的大小用品这里都能够供应，比如：肥皂、草纸、牙刷、牙膏，针线、松紧带、橡皮筋、各种纽扣、刀片、剪刀、长短钳子，灯油、蜡烛、自来火，纱绳、麻绳、皮鞋带、跑鞋带，木梳、头绳、生发油……

有句老上海的顺口溜：“牙刷牙膏香肥皂，卫生草纸电灯泡，阿司匹灵橡皮膏……”“这老早底，交交关关个烟纸店，开在弄堂的过街楼下面，好像从来就没起过店名。”当然，烟纸店里最好的生意是卖香烟。香烟牌子品种齐全勿用讲，香烟还能够拆零来卖。仙女牌香烟贰角捌分一包，三猫牌香烟贰角贰分一包。“侬摸出五分铜钿，就可以买到两根香烟。烟纸店老板的生意经，既精明又活络，精明到一分一厘大家不吃亏，活络到随意组合只叫侬适意。”这烟纸店还有一个最大的特点，那就是营业时间长，从早上六点到晚上十点一般是不会关门的，很多的店即使门关了，也会留有一个小窗口，里面亮着一个小灯泡，夜间随叫随起给你拿点什么。这烟纸店，就是一个“解忧杂货铺”。

淞浦特委机关秘密设在烟纸店的楼上，是因为可以利用店面作掩护，方便进进出出，随时随刻在这里设暗哨、设交通。姜辉麟和姜兆麟来到淞浦特委机关工作的这段时间，辉麟承担了淞浦特委机关秘书的工作和一些内部事务，但若遇到需要向省委及淞浦特委管辖的上海郊县党组织传送重要文件、情报和重要物资时，她也是一个主要的“出征”者。辉麟遇事沉着机灵、胆大心细，淞浦特委的负责人都非常认可她的工作。

在当时的上海那样白色恐怖十分险恶的斗争环境中做地下交通员，组织上是有严格要求的。一是应有社会职业或掩护职业，如老板、小商贩、记者、学生等，要懂得“行话”“行情”，其衣着穿戴必须与职业和身份相称，衣食住行也都要有“保护”；二是不允许发生任何“横向关系”，即在机关所在地，只允许上级了解下级，下级不允许了解上级、隔级和兄弟机关的具体情形，党内不该了解的人和事不问，不该看的文件不看，未经允许不得传播自己所了解的情况，印过的蜡纸和有机密文字的纸要及时完全地烧掉；三是住机关同志大多以“中产人家”模样示人，或带着妻子或丈夫，或假扮夫妻，设置的机关或联络点多以药房、百货店、烟纸店、茶楼、酒楼或住家为掩护，各机关和联络点应有报警物品，遇到意外情况时必须使用警号，暗示来联络的同志是否安全；四是自己人来往要规定一致的敲门暗号（几声或几声轻、几声急都要规定好），如有不同的敲门声，必须先报警，后开门；五是地下交通员不仅要将自己伪装好，还必须掌握文件情报的伪装、护送干部的接头技术和应付敌人检查的方法；六是地下交通人员必须拥有优秀品质，即政治立场坚定，忠于党的事业，自觉执行党的纪律，能勤恳工作，熟悉社情，英勇机智，吃得起苦，并且在任何情况下不暴露身份，必须有“头可断，血可流，党的机密不可丢”和“人在文件在，人与文件共存亡”的坚定意志。

对于这些“工作条例”，姜辉麟条条铭记在心，时时遵照执行。在向省委和上海郊县乡村送文件和情报时，她装扮过有钱人家的大小姐、阔太太、老师和学生，也装扮过村姑、农妇、叫花子、老太太；她曾把文件情报藏在大衣夹层里、皮袄夹层里、内衣里、镜子里、胭脂盒里，也曾藏在雨伞的手柄里、竹扁担里、暖水瓶里、鱼肚子里；还曾将情报用药水写在书籍和衣服上。每次去联络点时，她都牢记约定的接头暗语，与秘密联系人接上头后，首先是交换彼此所准备的一旦被捕后的假口供，以便发生意外时说法一致，以应付被捕后敌人的拷问。

2

1928 年 12 月下旬，有一个上海郊县中共党组织的负责同志要来淞浦特委汇报工作。此人男性，他将于 12 月 28 日下午四点左右在上海汽车站正门东侧的闲云阁茶楼外，等待特委的交通员来接头引领。

市区范围的交通员工作大多是由姜兆麟去做的，但这天的这个时间她已被安排去接另一个同志。于是，陈云就将这个任务交给了姜辉麟。临出门前，陈云问姜辉麟："这一位同志或许你能认识，这位郊县党组织的负责同志来和你接头，他的外表打扮和接头暗号是怎样的？"

"这位男性同志穿着灰色长衫，戴着灰色礼帽，围着一条灰黑搭配的花格围巾，手拿一张《申报》不时地在看。我们的接头暗号是，我说：'先生，我看你怎么像我的一个老乡！'他说：'我像吗？嘿！我也觉得我们像是老乡。'"姜辉麟流利地回答道。

近阶段来淞浦特委汇报工作的上海郊县党组织负责人中的男性同志，他们来上海在指定地点接头时的穿着、手里拿的物品和接头暗号，均是在淞浦特委迁移到上海后，由陈云与各位郊县党组织主要负责人确定好的。

下午四点，姜辉麟身着浅灰呢子大衣外套，头戴白兔绒毛六角帽，脚蹬黑皮长靴，提着一个黑色的小皮包，以一个少奶奶逛街的姿态向闲云阁茶楼走去。

哟！离闲云阁茶楼还有四十米左右时，姜辉麟就感到那个已等待在茶楼门旁的接头人，是一个非常熟悉的身影。尽管那个等待接头的男人压低着帽檐，但在还有二十米左右时，姜辉麟就一眼认出了那是她在曙光中学时的老领导、中共奉贤县委书记——刘晓。

她已有几个月没见到刘晓了。在残酷的革命斗争中，革命同志随时都有今天还在一起说话、吃饭，明天就被敌人杀害再也见不到的可能性。姜辉麟一时有点激动。这时，刘晓也似乎认出了快要走到他面前的交通员同志是姜辉麟。一时间，他的脸上也露出几分欣喜的神采。

姜辉麟悠然地甩着手中的小皮包，兴致勃勃走向刘晓，刘晓俨然还是一副镇定自若的姿态。尽管这是两个战友几个月后在上海再重逢，但姜辉麟还是按照组织原则和地下交通接头要求，与刘晓对了接头暗号。随即，姜辉麟和刘晓便以“表姐”和“表弟”相称。姜辉麟悄然说出了自己是“表姐”姜焕琳，是在街头巧遇了几年没见的“表弟”；刘晓也悄悄表明了自己是“表弟”刘异斋，从松江到上海来寻求商机和发展——表明“身份”是防万一忽然遭敌人抓捕，好做统一口径的“供词”。

姜辉麟当即要了一辆黄包车，热情地邀请“表弟”上车。她一路指挥着黄包车绕了两条街。下车后，他们又换了一辆黄包车转了两条街和几个巷子之后，这才在淞浦特委机关所在地的十字路口旁停下，然后又绕过一个小巷子才将“表弟”带往烟纸店的楼上。

刘晓虽然是中共上海淞浦特委委员之一，但这是他第一次迈进机关大门。姜辉麟领着刘晓步行在往特委机关的小巷时，天已下起了小雨。姜辉麟看路上没人行走，便趁机低声向刘晓简单地介绍了特委的情况：“这个机关对外是一家刚开张的水产商贸公司，杭果人书记现在叫孙予真，他是这水产商贸公司的老板；陈云部长现叫廖陈云，他的身份是一个喜欢拉胡琴的账房先生。我是这家公司跑‘生意’的业务员，我阿姐‘大姜’是‘看门’的，大家都叫她‘大阿姐’。建立这个‘公司’时，因一时租房的钱不够，陈云同志将自己身上一件马褂拿到典当行，典当了 7 元钱，才凑齐了租金。”

姜辉麟领着刘晓走到烟纸店门口时，“大阿姐”姜兆麟正领着一个四五岁的女孩在旁边玩耍。她看辉麟将“老朋友”刘晓领到这里，只是悄然地给刘晓一个微笑，刘晓也迅速给了“大阿姐”一个微笑，以作“老朋友”又见面的问候。“大阿姐”一边继续带着孩子玩，一边警惕地扫视着周围的动静。她知道，刘晓定有重要事情来请示报告。

陈云见到刘晓，立刻站起身来握手欢迎：“刘老板，听说你的皮肤是故意晒黑的。”他对着刘晓仔细看了看，又说：“嗯，是有点盐民的味道啦。”

刘晓憨憨地笑着说：“这也是没办法的事，我不晒黑，他们会把我当外人的。”

“刘老板，你一周前才将计划叫人送来，这么快又亲自跑到上海，有什么急事要报告？”

“廖掌柜，我这次来，一是想问问，我们那个庄行‘打鱼’计划报告怎么样了？ 大家已经迫不及待了呢。 这第二件事，就是我觉得我们手头的‘打鱼’工具还不够，还希望老板能再给我们搞几件。 买‘打鱼’工具的钱，我已带来了。”说着，刘晓便从大衣里拿出一张银票放在桌上。

陈云拿起看了一下，伸手递给一旁的姜辉麟说：“小姜，你把它收好了，这可是庄行‘打鱼’的本钱哟！”陈云接着说：“你们庄行的‘打鱼’计划，我已审核过了，前几日就已经上报给大老板了，不过还没有批下来。 你急什么。 除了‘打鱼’行动，不是有许多事情要做吗？”

“廖掌柜，听你的口气好像不同意，这可不行，大家都已经憋足了劲，可不能往火红的炭盆里泼冷水啊！”刘晓心里急得像着了火似的。

这时，陈云压低嗓音认真地对刘晓说：“奉贤县的党组织发展较快，但是教训也应该吸取。 除了曙光中学被查封，你们在奉贤四团搞的那一次暴动，虽然将那里民愤极大的恶霸地主张沛霖除掉了，你们本以为只要把这个地主消灭掉，农民就能发动起来，但结果，打掉了一个恶霸地主，敌人马上加强力量进行了大范围的打击。”

“革命哪有不流血的。 这十月秋收以后，一个个地主、恶霸逼租逼债得非常厉害，弄得许多农民饭也吃不上。 现在已到年关了，这一年到头的，年都没法过了，农民们都纷纷要求搞起义呀！”

“搞不搞庄行暴动？ 最后由省委来决定。 但是现在，我倒是要问你，暴动的条件成熟了没有？”

刘晓立即回答：“我们那里的条件已经成熟了。 但是，我们还请求特委能派干部去领导。”

“我认为，这庄行的位置就在敌人旁边，搞暴动要想站住脚是不可能的。 如果省委批准了，特委可以派人去。 我估计暴动后你们在那里是站不住脚的。我讲的条件是，如果形势恶化，包括你自己在内的主要干部要立即撤回上海，千万不能待在那里呀！总之，保存骨干要紧。至于你们要的‘打鱼’工具，我会近期帮你搞到，并负责送给你们的……”陈云带着几多思考语重心长地对刘晓说。

姜辉麟在一旁，一边认真地听着两位领导的交流，一边因要在奉贤的庄行举行农民武装暴动而激动着。陈云最后看着姜辉麟问：“小姜，你在一旁听到现在，你对庄行‘打鱼’行动有什么看法？”姜辉麟不假思索地说：“在我看来，组织一场大的‘打鱼’行动是非常有必要的，我对奉贤的多个镇区和乡村都有所了解，那一带的地主和恶霸都是万恶不赦的，不杀一杀他们的威风，农民们真的是没有活路可走了。要我来表态，我是举双手支持这行动。而且我申请参加这次‘打鱼’行动，去为在奉贤四团牺牲的战友赵天鹏报仇。”听了姜辉麟这一回答，刘晓将大拇指竖得高高的。

窗外的小雨还在下着，陈云让姜辉麟陪着她的这个“表弟”吃了晚饭。刘晓在上海住了一晚上，第二天一大早便赶回了奉贤乡下。他要赶回去召开县委会议，按照陈云的嘱咐，对庄行暴动的准备工作进行进一步认真细致的安排布置。

第十五章 智送枪弹

1

庄行是奉贤西乡的一个大集镇，恶霸地主和豪绅较为集中，阶级矛盾也十分尖锐。在江苏革命运动处于低潮的情况下，中共奉贤县委已两次向上级提出举行庄行农民武装暴动的要求。淞浦特委对庄行暴动非常重视，且十分谨慎。杭果人和陈云也曾两次组织专题会议，认真讨论庄行镇暴动的问题。

第一次会议原本决定不批准奉贤县委的要求，并指出“烧毁市镇”观念的错误，因为在如皋暴动之后，中共江苏省委就确定暴动是盲动主义。第二次会议在暴动计划中增加了“经济上接济省委”的情况下（当时，江苏省委经费困难，淞浦特委本身也拮据），并提出特委主要负责人亲自参与暴动的具体计划制订和正式行动，而且确定了抽调其他县里革命武装力量给予支持配合后，这才同意奉贤县委再次提出的暴动计划，并由淞浦特委打详细报告提交中共江苏省委进行审批。

中共江苏省委同意了庄行农民武装暴动计划，刘晓托陈云秘密购买的武器，现已弄到 10 支全新的 3 号匣子枪和配套的 200 发子弹。省委同意暴动的批示和枪支必须尽快地送给刘晓，这样的绝密事宜，陈云几番掂量之后还是安排给了姜辉麟和阿姐姜兆麟。她们的任务是：1929 年 1 月 15 日下午，将这批枪支送到奉贤的刘港，然后与刘晓派来接应的刘德超等同志一起，将这批武器再转送到庄行边上的邬桥镇藏起来，并将江苏省委对庄行暴动的批准文件转交给中共奉贤县书记刘晓。

姜辉麟和阿姐姜兆麟接到这个任务，当即和陈云等一起研究了运送枪支的方式。几番讨论之后，最终确定了以迎娶新娘的形式作掩护来秘密执行这项重要的任务。

2

1 月 15 日的一大早，姜辉麟是一个身着大红绸缎棉衣的“新娘子”，阿姐姜兆麟是一个喜笑颜开的“媒婆”。她们的身后是两个壮汉抬着一个大红木箱子，还有一个汉子挑着两个中等红木箱。他们一行五人，从黄浦江边的一户渔民家出来后，没多远就来到了江边的平湖班轮码头上，他们要赶乘平湖班轮的第一班船前往奉贤的刘港码头，然后再上岸“出嫁”到邬桥镇上。

冬日里黄浦江的江风，自然是有几分刺脸的，江上还飘浮着一层层薄雾，刚刚从江面上升起的朝阳将江面上的晨雾和江面与江边的大大小小船儿，以及姜辉麟和阿姐姜兆麟的衣衫与脸庞，都照耀得十分亮丽。前来码头乘船的许多人都会特意靠近姜辉麟这个美丽的“新娘子”，瞧上几眼，有的自然会夸上一句：“侬，这新娘子真漂亮！”“侬，这新娘子真俊俏呢！”这时，“媒婆”姜兆麟也会眉开眼笑地上前递上几块喜糖：“侬，吃喜糖，吃喜糖。”

班轮码头已集聚了许多乘客，平湖班轮第一班船开始卖票、检票了。姜兆麟有意推迟一会儿才去买下船票，等码头检票卡口排起长队后，这才搀扶着“新娘子”一起前往。检票口有4个持枪的“黑狗子”，主要负责检查乘客是否有共产党嫌疑和行李是否符合军务安全要求。轮到姜辉麟一行了，姜兆麟满脸堆笑地立刻迎上去，从身上挎着的包袱里抓出一大把喜烟、喜糖，分别递给四个“黑狗子”和两个码头检票员，并一一地道着：“新娘子出嫁，老总同喜！老总同喜！”

几个“黑狗子”毫不客气地接过香烟和喜糖，还色眯眯地死盯着“新娘子”多看了几眼。“新娘子”姜辉麟自然是十分“害羞”地低着头。

“新娘子从哪里嫁到哪去呀？”这时，一个小头目样的“黑狗子”眯着眼睛走上前不紧不慢地询问道。

“报告老总，新娘子是从平湖张村嫁到奉贤邬桥镇。”“媒婆”姜兆麟忙着接了话。

“战时特别时期，乘船的人员和行李一一都要严格检查，新娘子出嫁也不能例外，你们几人都过来接受检查，行李也一并抬过来。”

“是的，是的。新娘子是小户人家，也没多少陪嫁的东西。来，来，来，都快点过来，请老总们检查。”姜兆麟一边说着，一边又从包袱里拿出四包“哈德门”香烟，递给四个“黑狗子”，并笑嘻嘻说：“邬桥有习俗，新娘子必须按规矩在十二点之前进入婆家门，要赶上新娘子婆家的中午喜宴，这是图个吉利呢。时间比较紧，还请老总帮帮忙，给个方便。”

看上去是个小头目的“黑狗子”叼着香烟，看着“新娘子”说：“你们急，我们可不能急，检查程序还是不能少，敷衍了事我们是要掉脑袋的！ 来，来，来，人和物品都要认真检查。”

另外三个“黑狗子”一齐过来一个个搜身，并一一打开行李进行检查。“黑狗子”小头目对“新娘子”上下前后打量一遍后，还特别在她脸上轻抹了一下。当“黑狗子”让打开那只大箱子时，大家的心弦立即都绷得紧紧的，这枪和子弹全都藏在这箱子底层的隔板下面。一层层衣服被拿出来了，最后一层毛毯也即将被拿出，新安装在箱底用来掩盖手枪和子弹的那块木板，由于新木板的成色和原箱子的成色有一定区别，细心的明眼人一定还是能看出那木板是新装上去的。一旦“黑狗子”对那块木板产生怀疑，那就是“人赃俱在”，后果不堪设想。

现场气氛立刻紧张起来了。辉麟、兆麟及另三个同志的心，一下子都提到了嗓子眼。就在那“黑狗子”弯腰准备去拿那铺在最底层的毛毯子时，待在旁边的姜辉麟迅速用脚踩了一下阿姐兆麟的脚，兆麟立刻会意地抬起她的一只“三寸金莲”大声喊叫起来：“哎哟！ 你怎么踩到我的小脚了，疼死我了。”说着，还特意将身子歪向那个要拿毛毯的“黑狗子”，将他挤离了大木箱子。姜辉麟也立即连声说：“阿婆，对不起，阿婆，对不起，是我腿站酸了，没有站稳，对不起，对不起。”

3

就在这时，那个“黑狗子”小头目伸头一眼看到箱里的毛毯上有一个精致的镶着银色贝壳花朵的桃红小盒子，贼眼一亮，立刻弯腰伸臂将那个盒子拿出，当即一边将盒子打开，一边说：“这盒子里边是什么？ 我必须要检查一下。”

其实，这家伙明知这箱底的精美小盒子一定装着新娘子心爱的首饰，起了贪心。他打开小木盒，见是一只精美的白玉手镯，立刻将盒子盖上说：“走吧，走吧！ 检查好了，这个小玩意，我就留着沾个喜吧！”

姜辉麟立即装着很不愿意的样子说："老总，这可不行，这东西可是我娘家陪嫁品中最珍贵的。求求老总，你还给我吧！"

"嘿！你不想去做新娘子了，再不走，老子当你们有嫌疑的奸细，把你们全抓起来送警察局去。"

"好！好！老总，我们这就走，这就走！大小姐，我们快走，这时间已不早了，千万不能耽误了进婆家门和拜堂成亲的时辰。快！快！你们收拾东西去，将大小姐送去拜堂成亲最要紧。"姜兆麟趁机连忙上前打圆场，让三位抬挑行李的同志赶快收拾好被这帮"黑狗子"翻出的东西，抓紧通过这码头检查关口，上到班轮上去。

姜辉麟一行终于机智而惊险地闯过了严厉盘查，将大箱子、小箱子全部抬挑到船上，大家坐在两个小箱子上，一起庆幸过了这一"鬼门关"。不一会儿，客人全部上齐了。一声汽笛拉响，平湖班轮离开渡船码头行驶到黄浦江中间向着奉贤方向前行，姜辉麟和"送亲"的大伙儿这才对着滚滚江水大大地松了一口气。

上午十点多，班轮到达刘港古镇码头。前来接应姜辉麟一行的刘德超和另一位同志已驾着一辆扎着大红花的迎亲马车，在码头检查站前边的一棵老银杏树下等待了。姜兆麟与刘德超顺利进行"送迎亲"交接，"新娘子"姜辉麟等人和贴着大红双"喜"的"嫁妆"，被欢欢喜喜地迎上了马车，一路向着邬桥镇前行……

姜辉麟等同志将枪支弹药安全送到邬桥镇的当天晚上，刘晓便秘密召开了庄行支部会议，开会的地点就设在庄行镇东北邬家桥沙港河东岸的牖民小学里，参加会议的除刘晓和庄行支部书记唐一新等五人，还有该小学的吴校长，吴校长也是革命同志，姜辉麟及姜兆麟也列席了此次会议。会上，刘晓传达了姜辉麟带来的江苏省委对庄行暴动批示的密信——这封密信用特殊药水写在一张大红"喜"字上。

刘晓非常激动地说："淞浦特委和江苏省委已经批准了我们的庄行暴动计划，淞浦特委的领导还将带一支队伍来支持这次庄行暴动。暴动或许会流血，或者甚至有所牺牲，参加暴动的同志在暴动之后，还要带着家人离开家乡去躲避一段时间，但是，我们不进行暴动，不去打倒那些恶霸地主和国民党反动政府及狗腿子警察，我们更没活路可走……”经过刘晓的宣讲和与会人员的讨论，大家全部同意近日举行庄行农民武装暴动。当即，刘晓代表奉贤县委宣布成立“庄行暴动行动委员会”，下设军事、宣传、交通、政治等部。

姜辉麟和阿姐姜兆麟一行完成了一次特别的“出嫁”行动，按照松江和奉贤一带风俗，在第三天又顺利地上演了一场“新娘子回门”过“黑狗子”检查卡口的戏。

4

庄行暴动在即，从松江的钱家草村转移到上海的淞浦特委领导人杭果人、陈云、严朴，以及新调任特委巡视员的蒋云和特委军委书记茅学勤，在讨论参与领导庄行暴动所需做的准备工作时，杭果人说：“关于增强庄行暴动的人员力量，我已从江阴借来10名参加过江阴农民暴动的红军，姜辉麟、姜兆麟等同志也把购置的枪和弹药秘密送到了庄行附近，但我觉得暴动还缺少一些威力大的‘重武器’——炸弹。这炸弹，其实也就是土制的手榴弹。”

这时，陈云忽然想起了一事，他看了看蒋云和茅学勤接着说：“这事好办，我们这里就有‘炸弹专家’。我听说，蒋云同志是学过化学的，而且还有从苏联莫斯科带回来的制炸药的配方，他会做炸药，并且蒋云和茅学勤两位同志在江阴时成功试做过几个土造的手榴弹，听说那威力还不小呢。这次庄行暴动是不是可以想办法做一些带过去？”

“行啊，只要有材料，我们就能搞。”“没有正规材料，我们就土法上马也能搞。”蒋云和茅学勤当即接受了这自制手榴弹的任务。

杭果人和陈云负责搞来了手榴弹所用的火药及雷管等材料，蒋云和茅学勤负责具体制作安装。这手榴弹的制作方法是在圆筒的铁皮香烟罐里放进火药和铁锅的碎片，雷管用的是玻璃雷管，管底放白糖，当玻璃管破掉后，白糖点燃 TNT 硝化纤维便会爆炸。 其实，制造这种土手榴弹也是非常危险的，火药和雷管都装上了，一不小心就会引起爆炸。 最后，大家决定将火药粉准备好，然后带到奉贤的庄行乡下，再将火药装进铁皮香烟罐里。

材料收集齐了，四颗土造手榴弹不到半天时间就做好了，大家欢欣鼓舞。 但是考虑到手榴弹的运送安全，在淞浦特委的驻处只是先做了四个样品，计划尽快送到奉贤庄行，然后仿照已做好的手榴弹再多做一些。

就这么安排定后，派谁尽快将这四手榴弹样品先送去庄行呢？ 大姜、小姜冒险送枪刚回来，十分辛苦，但淞浦特委的其他同志对去庄行的路途又不太了解。 陈云踌躇着思来想去，最后还是觉得姜辉麟较为合适，她不仅熟悉去庄行的路，而且了解土手榴弹制造的材料。

5

第二天一大早，陈云便将姜辉麟叫到特委机关——水产商贸公司的办公室里。

“小姜，现在要派个人到奉贤去。”

“陈部长，是送信吗？”

“不，是送炸弹。 这炸弹就是昨天晚上我和其他特委同志一起做好的四个土制手榴弹，你也在场看到的。”

“送到哪，是庄行吗？ 庄行暴动等着派用场吗？”

“是的，但还是先送到邬桥镇的老地方，这四个手榴弹的样品要先送过去，让刘晓书记按照这些炸弹应该用的材料，再多准备一些，我和杭书记等提前几天过去再组装一些。”

“好！ 这四个手榴弹我先送过去，我知道做一个炸弹要用多少材料，您告诉我需要再做多少个就行。”

“你过去让他们再准备 10 颗手榴弹的材料。 哦，辉麟同志，再告诉你，旱路关卡太多，最好走水路。 另外，水路上检查也很严，你前几天扮新娘送枪支才走过的路线不能再走了，你还熟悉其他到庄行邬家桥的路线吗？”

“我知道还有一条水路，只是要绕远一点。没问题，我熟悉那条水上路线。”

“现在每条路敌人都已设卡口盘查，都有危险。”

“我不怕，下刀子我也去！这老虎也有打盹的时候，世上没有渡不过去的河。大不了，就做一个断头将军！部长您说，什么时候去？”

“好的，那就你去。不过，这次一定要小心。一旦敌人有所发现，你要第一时间想办法将这些手榴弹扔到河里去。”

“好的，请部长放心，我一定会完成任务。什么时候出发？”

“你马上收拾一下就出发，最好在吃午饭时间赶到码头检查卡口，这时敌人最松懈。”

“行，没问题。”

“哦！对了，你今天准备怎样打扮自己去过关？”

“这好办，我今天就装扮成一个农妇，挎上一个大竹篮就行。手榴弹在哪？我去拿，一会儿我就装扮好，让你们看行不行。”

“你跟我来，我拿手榴弹给你去包装……”

姜辉麟迅速地去了一趟不远处的小农贸市场。她回来不一会儿，便头扎一条白毛巾，上穿蓝底白花旧棉袄，腰间围了大围裙，下着一条灰色旧棉裤，脚穿一双黑色老棉鞋，挎着一个老旧大竹篮，大大方方来到了陈云面前。

“陈云同志，看我这身打扮怎样？我都准备好了，现在可以出发了。”

“很好，实足地道的一个农家妇女。”陈云笑盈盈地走到姜辉麟面前，探头朝她挎着的竹篮里看。这竹篮里是大半篮黏满湿泥巴的花生果，还有十几个同样浑身是泥巴的小红薯，以及一杆小盘称。陈云伸手往装着花生和红薯的竹篮底下一掏，是一个装着几个圆柱形硬东西的布包。

"行，就这样的装扮，很好！现在就可以继续去卖你的泥花生了。"

"我把东西送到目的地，就在那儿等你们行吗？我也要参加这次庄行暴动。"

"行，你可以参加这次庄行暴动，具体任务等我们去后再定。"

"好的，那我现在就出发了。"

6

姜辉麟在楼上窗口探头向楼下后面的小院看了看，她的阿姐兆麟拉着一个孩子，手里拿着一个孩子玩的小黄旗站在小院后门口。兆麟抬头看到阿妹在窗口，举起小旗挥了挥。辉麟知道阿姐在向她示意：下面没有可疑人员，现在可以下楼出门了。姜辉麟下楼来到小院内，院门外的阿姐很是自然地用小旗子示意她从后门出去。

出了小院后门，姜辉麟挎着大竹篮不慌不忙地穿过两条大街，然后走小巷和小路绕道向奉贤刘港古镇的小渡船码头走去。

姜辉麟避开前不久扮新娘上渡船的平湖班轮码头检查站，在快到十二点的时候，她来到另一个能去刘港古镇的小渡口。这个小渡口虽然小，但也是敌人的重要检查卡口，而且这条通向刘港古镇码头的河道，因两边芦苇荡常有党内同志活动，所以在行船的途中还设有两道水上检查卡口。姜辉麟站在远处四下察看了一番，码头上人不是太多，河边停着几艘小渡船。乘船的人排着队一个一个往前走，每人必须接受三个挂着盒子枪的"黑狗子"伪警检查后才能通过。

姜辉麟从容地跟在一位老太太后面。一个"黑狗子"在那老太太身上搜到几块银元，拿着一块银元用嘴一吹，然后笑嘻嘻地说："你这老太太，竟然敢使用假银元，这假银元没收上交了。"

"这银元怎么是假的，这可是我家做生意好不容易挣来的血汗钱，你们怎能随便说是假的，而且说没收就没收呢！你这不是明摆着要抢钱吗！"

“你这老太太，怎么不识相，我说这银元是假的，它就是假的。”

“要不，我带你去警察局验证一下，看看你的这几块大洋到底是真的还是假的。”

“黑狗子”们皮笑肉不笑地和那老太太拉扯着。

姜辉麟见这情景，立即灵机一动。她急步上前，佯装着准备接受检查，又想要看“黑狗子”所抢银元是真是假的样儿。另一个心虚的“黑狗子”见姜辉麟探头想去看那银元，一把将她抓了过来，一边用力推搡着她，一边大声喝道：“看什么看，关你什么事，去！去！去！”

姜辉麟一边喊着：“哎哟！我的腰被搡着了！哎哟！疼死我了！”一边装着跌跌撞撞的样子，趁势溜上了船，幸运地躲过了这个卡口的检查。

船虽小，但客人不少。一上船，姜辉麟便立即瞄见船舱最后一排且靠船边的一个好位置，她便连忙过去坐下了。这时，船上客人的目光都集中在岸上的那位老太太和三个“黑狗子”争吵上，姜辉麟当即用竹篮和围裙作掩护，掀起脚下一块断成两节的舱板中靠船边的一块，并将篮子里花生下用旧裤腿包着的四颗手榴弹迅速拿出塞进了舱板下面，然后将那块舱板盖好，自如地将双脚和竹篮子一起放在了上面。

从趁乱机智地闯过检查卡口，到神不知鬼不觉将手榴弹藏到船舱板下，姜辉麟在这一连串的行动之后，拿下那扎在头上的毛巾，擦了擦额头上不知什么时候冒出来的汗水。

那个老太太看来是拗不过那些黑心的“黑狗子”，只得放弃那几块银元，气红着脸一路骂声不断地上了船。船老板看人上得差不多了，锚一拔，开船了。那天正好顺风，船行得很快。正午的冬日阳光晒在身上暖洋洋的，一上午不停地奔走，姜辉麟很想坐在船上睡一会儿。但是，她知道这途中还有两个水上检查站，绝不能有半点大意。当她坐下来稍稍安稳之后，便感觉肚子在“咕咕”叫唤了。于是，她低头从竹篮里拿了一个红薯，身体一斜，顺手用清冽冽的河水将红薯搓洗了几下，便埋头啃了起来。吃完一个红薯，她又洗吃了一个，这就算是午饭了。

小渡船途中所经过的两道水上检查卡口，都有荷枪实弹的“黑狗子”上船对所有的人和物品进行严格检查。“黑狗子”用警棍对着姜辉麟面前竹篮里的泥花生搅和一番，她泰然自若。

渡船过了两个水上检查点之后，姜辉麟便盘算着自己该从哪儿提前下船，以及怎么找理由提前下船。因为她知道奉贤刘港码头的检查一定也非常严。已是夕阳西下的傍晚时分，渡船上的人大都在闭着眼睛休息，也有几个在看书、看风景的。姜辉麟照例用竹篮和围裙作掩护，不动声色将手榴弹从船舱板下拿出藏进竹篮中的花生下面。

渡船离奉贤刘港古镇码头只有二里路了。姜辉麟弯着腰、捂着肚子站起，向船老大招呼说：“使船的大哥，我肚子痛得越来越厉害，可能是刚才凉红薯吃的。我家就在前面一点的河岸边，请船老板先靠岸一下，让我先下去，我要拉肚子，很急。”船老大看她像是本地的农妇，这肚子痛得像是很厉害，也就点头同意，并当即把船舵一扳，渡船随即便靠了岸。姜辉麟挎着竹篮捂着肚子跳上岸，踏上一条小路向着邬桥镇方向快步走去……

第十六章 庄行暴动

1

姜辉麟一路巧妙地闯过了敌人的四道检查卡口，终于安全地将淞浦特委同志制作的土制手榴弹样品送到了邬桥镇刘晓的住地。刘晓和庄行支部书记唐一新等听完姜辉麟一路过险关送手榴弹的经历后，在非常感谢淞浦特委对庄行暴动给予大力支持的同时，更是对姜辉麟独闯敌人道道封锁线送手榴弹的胆识与机智大加赞赏。当天晚饭后，姜辉麟就对照着她送来的四颗手榴弹，向刘晓和唐一新等同志介绍了土制手榴弹制作的大概原理及所需材料，刘晓当即布置了第二天去寻找制作手榴弹材料的任务。

暴动的前几天，杭果人、陈云、严朴、茅学勤以及江阴暴动后出来的10名红军，分别由杭果人和陈云带队，兵分两路相隔一天先后前往庄行和邬桥，姜辉麟和唐一新负责接应。陈云等到达邬桥的那天晚上，半路上碰到了一个鬼鬼祟祟的人，他见到陈云等人立刻就想藏起来。为防万一，陈云示意两名红军迅速将这个人抓了起来。姜辉麟和唐一新接到陈云等同志后，唐一新立刻认出了那个被陈云抓起来的人，是庄行国民党政府保正沈阿大（沈雪堂）的儿子沈祥发。

为防止意外，唐一新立即将陈云等人的住所安排到了松江县境内的八字桥一处房子里，沈祥发也被带到那里看守。第二天，杭果人带领的一行同志也顺利到达。杭果人和陈云等淞浦特委同志及红军战士白天不出去，晚上与刘晓等同志会合，一起详细讨论了暴动的进军路线、联络信号、行动纪律和人员分工等内容。在讨论行动方案时，淞浦特委提出三条要求：一是缴警察大队的械；二是杀几个恶霸地主；三是想方设法筹些款作为活动经费。陈云还特别宣布了一条军令："禁止无故摧残小商人，禁止任意烧杀。"最后，陈云还让刘晓和姜辉麟等赶制了暴动人员的佩戴标记，并要求多发放和张贴一些有关暴动的目的和意义的布告、宣传单及标语。

与此同时，淞浦特委的几位同志不仅把带来的火药装配到姜辉麟前几日送到的手榴弹样品里，还用刘晓派人找来的材料又自制了十颗土手榴弹。这十颗土制手榴弹是夜晚在庄行支部委员吴三龙家里装配好的。当晚，吴三龙将做好的手榴弹临时埋在了他家后屋的砻糠（稻谷经过砻磨脱下的壳）堆里。

第二天，吴三龙的妻子到那砻糠堆扒些砻糠去煮着喂猪时，扒到这批手榴弹，吓了一大跳。她拿出其中一个手榴弹问吴三龙："这是啥东西？"吴三龙忙叮嘱她："这东西你可千万动不得，千万动不得……"

2

淞浦特委同意奉贤县委在奉贤的庄行镇举行农民武装暴动，那是因为庄行有非常好的群众基础。庄行亦称庄家行，位于黄浦江南岸，西南同松江县接壤，北跟南汇县比邻，其西北一带环枕着黄浦江。这里是三县交错之地，是奉贤西陲的重镇，也是中国共产党开展农民革命运动的一方理想之地。

1924 年起，这里已经有共产党人在活动。1926 年，侯绍裘、林钧以及姜辉麟、范志超等先后来到这里开展宣传鼓动工作，他们在庄行及邻近的叶榭、盛梓庙、烟墩、阁家庙、野三官堂等乡村组织起了农民协会。庄行农民协会的会长是本地的青年医生唐一新，他虽然只有高小文化，但生性聪明，能画画，还会刻图章，给穷人看病常常不收钱，穷人都很信任他。他在大革命时期就加入了中国共产党，之后利用串乡行医的便利，宣传革命道理，发展农协会员。当时，农民还组织了自己的武装——农民赤卫队。雇农出身的两兄弟吴大龙和吴三龙（后改名吴国天），当时就是一支农民赤卫队的负责人。

1927 年春，在北伐军到达庄行一带之后，农民协会就公开活动了，这一带的农会会员在最鼎盛时发展到了 1 万多人，到处开大会、斗土豪。他们曾经打死盛梓庙的恶霸地主郑金，吓死狗腿子胡英，处置了叶榭的恶霸顾子方，南桥镇一个姓庄的地主下乡收租也被农民撵了出去。有的农民高兴地编了一首顺口溜：“打倒郑金，吓死胡英，朱保正逃到漕泾，庄家地主直喊饶命，农民伟大，再造乾坤！”

蒋介石叛变革命之后，庄行地区的农民协会虽然解散了，但是斗争并没有停止。在中共奉贤县委书记刘晓的领导下，庄行、叶榭、欢庵等地很快建立了党的组织。从 1928 年春到 1929 年初，刘晓领导的中共奉贤县委曾经不止一次地想举行武装暴动，但由于条件尚未成熟，加之敌人的竭力破坏，这里的农民武装暴动便一而再、再而三地拖延了下来。

3

1929年1月20日晚上，已被定为庄行农民武装暴动的时间。可是，天公不作美，20日傍晚下起雨，而且雨越下越大，由于各地群众不好集中且行动也不方便，行动委员会便立即决定将暴动改为第二天晚上八点进行。尽管第二天晚上仍然下着雨，但行动委员会认为，再延期很有可能就会泄露消息，便决定队伍按时出发。

1月21日晚上七点三十分，细雨蒙蒙，庄行镇的郊外一片漆黑。手枪已分发给了这次暴动的负责人和江阴来的红军战士，农民们多数拿着大刀、铁叉、棍子、长矛和土枪。在杭果人、陈云、刘晓、唐一新等的率领下，五六百名农民群众个个佩戴着像八一南昌起义一样的红领带标记，高举着中国共产党的党旗，在庄行镇周围冒着小雨分三路迅速集结，有不少人还拿着手电筒。暴动时约定的口令是“开花”，如果口令一时忘了，还可以用“嘘、嘘”两声口哨来代替。

晚上八点，兵分两路的庄行暴动队伍一起向庄行镇中心进发。第一路是刘晓、冯银楼、吴三龙和2名红军战士带领的100多人，由西向东进攻西市梢万年桥东堍关帝庙内的奉贤公安局庄行分局；第二路是陈云、严朴、茅学勤、唐一新和其他几个红军战士带领的大部队，从东面主攻褚泾庙内的庄行分局公安分队，由于公安分队人数较多，武器配备也较好，这一路的进攻队伍成为最主要的一路，暴动队伍的枪支及土制手榴弹大多配备在此路。姜辉麟的任务是牵头组织宣传组的人员，在暴动队伍攻打过的区域张贴布告、宣传标语，并向沿路的一些人家散发宣传单。

战斗打响了，西路队伍冲进公安分局时，敌人措手不及，七八个警察见状逃的逃、躲的躲，逃不及、躲不了的都举起了双手，连喊着“饶命、饶命”。接着，暴动队员还打开拘留所，放出了因欠租、欠债而被关押的穷人。东路队伍进攻褚泾庙，打得就比较艰难。庙内驻扎的以丁智炎为队长的公安分队，有14支步、快枪和1挺手提式机关枪。本来有个人说好做内应的，临时变卦了。这里四周都是高墙，没有窗，中间有个门，敌人依据庙前戏台死守着，不停地用机枪朝外面扫射，攻不进去。大家正在商量对策，茅学勤拎着四个“香烟罐”走来了。

“这是什么玩意？”有人问。

“手榴弹，自己造的，正好用得着。”

茅学勤拿起土制手榴弹连续向敌人的阵地投过去后，一连串的爆炸炸死、炸伤敌人多人。这时，西路的队伍已结束战斗，他们也加入了东路的进攻。敌分队长丁智炎见形势不妙，慌忙带着几名队员抢先逃了出去，敌班长钱子涛等见状也纷纷溃退，刚逃出褚泾庙不久，在庄行第四高小操场上又遭到暴动队伍的猛烈打击，敌人便慌不择路地纷纷跳河逃窜。

在庄行镇上，有一支拥有 40 多人、30 来根长短枪的镇特种保卫团（即商团）。暴动那天晚上，团长李耀群将队伍分成几股上街巡哨，有一股巡至镇南时，还抓捕了暴动队伍派出的一名先遣队员，将其绑缚在东市梢商团团部的柱子上。暴动队伍在攻下庄行公安分局后，一鼓作气地冲向东市梢的商团团部。同时，暴动队还把放在煤油箱里的鞭炮点燃，冒充在打机枪来助威。这商团的队员本来是些乌合之众，一看到共产党真的暴动了，一个个吓得魂飞魄散。暴动队伍很快便缴了商团所有人的枪支，并救出了那位暴动队员。

一处处敌人被打败了，姜辉麟率领的宣传组队员紧跟在后，一处处张贴着有关庄行暴动的原因及意义的布告和“打倒国民党军阀”“打倒地主土豪劣绅”“中国共产党万岁”的标语，并一路向镇民家、商铺和镇上设立的各个国民党行政、公安等机构，逐一投放《告工农兵及劳苦群众书》《告士兵书》《告城市店员与小商人书》等宣传品。

暴动队伍已完全击败了庄行镇上的反动武装，并取得了三个回合的全胜，打死、打伤敌人 50 多名，共计缴获枪支 60 余支，而暴动队伍中也有 3 名农民队员在这次暴动中牺牲。

4

激烈的战斗即将结束时，姜辉麟带领着宣传一组的两位农民队员，准备在一面白墙上张贴布告和标语。一农民队员刚将一盏马灯挂在旁边一棵光秃的柿子树枝丫上，只听一声枪响，一颗子弹“唰”的一声从姜辉麟耳边划过。姜辉麟立即意识到有敌人在打冷枪，便迅疾将她身旁的一农民兄弟扑倒在地，紧随其后的又一颗子便从她的肩头飞过，打在了前方的墙上。

姜辉麟低头转身时看见右侧一个提糨糊桶的青年农民还站在那儿，便连忙大喊：“兄弟，快趴下！”可是她的话音还没落下，一颗子弹已经飞了过来，正好击中了那位青年农民，人应声栽倒在地，姜辉麟急忙爬起来奔向那个中弹倒下的青年农民，同时向另一位农民兄弟喊道：“这位兄弟中弹了，快去叫救护队人过来。”

那青年农民是头部中弹，鲜血不住地往外流。姜辉麟一边抽出腰间的一条毛巾紧紧地按在那青年头部伤口上，一边连声呼叫：“小兄弟，你要挺住！你一定要挺住，救护员马上就到！”救护队的同志很快赶来了，但那位青年农民的心脏已停止了跳动，他安静地躺在了姜辉麟的膀弯里……

夜里十时许，庄行镇地保韩永良企图潜往县城南桥报信，恰被把守路口的暴动队员发觉，当即被一枪击中腰腹而毙命。午夜十二点多，县城南桥开来了反动派的增援部队。县公安中队长李志斌带人由履祥桥赶至庄行镇东，暴动队伍当即在第四高小附近进行了阻击，激战一个小时后终于将敌人击溃。听见庄行这边连续的枪声而从南桥过来的镇政府地保大队，快到庄行镇头时听到庄行镇上“机枪声”（铁桶里炸鞭）大作，吓得赶忙退了回去。

参加庄行暴动的农民们因为平日里积累的仇恨，在聚力击败敌人武装力量的同时，也潮水般涌入了庄行的集镇上。他们点火焚毁了公安分局、公安分队、商团等反动机关，还从商团团长李耀群、东汪家、西汪家等大地主、大奸商的家里，没收了靠搜刮民脂民膏积聚起来的金银财宝，并将搜出的各种簿据账册、单契和存折，一起堆放在大街上或院子里，点上一把火全部烧毁了。整个暴动过程中，由于事前有严密的组织和严格的交代，暴动队伍的纪律严明。当个别农民欲闯进普通市镇居民的家里时，手执红旗维持纪律的指挥人员立即予以了制止。

昔日被踩在财主们脚下的暴动农民，这时迸发出了从未有过的快意，他们来往游行，欢呼跳跃，欣喜若狂。整个庄行镇上“打倒土豪劣绅”和“中国共产党万岁”的口号声此起彼伏、经久不息，大街小巷到处张贴着白纸红字的革命宣传标语和宣传画，其署名均为“中国共产党奉贤县委员会”。22日凌晨三点左右，暴动队伍在秋水庄后门吹号整队，刘晓宣布暴动的预期目的已经达到，命令所有参加庄行暴动的队伍撤出庄行镇，然后分丁字街、万年泾和戴家桥三路向西面安全撤退。这场暴动中从恶霸、地主和土豪那里没收的钱财，除分给参加暴动的农民每人三元银洋，余下的都带回上海交给淞浦特委处理。暴动结束的当夜，包括刘晓在内的淞浦特委同志连夜从叶榭塘小渡过黄浦江回到了上海。唐一新、冯阿五、吴大龙和吴三龙等留了下来，继续在奉贤、松江、南汇三县交界的地方打游击，开展革命斗争。

果然不出陈云所料，庄行暴动后的第二天，敌人便调兵遣将前来“镇压”，上海淞沪警备司令部派出一个营的兵力进驻奉贤，同时水上公安队调派黄浦江游巡队驻庄行，特务大队长刘番铉所部官兵五六百人也星夜出发抵达奉贤。大批反动派武装进入奉贤后，到处搜捕共产党，乱抓革命群众，一些参加暴动的地方党员和农民骨干不幸被捕入狱……

第十七章 妙计连生

1

淞浦特委一行人员回到上海后，没有再去那烟纸店楼上办公，而是直接去了山海关路育麟里 5 号（今山海关路 387 弄 5 号）。特委领导知道这一次去奉贤多天不回来，他们的“水产贸易公司”一连多天空着没人，肯定会被人怀疑，这一带的特务一定会来搜查。为此，杭果人和陈云在去奉贤之前就找好了下一个特委的工作站，在走之前就将房子退租了，并将一些资料和大家平常的生活用品寄存在一个安全的特委联络站。结果真是如此，在特委同志走后的第四天，那房东还没有将房子再租出去时，就有国民党特务来搜查了。

这新的特委机关，是一幢坐北朝南一楼一底的老式石库门建筑。石库门，是上海里弄中一种融汇了西方文化和江南地区汉族传统民居特点的新型围合建筑。上海的旧弄堂很多都是这种石库门建筑，也是最具上海特色的居民住宅。这种建筑起源于太平天国时期，当时的战乱迫使江浙一带的富商、地主、官绅纷纷举家拥入租界寻求庇护，外国的房产商趁机大量修建住宅。这种民居的式样，以石头作门框，以乌漆实心厚木作门扇，因此它得名“石库门”。

新的淞浦特委机关前面是正德小学，有这所小学作掩护，特委的人员进出以及来特委办事的人就方便安全多了。特委对外的名义，依然是一个贸易公司。

又到了一个新的工作地点，姜辉麟和阿姐姜兆麟等一连忙活了几天来收拾整理。1月28日上午，姜辉麟从省委联络点拿回一封密信交给陈云。下午三点多钟，姜辉麟被叫到陈云的办公室。

“小姜同志，从庄行回来就搬家，又让你大忙了几天，一点没让你有休息的机会。上午，你拿来了省委的重要信件，现有你又有任务了。”

“有任务好啊！来参加革命，就是来领任务和完成任务的，没有任务还要我们来干什么！干革命，就是要任务越多越好，这样革命才能早点成功！”

“是的，庄行暴动取得胜利的消息传到浦南县委后，那里的党员和农民协会会员的革命情绪空前高涨，浦南县委已送来报告迫切要求淞浦特委批准他们进行农民武装暴动。昨天，我参加省委会议时，省委已批准了我们特委打上去的报告。你接下来的任务：一是将省委对浦南县举行暴动的批示，送到浦南县委组织部长、军事书记李一谔手中；二是将暴动的行动方案和准确时间及时带回来，并告诉他特委这次就不派人前往参与组织行动，一切由浦南县委组织行动。你的出发时间是明天一早，后天晚上回到这里。”

“好的，请‘廖老板’放心，我保证完成任务。”

“浦南一带你去过，李一谔你也认识，他应该在新街，那是浦南县委的秘密活动中心。不过，庄行暴动过后，敌人更加严密地进行水陆交通盘查和封锁，你一定要小心行事，千万不能大意，一定要注意自己的安全，你可是我们交通战线上的‘老把式’，绝不能有半点‘损坏’哟！”

“好的，谢谢老板关心，我会注意安全的，您放心，小姜同志一直都运气好，是个天生的‘福将’！”接着陈云语重心长且幽默的话语，平日不太开玩笑的姜辉麟，这时也跟着陈云的话幽默了一下。

2

去新街镇，需在外滩码头坐班轮沿黄浦江向西南而行。在松江码头下船后要乘小渡船过对岸的黄浦江支流叶榭镇渡口，然后再乘小客船向新街镇和金山县一路前行。

姜辉麟这次所送的信件就是一张纸的报告批文，为此，她想了个简单、巧妙、不易被发现的藏匿信件方法。早晨天刚亮，她从弄堂里买回了三个碗口大的包着芝麻和红糖的圆糖饼，她吃了一块当早饭，又将余下两块中的其中一块咬了两口，然后将糖饼里面的芝麻和红糖馅掏出来一些，把省委批示的密信用一块大一点的牛皮糖纸包了两层后，往糖饼里面一塞，又将芝麻和红糖馅往里一塞，并用一张报纸将这一块吃过的糖饼和另一块完整的糖饼一起包起来，然后与两件内衣一起放在一个大蓝花方巾里一包扎，再打两个结扣，挎在手臂上轻轻松松地出发了。

快要过年了，黄浦江边外滩码头乘坐班轮客人格外多，检查站的检查不算太严，姜辉麟在接受例行检查时因没什么行李，她又是一副实足的在上海市区帮工回乡过年的小城镇妇女模样，加上有了那半块还没吃的糖饼作掩护，只是简单应答了几句盘问便通过检查，顺利地踏上了从上海驶向苏州的黄浦江1号班轮客船。

班轮起航的汽笛拉响，客轮晃悠悠地离开码头驶入黄浦江中。寒冬腊月，江风刺骨，姜辉麟没有直接进入船舱，她来到船边，扶着栏杆伫立着，远远地望着白茫茫的黄浦江水连着白茫茫的天。辉麟知道这船是向着她老家松江方向开的，此时忽然有一种特别想家的念头，她已半年没有见到孩子、丈夫和公婆了。她凝望着滚滚而流的江水，就感觉远远近近的一层层波涛，像是亲人们一个个在向她奔跑而来一样，那波涛掀起的浪花就像是她的丈夫和孩子们张开臂膀来拥抱她……江面上的寒风冰冷地吹过来刺在脸上有点痛，姜辉麟接连打了几个冷颤，这才回过神来。她转身赶快进到船舱里，要是受凉生病了，那就要耽误大事了。

这一趟坐船去执行送信任务虽然路程较长，但一路不用徒步行走，这对姜辉麟来说也算是一次很好的休息机会。新街，是松江县南面的一个小镇（今为上海市金山区新街村），与金山县和浙江平湖县相交，这一片为浦南地区。淞浦特委刚成立时，姜辉麟曾随陈云来浦南巡视、调研，陈云曾在这里领导浦南区委组织工农（盐）群众，发展党团组织，开展抗租抗债，筹建农民武装，准备秋收起义。姜辉麟还曾专程向李一谔同志送交过《关于江苏农民秋收斗争的决议案》。李一谔在姜辉麟心目中与侯绍裘一样，是一个非常值得敬仰的传奇人物。

李一谔在金山县的一个地主家庭长大，他十九岁考入上海文治大学，攻读文学专业。1920年冬，他离校归乡，变卖田产，筹款办学，力图教育救国。1925年夏，李一谔由侯绍裘、姜长林介绍加入中国共产党。

1927年，浦南地区成立了中共浦南独立支部，李一谔任书记。陈云来这里帮助浦南成立中共浦南区委时，李一谔任执委，负责军事工作，他曾带领农民党员骨干，一起向甸山附近的土豪徐伯贤等“借款”1700元，从上海买来12支盒子枪和一批子弹，在平湖转湾角一带秘密组织暴动队伍进行军事训练。1928年10月，中共浦南县委成立后，李一谔任常委、组织部长兼军委书记，他组织领导下的浦南农（盐）民协会会员有上千人。为了筹备组织农民武装，他还从自己家里搞来1000余元银洋购买了一批武器，秘密建成了一支农民武装——红团。

秋收时节，眼看新谷登场，李一谔发动农民开展抗租、抗债、抗捐斗争，并率先向农民和佃户免除他家收取的农民田租（租米）。那些祖祖辈辈辛苦劳动在这片土地的农民，起初简直不敢相信这不收租米是真的，后来见李一谔言行一致，农民们便确信他是一个地地道道为贫苦农民大众谋利的革命者，便纷纷投入到这里的土地革命斗争中……

3

班轮在松江码头靠岸了，姜辉麟要在这里下船，再乘小渡船过叶榭渡口到新街镇。叶榭渡口向南虽然是黄浦江的一条支流小河，但这小河是通往新街镇和金山县及东海的唯一水路要道，这一带也是共产党人非常活跃的地区。为此，敌人在叶榭渡口设置了严格的渡口检查卡口。姜辉麟所乘的小渡船过去的时候，已是下午一点多。小船上有近20人，有两个“黑狗子”伪警跳上船，对船上的人和物一一仔细地进行检查和盘问。

一个“黑狗子”到姜辉麟面前说：“站起来，你是干什么的？是从哪里来？要到哪里去的？”

“我是在上海给人家做帮工的，松江城郊人，现在到松江和金山乡下阿舅家走亲戚。要过年了，阿舅要我去拿点海产品回家过年。我阿舅是下海打鱼的好手，风大浪高他都不怕。”

“怎么这么啰嗦，谁让说这么多的，谁要听这些废话？棉袄解开看看。”

“天这么冷，还要解开棉袄？”

“少废话，解开。”

“黑狗子”掀起姜辉麟的棉袄，两手一起从上到下，前后左右地捏了一遍，又对棉裤捏了一遍，还让她将棉鞋脱下细细检查了一番。

“你有什么行李和包裹？ 都要打开进行检查。”

“我没有行李，就这个小布包袱。”说着，姜辉麟就打开了包袱让那“黑狗子”去看。

“黑狗子”抓起里边的小衣服抖了抖、看了看，就连那个贝壳装的雪花膏都打开看了看。

“看到这饼，我倒想起还没吃午饭呢，这还真的饿了呢。 老总，你吃糖饼吗？ 这里还有一块整的。”姜辉麟说着，不慌不忙地拿起那半块糖饼，上去咬了一口。

“谁吃你这硬邦邦的饼！ 好了，好了，你坐下吃你的饼去。”

姜辉麟连忙坐下。 她心想，要是这“黑狗子”真的发现她的饼里有问题，她就立即假装没站稳要跌倒，顺手将那藏着秘信的半块糖饼扔进黄浦江水里去。

4

过了叶榭渡口检查站敌人的严格盘查，小渡船开始晃悠悠地一路向南地行进。 波光粼粼的小河上，姜辉麟在小渡船上拿出那一块完整的糖饼充饥时，她转身将目光投向黄浦江北岸的松江，一时间，对家乡亲人的思念，如滚滚波涛一样向着渐行渐远的家乡地平线上铺排着……

小渡船顺畅地到了新街镇停靠码头，这里卡口检查不太严，姜辉麟因有着半块糖饼作掩护，“黑狗子”的例行检查自然是毫无收获，姜辉麟安全顺利地过了卡口。 在通往新街镇的乡村道路上，她还幸运地遇到了一个好心的老农，搭上了他赶着的一辆装着米糠的马车，轻轻松松地来到了新街镇。

夕阳西下的时候，姜辉麟按照约定的联络地点，很快就见到了李一谔。 当她从半块糖饼里掏出那张中共淞浦特委和中共江苏省委对“新街农民武装暴动”的批示时，大家欢欣鼓舞地一起伸手抬起姜辉麟，将她高高地举过了头顶，李一谔还带头喊起了：“谢谢省委！ 谢谢特委！ 谢谢辉麟同志！”

姜辉麟带来的密信批示主要内容大致为：同意浦南县委举行农民武装暴动，但一定要速战速决，且禁止无故摧残小商人和任意烧杀，打击的是那些罪大恶极的地主和土豪劣绅。 暴动结束后，要迅速组织大家撤离到安全区域。

同时，姜辉麟带来了陈云部长的指示：“特委因有其他重要工作任务，这次就不来参加‘新街暴动’的具体行动，一切由浦南县委自行组织，但一定要按照特委和省委的批示要求去做，并将具体暴动时间转达给特委。”

李一谔向姜辉麟详细地讲述了已准备好的新街农民武装暴动行动方案，浦南县委已决定 2 月 6 日（腊月二十七）组织发动“新街暴动”。 当晚，李一谔还特别安排了几个菜，犒劳了远道奔波送来上级批示的姜辉麟。

按时顺利回到淞浦特委的姜辉麟，向陈云一一作了详细的汇报。陈云听了她“半块糖饼护密信”的故事之后，大加称赞：“小姜同志，你这是一件事一个招儿，真是胆大机灵。 不过，这样的妙招可不要对外传，以后还可以再用呢！”

如期进行“新街暴动”的消息，很快报到了淞浦特委这儿。 2 月 6 日晚上八点半，浦南地区 100 多名党团员和 200 余名农民协会会员，分别从角里、大石头、金卫、甸山、马棚、官桥等地汇集到新街附近的五玟庙前，县委领导翁明哲、李一谔激情昂扬地作了暴动动员报告并宣布了行动方案。 晚上九点，全体人员臂缠白布，以红旗为前导，以三声爆竹声为号令，分两路队伍从镇东西两头向新街镇中心一路进发。

当暴动队伍推进到土豪张忍伯家时，不料这张忍伯事先闻讯已乘坐收租船逃跑了。 暴动队伍烧毁了他家的部分房屋和大量地契、账册，并将张忍伯的罪状布告和新街暴动的相关宣传标语，贴遍了新街镇的大街小巷及沿途各地，镇上家家户户都可看到新街暴动的宣传单。深夜十二时，在李一谔的统一指挥下，暴动农民各自分路撤离，等到国民党松江县亭林反动军警赶到新街时，参加暴动的人早已无影无踪。

虽然，新街暴动在当日结束，但这次革命暴动的余波还在滚动着。不久，又有消息传来：浦南地区山阳镇上的反动劣绅陆百希和缉私营中队长张吟泉等，大肆在群众中造谣惑众，咒骂共产党和农民协会，其气焰十分嚣张。2 月 11 日（正月初二），李一谔找准了机会带领暴动队伍在山阳附近的蒋家桥处决了陆百希，并贴出布告宣布了他的罪状，公开署衔“中国共产党浦南执行委员会”。翌日，李一谔等又在山阳镇官桥庙附近击毙了长期欺压盐民的恶霸张吟泉。

5

庄行农民武装暴动后，奉贤县长李家翰被上司斥为“防患不力，先予撤职，留任缉凶”；庄行镇公安分局局长张同昆被“撤差再说”。而紧接着中共浦南县委领导发动的“新街暴动”，一时间让上海周边郊县的恶霸地主和土豪劣绅都惶惶不可终日，各县及镇乡反动派的嚣张气焰被有力打击。

面对共产党地下组织连续组织领导的农民暴动，国民党当局气急败坏地调集军警进行全面搜查“镇压”。时隔不久，庄行一带的革命人士罗列夫、陆秀中、张关弟、李照和等同志被捕。春耕刚开始，庄行支部委员吴大龙、吴三龙不幸被捕。紧接着，又一条不幸的消息报告到了淞浦特委：2 月 26 日傍晚，李一谔从转角湾秘密回到金山开完会后，住在一农民协会成员家。27 日上午，由于叛徒的告密，李一谔的住地被敌人包围了。李一谔临危不惧，一边举枪射击，一边迅速翻越围墙冲出敌人的包围。当他撤至长春桥陆家宅时，被围追的敌人击伤手臂而被捕。

随后的 3 月 10 日上午，松江城内，载着李一谔的囚车一路沿着东西大街缓缓游行，李一谔用微笑向街道两边的群众示意。西河庄刑场，大树参天，人头攒动。英俊潇洒的李一谔，身穿灰鼠长皮袍，大义凛然地走下囚车，他面带微笑地向着群众满怀激情作最后的革命演说。十一时，在李一谔高呼“中国共产党万岁”“工农劳苦大众解放万岁”的口号声中，敌人罪恶的子弹射向了李一谔高昂的头颅，赤胆忠心为党为革命的李一谔轰然倒下，年仅三十一岁。

得悉李一谔的英勇事迹和壮烈牺牲的不幸消息，姜辉麟大半夜流着热泪没能入睡。侯绍裘、张应春、赵天鹏、李一谔等革命战友的高大形象，一个个不停地在她脑海里掠过。烈士们让她万分敬仰，也让她充满了勇气和力量……

3月中旬，本是春暖花开、阳光明媚的美好时节，但此时陈云、唐一新和姜辉麟的心头却是愁云密布。他们三人正在商讨一件事——探监。

“唐一新同志，庄行暴动后你们冒着生命危险，继续坚持在乡村开展地下游击斗争，大家都非常敬佩你们。这几天你刚从乡下撤到上海，也没让你多休息几天，明天又要安排工作任务了。辉麟同志，你把已打探到的吴大龙和吴三龙兄弟俩现在的情况，先给一新同志说说。”

“好的。这几天，我和阿姐兆麟一起按照组织上指点的一些路子打探了多个监狱，打听到了吴大龙和吴三龙兄弟俩确切的消息。吴大龙和吴三龙兄弟俩被捕后，先被押到南桥看守所，但很快便被解送到上海龙华警备司令部进行审讯。在审讯期间，敌人对吴氏兄弟施以严刑拷打，他们俩坚贞不屈，敌人从他们的口中得到的始终是‘不知道’三个字。敌人无奈，便将他们兄弟俩都判了无期徒刑，现已押送到了上海漕河泾监狱。下一步，不知道敌人会对他们怎么做。”

“陈部长，那得想办法去救他们兄弟俩。这兄弟俩都是勇敢顽强、一心一意闹革命的我党骨干分子，也是我们朝夕相处、患难与共的兄弟和战友。”唐一新焦急地抢着说。

“组织上正在积极努力，今天让你过来，就是想让你和姜辉麟同志一起想办法，怎么先去监狱里实际打探一下？ 现在你们就在这里研究一下，我还要到省委开个会，晚上在这里我们再碰个面。”

“好的，陈部长先忙，我和唐书记在这里一定会拿出一个初步方案，等您最后来拍板决定！”

6

两天之后，以“兄妹”相称的唐一新和姜辉麟来到了漕河泾监狱门前。 唐一新穿了件条格细呢长衫，头戴一顶呢绒大礼帽，手提一大袋饼干之类的食品；姜辉麟穿着蓝花洋布的旗袍，脖子上挂着一条白围巾，手里拎着一个装着苹果的黄篮头。

之前，姜辉麟已探听到这里的典狱长马杰是个贪钱的鸦片鬼。 这对“兄妹”来到监狱门岗前，姜辉麟上前掀开盖在苹果篮子上面的一块花布，拿出两包“哈德门”香烟递给守门的“黑狗子”说：“请你通报一下马典狱长，我们是来探望表兄弟吴大龙和吴三龙的。 之前，我们已和马典狱长说过了。”

“之前，我们已和马典狱长说过了”，是一句探监时的“行话”。当典狱长马杰接到门岗来报探监人说了这句话“行话”时，就知道来探监的人会向他表示“意思”，这时他自然同意让人进来到他这里接受检查了。

来到典狱长马杰这道关卡后，姜辉麟大大方方说：“马典狱长好！我们是兄妹俩，是来看表兄弟吴大龙和吴三龙的，还请马典狱长多关照，行个方便，这是我们的书帖。”

姜辉麟说着便将写着“曹焕然”和“曹焕龄”名字的书贴，以及书帖下面的一个钱包一同递到马杰的手里。 马杰二话没说地收了钱，低头看了一下书帖，又抬眼打量了这对“兄妹”片刻，慢条斯理地说：“你们这两个表兄弟可是要犯，那可不是随便可以探监的。 看你们文质彬彬的像读书人，我今天就卖个人情，让你们进去看一下，但要经我检查之后才能进去，而且探监只有五分钟时间，还不准多讲话。”

马杰对唐一新和姜辉麟细致地进行一番搜身之后，还是不准他们带东西进去，姜辉麟一再满脸赔笑地求情：“马典狱长，您就行个方便，我们是姑生舅养的表兄弟，自小一起长大，我哥在外行医，我在外地教书，不常见着他们，没想到他们竟然犯这样不要命的事。我们今天来看一下他们，送一点食品和水果，也就是表示一点做表兄妹的情意。这些东西，您细致检查就是了。求求典狱长，您就行个方便吧！”

在姜辉麟“句句入理”的请求下，马杰最后只允许这“兄妹”俩带进那只装着一些苹果的黄篮头，但这个“忠于职守”的典狱长仍对篮头里的苹果逐个进行了检查，这才放心地让他俩带进去探监。

当牢房里的看守得到上司允诺，入内通报“有曹焕然、曹焕龄表兄妹前来探监”时，吴氏兄弟马上领悟到是党组织派人来了。姜辉麟和唐一新快步进入号子，一眼望见吴大龙、吴三龙拖着沉重的脚镣，四只手紧握着铁窗棂对外张望，姜辉麟抢前一步大声哭道：“表弟呀，你害得家里好苦呀！你母亲和我们全家想得你们好苦啊！”

唐一新也随后跟上，看到了被敌人折磨得十分憔悴的同志，忍住泪说：“大龙、三龙两位表弟，分别才一个月，想不到竟在这里见面！你们虽在吃官司，但要保重好身体，不要像以前的孩子气了。”

吴大龙、吴三龙自然听懂了他俩的话，大龙连忙说：“表哥、表姐不必难过，你们自己要多保重身体，请转告母亲，我俩永远记住母亲的教育，我们没有犯错误。”三龙也跟着说：“谢谢表哥、表姐来看我们兄弟俩！我俩永远记住母亲的话，我们没有犯错误，我们以后也绝不会犯错误。”

姜辉麟和唐一新自然也都明白吴大龙和吴三龙话音里所表露出的一份对党的赤胆忠心和誓死与敌人斗争到底的坚强意志。姜辉麟和唐一新还想再多谈一会儿，可时限已到，看守已在催促了。

姜辉麟连忙把带来的黄篮头递给吴大龙，叮咛道：“你母亲日夜思念你们，叫我们带点苹果来给你们解解渴，有些苹果有点烂了，吃时要留心。”

吴大龙会意地点了点头。姜辉麟和唐一新“兄妹”俩一步一回头地流着热泪，依依不舍地离开了牢房。

“表兄妹”送来的黄篮头里的苹果中，有两个烂苹果，其中一个藏匿了一个小纸团。纸条上写着：“母亲知道了你们的情况，正在设法找人来搭救，黑暗过去了，光明就会来临，并请转告兄弟们注意各种病魔的侵袭，切记，切记！”

7

从漕河泾监狱回来的路上，唐一新对姜辉麟说：“这吴大龙和吴三龙的家原在南汇大团，后来逃难到了奉贤庄行。他家中七口人，没有土地，没有房子，全靠租种财主的三亩田和打零工过日子。吴大龙和吴三龙在庄行的唐焕亭家做长工时，我认识了他们。那唐焕亭是我的叔伯。我父亲是个老中医，我长大后也会在镇上给人家看看病，因我给穷人看病常常不收钱，大家都对我很友好。那吴大龙和吴三龙有空会跑我这儿走动，看我画画和刻字，我也常教他们兄弟俩识些字。后来，这兄弟俩在我的引导下加入了共产党，介绍人就是我和刘晓。”

唐一新说了这段话嗓子有点哽，他清了清嗓子继续说：“这兄弟俩入党时，我曾带着他们宣誓，对他们说：‘要严守党的秘密，在任何情况下都不能说出党和同志们的事情，连父母也不能给他们知道，在敌人面前宁愿自己英勇地死，也不能暴露党的一切事情，这是党的纪律，要绝对遵守。’这之后，我们庄行就成立了一个5个人的党支部，就是我和冯阿五、李关杰以及吴大龙、吴三龙兄弟俩。历经许多考验，现在看他们兄弟俩都是坚定、坚强的共产党人。”

“是的，我是第一次来监狱送情报并探望同志们。大龙和三龙等监狱中的许多革命同志，他们在这里经受了敌人肉体上的严刑拷打和精神上的折磨。大多数同志都是英勇不屈的坚强战士，这让我深受感动和鼓舞。说不准，哪一天我们也会被敌人抓捕进入这样的监狱。”

“你来过监狱了，也亲眼见到了同志们受尽敌人酷刑折磨后的状态，你怕吗？”

“我不怕，自从参加革命并成为党组织的一员起，我已把自己的生命交给了革命和党组织。我发誓，我要是有一天不幸被敌人抓捕到监狱，一定会誓死捍卫革命和党，决不做无耻的叛徒，而苟活在这人世上。”

“是的，我也不怕，我和你的信念和意志也是一样的。我也会誓死捍卫革命和党，决不做无耻的叛徒，而苟活在人世上。”

“兄妹”俩一次成功的探监，让淞浦特委和省委及时掌握了漕河泾监狱中的情况，并很快做出了相应的组织安排。与此同时，吴大龙、吴三龙兄弟俩看到了姜辉麟和唐一新用烂苹果传递的淞浦特委指示，很快便设法把组织上的指示秘密地传给了别的号子里的革命战友，也传到了狱中的中共地下组织负责人那儿。

不久，漕河泾监狱传出了“犯人闹监”的消息。所谓“犯人闹监”，其实是漕河泾监狱内中共地下组织秘密发动的一场声势浩大的斗争：他们向监狱提出了“吃饱饭”“讲卫生”“能治病”等 11 项条件，最终在全狱犯人历时三天的绝食抗争下，反动派不得不一一答应了这些条件……

第十八章 医教并行

在国民党反动派疯狂且长期制造的白色恐怖下，中共淞浦特委领导组织或给予支持的上海郊县农民武装暴动，基本上都遭到了强力而残酷的镇压，并有党的许多革命同志被抓捕关进监狱或英勇就义。但是，上海郊县各镇和乡村的中共党组织却在艰难困苦中不断发展和壮大，革命的种子在不断地生根发芽，革命的青藤在不断地生长蔓延。一次，姜辉麟在路上对同行的一位同志说："古语说'三人行，则必有吾师焉！'我们党要是发展到'三人行，必有吾同志焉'就好了。"姜辉麟在革命的洪流中不断得到洗礼，对党和革命的事业有了更加坚定的信心。为此，她对待党和革命的每一项工作，总抱以饱满的热情和坚定的意志。

在淞浦特委机关工作时，姜辉麟曾一度负责特委机关的后勤工作。当时，由于特委的经费很困难，有时饭菜不够吃，她总让别的同志先吃饱，自己少吃点。最艰难的时候，她把仅有的一点饭菜分给别人，独不留自己的一份，喝一点白开水就熬了过去。有一次，刘晓从奉贤南桥赶来淞浦特委汇报工作，因路上突遇如注的大雨，他来到特委机关时衣服全部湿透，姜辉麟当即烧了姜糖茶让他喝下，并用火炉帮他烘干了衣服。还有一次，特委机关有位陈浩同志患了严重的皮肤病，一时间浑身溃烂，姜辉麟不顾可能被传染的风险，悉心为其寻药医治、包扎换药，一直到那位同志病愈。还有一次，一位周姓的同志奉命要去另一个地方工作，但是缺少路费。姜辉麟知道后，不声不响地去当铺当掉了自己的一件衣服，才解了这同志的燃眉之急……

接连发生的庄行和新街农民武装暴动，让国民党反动派对上海郊县的农民运动采取了极为凶狠的大规模破坏。为此，共产党各县党组织全部分散隐蔽起来。也就在这时，因淞浦特委宣传部长林钧在南汇巡视工作时被捕、军事部长茅学勤在上海被捕并牺牲、书记杭果人去了苏联学习等情况，中共江苏省委决定特委这一组织形式暂时中止，其所辖各县党组织归省委直接管理。为了继续加强开展上海郊县农民运动，省委决定设立淞浦八县工作委员会，陈云是委员之一。淞浦八县委员会所辖的范围和原中共淞浦特委所辖的范围基本一致。

1929 年 4 月下旬，借此时机回松江探亲的姜辉麟，在家休整不到十天，便接到组织上派她去南汇县新场镇一带工作的通知。这次，她的主要任务是加强与中共南汇县地下组织的联系，以及掩护县委负责人的活动。

南汇，是一片临海冲积平原之地，其地形由西向东如一把耕田的犁，东南部突出于东海中，海岸线近 50 公里。这片土地，唐初时就有人居住生活，这里既有海滩盐碱地，也有江南水乡的景象。宋元时期，南汇盐业鼎盛，下沙、周浦、新场已形成较大规模的集镇。清同治元年（1862），全县人口多达48万余人。四面环河的新场镇，是江南典型的水乡古镇之一。这里的牌楼、石拱桥众多，是“歌楼酒肆、商贾辐辏”之地，有“小小新场赛苏州”之说。但是在这军阀混战，白色恐怖笼罩，恶霸地主、土豪劣绅横行的时期，来到新场镇干革命的姜辉麟，自然是毫无心境去闲庭漫步地走园观景了。

之前，三任中共南汇县委书记周大根、宋益三、杨杏春先后都被敌人抓捕过，南汇的党组织遭到了敌人的严重破坏。这时，新场区委书记吴仲超临危受命担任第四任南汇县委书记。吴仲超，1902年出生于南汇大团镇，七岁起在父亲任教的私塾读书，十六岁时父亲把他送到新场镇的信隆当铺做学徒。1927年秋，吴仲超考入上海法科大学（今华东政法大学），一年之后他便秘密地加入了中国共产党。毕业后他回到家乡从事党的地下工作，其公开的身份是在新场镇商店当店员。

姜辉麟到新场镇，化名石贤，她的任务是以开设按摩推拿诊所为掩护，协助中共南汇县委书记吴仲超建立党的秘密机关，开展党的地下工作。

2

姜辉麟的“石贤按摩推拿所”，设在新场镇中心偏南一条河畔老街边的一个小渡口码头旁，这里有渡船、石拱桥，有商铺、酒楼，交通方便，来往人员多。石贤按摩推拿所开张后，来这里按摩推拿的人还真不少。姜辉麟的母亲家有着祖传的按摩推拿技法，尤其以小儿推拿见长，在松江及其周边名声甚大，辉麟自小就爱跟母亲学习这按摩推拿的技艺。现今，她所学到的真功夫，还真的是能派上用场了。

石贤按摩推拿所不仅成了中共南汇县委的秘密工作机关，也是上下级党组织秘密开会和传递文件情报的“保护伞”与“中转站”。因

“石贤医师”妙手回春的按摩推拿手法，县委书记吴仲超和委员沈千祥、姜文奎、宋根生等也常常来这里治疗“腰酸背痛”。中共江苏省委巡视员黄理文，也是以商人身份在这里的码头装货，两次“慕名”来此按摩推拿他的“老寒腿”。由此，姜辉麟这个按摩推拿所的“所长”，也就成了这里的“中心”人物了。

姜辉麟知道，省委特别调她来新场镇一带，最重要的工作是掩护和协助年轻的吴仲超，重新恢复被敌人破坏的南汇各个党组织，从而有条件继续组织好这里的土地革命斗争活动。为了帮助南汇县委做好土地革命宣传工作，姜辉麟多次以到周浦镇及其乡下为一些不能行走的病人做推拿按摩为名，调查农民和盐民们的生活状态，同时借机从侧面进行土地革命的宣传和动员工作。有一天，她同样以为不能行走的病人做推拿按摩的名义，与南汇县委委员沈千祥一起到南汇大团区泥城做摸底调研。泥城是南汇县东南沿海的小镇，俗称“泥城角”。附近海滩可以晒盐，这些海滩荡地，多数被当地的大地主朱心田、张鸿生、顾福财、董岳松等霸占。在泥城，姜辉麟悉心、耐心而巧妙地与农民和盐民交谈，详实地了解到当地农民多数是崇明、通州（今南通）一带的穷苦百姓，因迫于生计才到这里垦荒。

这些垦荒的农民初来时，与地主的契约是每亩佃租 800 文，但到土地垦熟了之后，地主们却随意加租。1929 年开春时，每亩佃租已增至 7 元。这里的荡田土质不好，不宜种稻，以种棉为主，丰年每亩产籽棉 35 公斤，歉收年不过 10 公斤。农民卖 50 公斤棉花只能得 11 元，除去肥料、种子等工本，再缴佃租后，所剩无几。有的农民为了活命，也去海滩晒盐，但是晒盐又深受当地警察分局和盐霸的残酷剥削和压迫。当地官府在横港设有泥城警察分局，在小泐港设立了盐廒（缉私营），豢养了 30 多名盐警，独霸盐的收购和出售，即低价向盐民收进，高价向外地出售。若是农民和盐民私自卖盐被盐警抓到，轻则被没收盐和工具，重则被毒打一顿还要坐牢。对此，这一带的农民和盐民对反动官府与地主盐霸，那可是有切齿的痛恨。

姜辉麟在周浦、泥城了解到的农民和盐民的生产生活状态，特别是他们内心积聚的对地主、盐霸和当地官府与盐警的痛恨，为中共南汇县委在南汇开展土地革命宣传，以及不久后做出“泥城农民武装暴动”的计划和部署，提供了非常准确的第一手资料。

3

1929 年秋，姜辉麟因革命工作需要又被中共江苏省委调到上海沪西小沙渡与沪东杨树浦工厂区工作。这时的她仍用化名石贤，挂牌中医小儿科行医。姜辉麟是因中国妇女解放运动先驱缪伯英因病去世，而被调到上海从事妇运工作的。

缪伯英出生于湖南长沙县清泰乡一个贫苦知识分子家庭。1919 年 7 月考入北京女子高等师范学校学习。缪伯英进入女高师不久，在北京大学组织的同乡会上，结识了何孟雄、邓中夏等一批热血男儿。为了尽快找到一剂拯救中国的良方，她中断了女高师的学习，去北京大学参加活动。在北京大学，她结识了李大钊，并有幸成为李大钊的学生。1920 年初，缪伯英参加了北京大学马克思学说研究会。同年 11 月，她参加了由李大钊组织的北京共产党支部，她和邓中夏、何孟雄、高君宇等 5 人被吸收入党。缪伯英不仅是中共北方区第一名女党员，而且是中共一大前全国 50 多名党员中最早入党的女党员。1922 年，她参加筹备北京女权运动同盟会；1925 年 1 月起，她担任中共湖南省委第一任妇委会书记和湖南省妇女运动委员会主任。1927 年蒋介石反革命政变后，缪伯英秘密到上海任中共沪东区委妇女运动委员会主任。在此期间，她以华夏中学物理教师的公开身份，在残酷的白色恐怖中开展党的地下工作。由于长期处于危险、艰苦的环境中，再加上清贫的生活，缪伯英身体每况愈下。1929 年 10 月，她突然得了伤寒病被送入上海仁济医院，因医治无效，不幸溘然辞世，年仅三十岁。

读着有关缪伯英的革命经历材料，姜辉麟在无比敬佩和敬仰中，更加坚定了：为了党的事业、民族的解放和革命的成功，自己必须做一个甘愿抛头颅洒热血的革命斗士。

姜辉麟首先立足的是沪西小沙渡。小沙渡在上海普陀东南部长寿路东段两侧至苏州河一带，这里原是苏州河畔的一个渡口（今西康路桥处）。此前，苏州河在普陀区境内长达15公里，但河上没有一座桥梁，人员与货物往来全依靠船渡，这一带曾经有船渡17个，其中较为有名的有小沙渡、谈家渡、曹家渡等。清光绪二十五年（1899）起，中外资本家纷纷在小沙河渡口南岸一带占地建厂造房，到了20世纪20年代，这里已成为沪西主要工业区和工人聚居的地区之一。随后几年内，沪西小沙渡、沪东杨树浦和虹口岳州路这一带，很快成为中外资本家开设纱厂和丝厂的重要集聚地，其中日本资本家的企业特别多。截止到1928年，日本在中国境内共开办了50余家纱厂，在上海的有30家，有13家设在了沪西小沙渡、杨树浦一带。这些日本纱厂雇佣的工人百分之九十以上是女工和童工。由于资本家的长期压榨，工人们天天工作生活在水深火热之中。

与此同时，姜辉麟还从省委同志那里得知，自中国共产党成立之后，这里的劳苦大众在党的领导下所开展的工人革命运动可谓轰轰烈烈。陈独秀、施存统、周恩来、邓中夏、李立三、恽代英、向警予、瞿秋白、蔡和森等中国共产党人，都曾到沪东杨树浦与沪西小沙渡一带发表过讲演，传播革命思想，也领导了多次工人大罢工和工人武装起义。

多与农民和盐民打交道的姜辉麟，这次之所以被派到上海这个国民党反动派重守以及外国租界警察与狠毒资本家横行的工厂区来工作，是因为这里是女工集聚的地区。她在这里工作的主要任务就是进一步加强工厂区党的妇运工作。城市工厂区的妇运工作，对姜辉麟来说虽然是一项新的挑战，但她很快便明确了工作方向和工作目标，进入了自己应该担当的角色。

在小沙河渡及杨树浦一带，姜辉麟一方面通过开设小儿推拿诊所，经常接触许多有小孩的女工，并为她们做思想引导，适时将其发展成为积极分子和共产党员；另一方面通过到工厂内为宿舍区小孩做推拿的机会，或直接装扮成工厂女工和工厂内的女工党员一起，秘密深入小沙渡、杨树浦一带的老怡和纱厂、东方主被纱厂、大康纱厂、日华纱厂、协成丝厂和英美烟厂等工厂区的广大女工群众中去，竭力寻找时机与女工们促膝谈心，关心她们的疾苦，动员和鼓励她们学习文化，参加工会活动。她还自编了一本《新中华党义课本教授书》，深入浅出地向一些思想先进的女工传播中国共产党的主张，启发她们的阶级觉悟，引导她们逐步形成敢于与罪恶资本家斗争的意志和勇气，并及时发现和培养女工中的骨干成员成为入党积极分子，努力让更多的女工们加入共产党组织领导的革命阵营中来。

4

姜辉麟在小沙渡与杨树浦工厂区一带工作了近一年，1930 年仲夏学生放暑假的时候，组织上又安排她到虹口岳州路立中里去创办一所立中小学。

为办好立中小学，姜辉麟既任校长，又当教员，还兼任勤杂工。对姜辉麟而言，这里既是学校，又是家，还是党组织召开会议和接头、传递情报的地下工作站。尽管立中小学设施简陋，但这里日间教工人子弟读书识字，夜晚还分别开设男工和女工文化补习班。姜辉麟亲自负责文化教学，巧妙地宣传革命思想，参加党组织的秘密会议，还时常悄悄出去送情报、拿文件。因经费、人力不足和活动场所狭小等原因，她每天一清早就得起身打扫卫生并把桌凳排好，供上课用，每晚夜课散学后再用桌凳拼成一张自己休息的床铺。

姜辉麟向来是疾恶如仇、不畏强暴的。有一天，散学后刚一会儿，有个女工跑过来报告："石校长，有两个流氓在前面拦路调戏一个女工。"

"走，我们快去解救她。"姜辉麟二话没说，一边跑出门一边大声喊，"抓流氓了！抓流氓了！"

在前面树影匝地的道路上使坏的两个流氓，听见喊声、脚步声，又看到黑夜中已有两个人影向这边跑过来，连忙撒腿逃跑了。解救了那个女工，姜辉麟还一路把那个吓得浑身颤抖的年轻女工护送到家。此后，姜辉麟按女工们的回家路线，让她们组成小队，以便互相照应，并对她们说："如遇到有坏人侵害你们，一定要勇敢地群起而攻之。"如此这样，既保证了女工们能安心学习，又使她们认识到"团结就是力量"的革命道理。

到工人家去访问，关心他们的疾苦，也是姜辉麟经常要做的事。在家访中，她见很多困难工人子弟因无钱上学而闲散在家，大人在外做工很不安心。于是，她主动劝家长把孩子送来学校免费上学。有些孩子无钱购买课本等学习用品，她总是想方设法为他们解决；有的孩子生病无人照管，她便经常将孩子留在家中帮助诊治和照顾，或帮助送医院治疗。

冬日的一个傍晚，姜辉麟看到有一个学生散学后呆坐在马路边上不回家，走过去问他为何不回去。那孩子说："早上妈妈讲，今天发工钿，要等她买米回来烧饭吃。"姜辉麟搀着他回到学校，把自己的那一份饭菜给他，让他吃饱后再回去；而她自己因急于外出开会，喝杯开水就出门了。第二天早晨，那孩子的妈妈赶到学校，拉着她的手热泪盈眶地说："石校长真是我们的贴心人啊！"

姜辉麟到杨树浦与小沙渡工厂区工作时，家中丈夫黄勖哉照料四个孩子生活和读书十分吃力，经党组织同意，她将大一点的两个儿子带了过来，安排在附近的一所私立小学读书，以便对孩子有个照应。因她经济紧张，儿子每学期也会拖欠一些学杂费，为此学校和老师对这两个孩子便不太友好。有次上课时，老师训斥她的儿子说："天下无难事，只怕老面皮。"由于无钱买课业用品而做不好作业，孩子还会受到一些体罚和讥讽。

"阿妈，我也是无钱读书的学生，你为什么要去关心别人家的孩子呀？"儿子黄经纬看到自己的阿妈对别人家孩子那么好，便有点不解地问道。

“孩子，我们都是普通百姓人家，所以要互相关心体贴，只有大家联合起来去推翻吃人的旧社会，建立幸福的新社会，大家才有好日子过……”

当时，住在姜辉麟附近的工人都和她情同手足、患难与共。他们有了为难事，总要来找辉麟商量；立中小学有困难时，大家也总是主动出人出力帮助解决；遇到地痞、流氓等来校敲诈勒索时，他们就出面阻挡，以人多势大据理力争，使那些坏人不敢在此作恶与纠缠。姜辉麟也经常和大家说：“三人行，必有我师焉。遇事多问问，多依靠工人兄弟姐妹，往往就能解决问题。”

姜辉麟工作虽然非常艰难辛苦，处境也较危险，但她总是满怀信心、竭尽全力地去把工作做好，从未有丝毫畏难和懈怠情绪。

1930 年初夏的一个晚上，姜辉麟在工厂区一群女工中做革命思想宣传工作。结束后，回学校的路上，她感觉身后不远处有两个戴礼帽男子尾随盯梢，姜辉麟当即告诫自己要沉着冷静，一定要想方设法甩掉他们。她转过一个巷口，随即快步地穿过一条大街，又钻入一条小巷，与两个“盯梢”周旋。过了一个十字巷口的转弯处，她迅速从手提的布包里拿出一顶帽子、一条纱巾和一个小皮包，并迅速将帽子戴在头上，将纱巾系在颈上，小皮包斜背在肩上，又将手提布包扔到了旁边的垃圾桶里，然后快走几步闪入一户有门楼人家的门檐下，从小皮包里拿出口红在嘴唇和脸颊上涂了几下，便大大方方地从门檐里走出来，迎着在十字巷口张望后正朝她而来的两个“盯梢”，一路哼着小曲从他们身边走了过去。

两个“盯梢”怎么也想不到，他们紧盯着的目标会迅速“焕然一新”地在他俩的眼皮子下悄然逃脱。机智勇敢的姜辉麟，大胆采用了这个障眼法，巧妙地甩掉了两个险恶的“盯梢”，又绕了个弯才回到家。当她好一阵紧张紧急地回到家门口时，衣服已被汗水浸湿，身体已经极为疲惫。

一直没睡而是坐在小桌前边看书边等阿妈回来的黄经纬，听到门有响动，并听到阿妈轻声喊他时，立刻拉开门闩打开门。见阿妈脸色苍白、气喘吁吁，他连忙将阿妈搀扶进屋，并当即将门关上。“阿妈快坐下来，这么晚喘着粗气回来，你的脸色怎么白得像张纸，是遇到坏人追赶你了吗？阿妈一定还没吃饭，阿妈先坐下来休息一下，我先给你倒杯热水。”

“经纬，你还没睡觉，是在等阿妈？阿妈让你等久了，你吃饭了吧？阿妈没事，走夜路，走得急，是有点累，阿妈坐下来歇一会儿就好了。”

“我热了饭，我和阿弟都吃过了。阿弟困了，我让他先睡了。我不困，阿妈不回来，我睡不着，我知道现在外面坏人很多。阿妈你先喝杯水，我去开炉子给你热点饭。”

“经纬，你快洗脚，去睡觉，明天还要起早上学。你还小，阿妈坐一下，自己去热饭。”

“阿妈，我已经十二岁了，阿妈今天这么累，帮阿妈热点饭，那还不是应该的。”

“好孩子！经纬真的是长大懂事了。”辉麟说完，本想接着说：“要是有一天我不能回来，那就是出事了。但革命者是杀不尽、斩不绝的，你要化悲痛为力量，努力学习，继承阿妈的遗志，长大成人后要为劳动人民翻身解放而斗争。”可是，这番话刚到嘴边，她又连忙收了回来：这孩子还小，不能让孩子为阿妈这么担惊受怕的……

第十九章 热血洗礼

1

1930年7月14日，李立三主持改组中共江苏省委，将江苏省委与共青团江苏省委、江苏省工联会合组成立了“江苏省总行动委员会”，李立三任书记。这个委员会作为江苏革命暴动最高指挥机关，做出了停止党、团、工会等一切正常活动的决定。李立三错误地认为“革命高潮最有在江苏，尤其是在上海首先爆发的可能”，他强令各地扩大斗争，在农村到处搞暴动，同时在城市搞总同盟罢工，要让江苏成为“一省或数省首先胜利”的典范。7月15日，《红旗日报》在上海创刊，由中共中央机关报《红旗》和中共江苏省委的《上海报》合并而成，从第162期起改为中共中央和江苏省委共同的机关报。

8月9日，南汇县的泥城农民武装暴动如期举行，绣着金黄色镰刀斧头的革命红旗，第一次在浦东大地上鲜艳地升起。中共中央机关报《红旗日报》在头版头条以《轰轰烈烈，泥城地方暴动——占领市镇收缴反动枪支成立苏维埃和工农红军，号召群众实行土地革命》为题，详细报道了这次暴动经过。但是，泥城农民暴动与其他地方的农民暴动一样，很快被敌人打压了下去。

第一届中共淞浦特委因江苏省委反对李立三“左”倾路线而被撤销。之后，周恩来在一次中共江苏省委工作会议上下达了《关于恢复中共淞浦特委的决定》。当天深夜，陈云在一个旅社里召集有关人员商谈相关进展事宜。第二天下午，陈云把四川北路邮政总局附近的一个省委机关移交给特委，并把直接为省委工作的姜兆麟、姜辉麟、顾南州等同志派给特委。第二届中共淞浦特委的人员配备比较齐全：黄理文任特委书记，严朴、吴仲超等任常委，另有上海各郊县县委书记参与。第二届中共淞浦特委成立以后，曾在上海召开过两次扩大会议。

1930年9月24日至28日，中共六届三中（扩大）全会在上海举行，瞿秋白、周恩来等主持会议。全会批评了以李立三为代表的“左”倾错误，停止了李立三等组织全国总起义和集中全国红军进攻中心城市的冒险行动，恢复党、团、工会的独立组织和经常性工作。随后，江苏省总行动委员会改组为中共江南省委，领导江苏省、安徽省、浙江省及上海市的党的工作，其常委有李维汉、陈云、王克全、夏采曦等，书记由李维汉担任，陈云担任省委组织部长兼外县工作委员会书记。与此同时，第二届中共淞浦特委这一组织再次撤销，并从此完成了它的历史使命。

此时，姜辉麟被分配到上海市沪东区委工作，主要工作依然在虹口区岳州路的立中小学，以此校为掩护从事党的地下联络站工作。

10月下旬，中共南汇县委书记吴仲超被调到上海工作时，失去了与省委的单线联系，他在焦急万分中苦苦寻找线索。几番周折之后的一天，吴仲超行走到虹口岳州路时忽然眼睛一亮，他在离立中小学门前不远处看到了一个熟悉的身影：嘿！那不是曾在南汇新场镇开设石贤按摩推拿所掩护我们南汇县委工作的姜辉麟同志吗？吴仲超四下察看了一番，没发现什么异常，便紧走几步上前。这时，姜辉麟也十分惊讶地看到了吴仲超。四目相视，白色恐怖下的革命同志偶然相逢的那份喜悦，一下子同时涌进他们的心头。

“小姜同志的‘石贤按摩推拿所’，怎么这么快又变成了‘立中小学’？”吴仲超小声对姜辉麟说。

“只要革命需要，我们啥都能干。况且，我还在学校待过好多年。仲超书记难道不相信我的能力？”姜辉麟非常开心地逗了吴仲超一句，连忙请吴仲超到她的工作室。

吴仲超从夹袄里层的底边里取出了一个小纸条递给姜辉麟。这是中共江南省委调他到上海工作的指令。吴仲超将自己现在无法与省委联络的事告诉姜辉麟，姜辉麟当天晚上便通过自己的内线向上级党组织一层层报告。第二天下午，姜辉麟领着吴仲超与中共江南省委派来的交通员接上了头……

2

10月29日，中共江南省委书记李维汉主持省委常委会议，提名蒋云加入外县工作委员会。不久，蒋云分担任了陈云所负责的外县工作委员会工作，领导上海市区以外的江苏、浙江、安徽三省的农民革命斗争。

蒋云，两任江阴县委书记，曾组建中国工农红军第十七军并兼任军长，有着丰富的党的基层革命斗争经验。陈云特别安排了机智灵活的“老交通”姜辉麟，担当蒋云外县工作交通联络及基层党组织等事务的主要帮手。为了便于工作，蒋云和姜辉麟时常装扮成一对夫妻，出入于城乡白色恐怖下的诸多场所，勇敢、从容、悉心地与敌特和巡捕等反动派进行斗争，积极而出色地开展了许多秘密的党组织活动。

12 月 22 日，中共中央对江南省委进行改组，改组后的江南省委常委会成员有刘少奇、何孟雄、蒋云、许畏三等七人，刘少奇为书记，蒋云负责宣传部工作。因刘少奇此时尚在莫斯科，25 日，中共中央根据共产国际代表米夫的提议，任命了王明（化名陈绍禹）为中共江南省委代理书记。

王明是莫斯科中山大学的一名学生，毕业后留校做过翻译工作，1929 年 3 月上旬到达上海参加革命工作，1930 年 1 月 12 日在上海被捕后因暴露了党的秘密机关，受到党内警告处分。这样一个刚刚回国不久、又受到处分的普通党员，却受到米夫的突击式提拔，而且被委以中共江南省委代理书记的重任，原省委常委们自然是意见很大。

1931 年 1 月 7 日，米夫再以共产国际代表名义，在上海召开中共六届四中全会，安排一批支持他的普通党员参加会议并且授予表决权，而对那些正直的中央委员、候补委员，却不通知他们参加会议。这样，在米夫的直接操纵和扶持下，王明实际掌握了中共中央的领导权。随即，一批与王明针锋相对的党内干部如何孟雄、蒋云等被撤销所有职务，被迫离开领导岗位。变化莫测的革命形势，让革命斗争也变得严酷和严峻。每一个忠诚的共产党员此时也都在经受着一场场暴风骤雨般的革命洗礼和考验。

一天，姜辉麟在一个街头施舍稀粥的粥棚里看见了蒋云。无比吃惊的她二话没说拉着蒋云来到了立中小学。

蒋云作为一个忠实的革命者，不仅被撤销了职务，而且被停发了生活费，处境非常困难和危险。国民党当局要抓他，共产党的同志也因他受到撤职处分而怀疑他。忽然在上海滩落难的蒋云，几乎成了无家可归的流浪汉。

蒋云出生于中医之家，姜辉麟也是中医家庭出生；蒋云幼年丧父，姜辉麟也是幼年丧父；蒋云是在哥哥陈叔璇的引导下走上革命道路的，姜辉麟是由弟弟姜长麟介绍加入中国共产党的。如此相同的命运与经历，让姜辉麟对蒋云所遭遇的不公非常同情，但她目前力所能及的只能像对待自家弟弟一样，给蒋云生活上的照顾，以及精神上的激发与鼓励。

姜辉麟一方面请蒋云在立中小学暂时帮助教学，一方面积极牵线搭桥让他秘密参与到工人革命运动中去。一豆灯火下，姜辉麟以大姐般的热忱与蒋云谈心："有党和人民在，一定会很快还你们这些党的忠诚战士清白。我虽然是个女流之辈，但我也是共产党员。我读的书没有你多，但我认识许多革命同志，从他们的言谈身教中，我也懂得了一些革命道理：中国革命的前途是光明的，但一定也是曲折的。我们的人生道路也是这样，在低谷和险峻中奋力走出的共产党员，更能在革命的烈火中淬炼成钢……"

在姜辉麟的耐心开导下，年轻的革命战士蒋云再次找到了闪耀着革命灯火的人生路标，重新建立起不屈不挠为党为革命而奋斗的信心意志。为此，蒋云在步入新的革命征途时，特别给自己取了化名姜志行，同时与姜辉麟以姐弟相称，继续投入到党组织领导下的新的秘密战斗中。

按照党组织的指示，蒋云先找了份拉板车的活，给上海的五金厂家和五金店铺运货，用这种方式接近和联系工人群众。后来，他又以茶商身份为掩护，团结工人同志，并积极筹建上海五金工会，竭力将思想进步的工友们团结在一起开展工人运动，广泛发动市民商户抗议反动政府的苛捐杂税，抗议外国资本家残酷剥削和欺压工人，致力为维护工人的权益而斗争。时间不长，蒋云便在工人阶级中树立了很高的威信。不久，他受中共地下组织委派担任了上海市五金工人委员会主席。当然，蒋云在百忙之中也会抽出一些时间来到立中小学，帮助姜辉麟增开了晚间女工文化补习班，一边传授文化知识，一边宣传革命思想。

3

1931 年 1 月 17 日，中共江南省委又改组为中共江苏省委。 4 月中旬，姜辉麟调到了江苏省委继续从事交通联络和妇女运动工作。

十里洋场的上海是中国最繁华的都市，但也是白色恐怖最广泛、最浓重的城市。 对于战斗在这座城市的共产党人来说，他们面临的是随时可能会吞噬生命的血雨腥风。 或信息泄露，或叛徒出卖，或正在开会，或正在行走，或夜半三更，都有可能被敌人抓捕，严刑拷打，壮烈牺牲……夜已很深了，姜辉麟久久不能入睡，最近传来的一连串不幸消息，战友们英勇不屈的形象，不停地在她的脑海里闪现。

1930 年初夏，时任松江县委书记的周大根与刚调任沪东区委书记的林钧，同时在南汇周浦被捕入狱。 5 月 6 日下午，原担任中共中央宣传部秘书长、负责编辑党刊《红旗》的恽代英，在杨树浦韬朋路附近的怡和纱厂门前联系工作时不幸被捕。

1930 年 8 月 2 日，顾桂龙在松江玉皇阁英勇就义，时年三十四岁，他就义时不断高呼："共产党万岁！" 又一个亲密的革命战友倒下了，姜辉麟心痛欲滴血。

1931 年 1 月 17 日，曾任中共江苏省委常委兼农民运动委员会书记、军事委员会书记、南京市委书记和上海沪东、沪中、沪西区委书记等职的中国共产党创始人之一的何孟雄因叛徒出卖被捕。 2 月 7 日，年仅三十二岁的何孟雄和林育南、李求实等 23 位共产党员一起在敌人的刑场上英勇就义。

1930 年 2 月被抓捕入狱的袁世钊，在狱中被中共江苏省委任命为"狱中特支书记"。 他在狱中组织越狱行动而被发现，于 1931 年 2 月 13 日，与 9 位同志一起被敌人杀害。

1929 年 5 月至 7 月，刘晓在中共中央干部训练班学习结束后，刚被党组织安排到上海反帝大同盟发行部工作，便被敌人抓捕入狱。 在巡捕房、警察局和监狱中，刘晓经历了各种严刑拷打，但他坚贞不屈，没说出一个对敌人有用的字。敌人抓不到他的证据，最后判了他一年徒刑。1930 年 9 月，刘晓刑满出狱后，先后秘密担任了中共江南省委秘书长和江苏省委秘书长。1931 年 4 月，因叛徒出卖他再次被捕入狱……

1931 年 4 月下旬的一天下午，陈云将姜辉麟叫到办公室。一进屋，姜辉麟便看到陈云办公桌上有一块蓝花布，上面放着一把铮亮的小手枪。她的心里顿时“咯噔”一下。淞浦特委刚成立时，顾桂龙曾教过她怎样使用手枪，但她还从没有真正使用过枪，难道让她拿枪去枪杀敌人？

“辉麟同志，见着枪害怕了吗？”

“没有。为了革命，杀我的头，我都不怕。我只是没有使用过这玩意，我怕瞄不准敌人，完成不好党交给我的任务。不过，没事，只要组织上信任我，我一定全力完成任务。”

“好样的，辉麟同志！我要的就是你这份胆量和勇气。”

“有什么任务，您就放心地交给我吧！我一定会完成任务的。”

“好！明天晚上省委要组织一次清除党内叛徒的行动。你的任务是明天下午四点前，把对叛徒执行枪决的密令和这一支手枪，送到苏州河以南豫园内的喜庆堂酒楼。你就以给‘表叔’家报喜为掩护，将这密令和手枪交给你的‘表叔’王老板。记住，那喜庆堂临门楼上窗台放着一盆开花的兰花才为安全。那王老板身穿灰色长衫，头戴黑色瓜皮帽，手拄着一根茶色的龙头拐杖。哦，这里还有你把密令和手枪交给你‘表叔’王老板之前的联络暗号。”陈云说着，从办公桌抽屉里拿出一张纸条交给了姜辉麟。

姜辉麟接过纸条看了一眼说：“好的，没问题，您静等好消息就是。”

“那明天，你准备用什么做道具？”

姜辉麟略一思索，便说道：“我知道苏州河码头的敌人关卡检查很严，我想最好的方法就是用一篮红鸡蛋作为掩护，将密令和手枪藏在红鸡蛋底下。”

“那就对了，辉麟同志真是我们离不开的老交通！ 另外，你还要记住这枪里已装上了子弹。”

“我一定小心，我这就去准备了。”姜辉麟说完，拿起那支小手枪看了看，并转过身子打开枪保险，抬起手，瞄准窗口，点了两下，笑着对陈云说，“要不，让我去执行这个清除叛徒的任务……”

4

上午八点，一副街弄市民打扮的姜辉麟，拎着一个装满红鸡蛋的竹篮，要了一辆黄包车就上路了。 那把蓝花布包着小手枪和密令，就放在竹篮的底部。

去豫园的路上没有什么大的卡口检查，只是过苏州河的渡船码头检查卡口是必须经过严格搜查的。 姜辉麟一路顺畅地来到去豫园的苏州河码头卡口。 正是中午时分，过码头卡口接受检查的人很多，姜辉麟心里盘算着，这时过去应该是最好的时间。 于是，她不动声色且大大方方地排队向前。 卡口有 4 个荷枪的“黑狗子”在对过卡口的人一一细细搜查。“黑狗子”一边两个，一人搜身，一人检查行李，不时对过客骂骂咧咧。

“你过河去干什么的？”

“家里妹妹添了个男孩，去河那边的亲戚家送喜蛋，报喜的。”

“把篮子放下，鞋子脱下，两个手臂抬起伸直放平，我先搜身。”

姜辉麟放下竹篮，伸直双臂。“黑狗子”从上衣到裤腿和鞋子仔细搜索检查一番后说：“快过去接受行李检查，下一个过来。”

姜辉麟顺利地过了第一个“黑狗子”的关，拎着竹篮来到第二个“黑狗子”面前继续接受行李检查。

“带了什么行李？”

“就这篮红鸡蛋，家里妹妹添了个男娃，去江那边的亲戚家送红鸡蛋，去报喜。”

“把篮子拎起来，我要检查。”

“老总，我就这篮红鸡蛋，老总你看看。”姜辉麟拎起竹篮让“黑狗子”看。

“黑狗子”伸手到竹篮子里翻鸡蛋，这个竹篮子上口小下面大，想再向下面去翻鸡蛋，那自然不好翻，姜辉麟是特意选了这样的竹篮子来装红鸡蛋的。

“黑狗子”有点着急地抽出那被洋红染红的手说：“你这女人，怎么用这个屁东西来装鸡蛋，你自己把鸡蛋拿出来，让我来检查。”

这可不行，鸡蛋要是全拿出来，这枪不就全暴露了吗？ 出门之前，姜辉麟已将小手枪的子弹上了膛，并且想好了这竹篮里的手枪如果非得暴露不可，那就拿起枪来和敌人一拼，只要打死一个敌人就够本了，能打死两个敌人就赚了。 但是，现在还没到那最后拼命的时刻，自然要与这帮“黑狗子”再斗争一下。

“老总，这都中午了，那边的亲戚还等着我去吃饭呢，这喜蛋一个个拿出来太费事了，再说这里也没地方放，这地上也太脏，弄脏了红鸡蛋也不吉利。 老总，你就行行好，我这鸡蛋带得多，你们几个老总一人也吃两个，也让老总们沾点喜。”姜辉麟一边说着，一边抓出红鸡蛋一一递给那四个“黑狗子”，并且不停地说着：“红鸡蛋，喜蛋，老总吃两个，沾点喜，沾点喜。”

主检的“黑狗子”接过红鸡蛋，看这情景也就跟着说：“好了，好了，走吧，走吧。”姜辉麟听到这话，连忙拎着竹篮一边向前走，一边回过身点头说着：“谢谢老总！ 谢谢老总！”

过了苏州河码头检查关口，上了船坐下来时，一阵河风吹过来，姜辉麟感到脊背上有点汗湿湿、凉丝丝的，这又是一场有惊无险的过关。

过了苏州河，姜辉麟在街上买了几个包子。 吃了之后，她又打了黄包车来到了豫园里的喜庆堂酒楼。 古色古香的喜庆堂酒楼一派红色装扮，红墙、红门、红窗、红灯笼，再加上门头上那“喜庆堂酒楼”五个金色大字相衬，真是很喜庆。 姜辉麟抬头远远地看到那临门二楼窗台上放着两盆开着黄花的兰花，便径直进到了屋里。

“您好，请问客官您是来坐席，还是定桌餐的？”门口店小二见姜辉麟拎着一个竹篮进屋，便上来打招呼。

“你们王老板是我的表叔，我是来送红鸡蛋的，是报我家妹妹添子添福之喜的。请问我表叔王老板在吗？”

“王老板在楼上，我领您上楼去。”店小二热情地引领着姜辉麟上楼，并大声喊道，“老板，你家来亲戚了，报喜来了。”店小二一直将姜辉麟引到王老板面前。

姜辉麟打量了一下王老板的穿戴和他手中的茶色龙头拐杖，确认这就是她要找的“表叔”王老板后，当即上前喊道：“表叔您好，我的妹妹又添了一男孩，我阿妈让我来给表叔报喜来了。”

王老板听了这陌生的“表侄女”的报喜之言，连忙跟着说：“好！好！好！恭喜！恭喜！恭喜你妹子又喜得贵子，我们一定上门去祝福，上门去祝福！”

随即，姜辉麟和王老板又对上了近期党组织规定的地下联络暗号，然后满脸喜庆地将一竹篮红鸡蛋拎过去说：“这边还有两个表叔，我不知道他们家在哪里，这篮红鸡蛋就都放在表叔您这里了，请表叔一并将红鸡蛋代送给他们。”

“好的，好的，我一定按照你的要求，将红鸡蛋送给他们。表侄女好远路来的，快坐下来稍休息一下。小五子，你去叫小面厨子下碗阳春面来，给我这侄女儿先垫点。”

那店小二连忙答应：“好呐，我这就去厨房让师傅做阳春面了。”

店小二下楼后，“表叔”王老板当即把这竹篮红鸡蛋拎到里屋去了，姜辉麟也跟着进到里屋，当面将红鸡蛋下面的枪和密信交给了“表叔”。在“表叔”这里吃了一碗鸡蛋阳春面，她当晚就赶回了上海的住地。

两天后，那个危害了多个共产党地下组织联络点、让10多位地下党员被抓捕的叛徒被暗枪杀死在苏州河边的消息，随即传到了中共江苏省委。

第二十章 最后战斗

1

1931年4月24日，对中国共产党来说，是一个潜藏着巨大不幸和危险的日子。这一天下午，中央特科负责人兼任三科科长的顾顺章，在完成中共中央安排他护送张国焘前往鄂豫皖苏区的任务后，因勾搭上了一个女人，又一时缺钱，居然以著名魔术师化广奇的公开身份在武汉登台表演魔术。就在他的魔术博得台下一阵阵掌声时，之前已叛变革命的尤崇新碰巧发现了他。

尤崇新原是顾顺章的下属。顾顺章被跟踪后的当天便被特务们逮捕，并迅速押解到国民党武汉绥靖公署行营。身为国民党武汉侦缉处处长的蔡孟坚，知道了这个魔术师化广奇的真实身份，就是中共中央特科的“天字号”人物黎明，其真名叫顾顺章。特务们在他的住处搜出了中国共产党的重要文件。

没有严刑拷打，也没有威逼利诱，顾顺章当即叛变了革命。但是，顾顺章提出必须面见蒋介石，方能供认其掌握的所有中共重要的机密信息，并告诫特务们不要事先向南京发报，因为他知道南京国民党的特务系统中潜伏着中共的卧底。但是，蔡孟坚按捺不住抓住大鱼的兴奋，随即向其上司徐恩曾密电此事。当顾顺章得知电报已发往南京时，跺足长叹道：“抓不住周恩来了！”

的确，打入中统内部并担任特务头子徐恩曾机要秘书的钱壮飞，就是中共特工。钱壮飞获取了顾顺章已叛变的绝密情报后，迅速通过李克农抢先通知了中共中央特科。在上海的党中央及江苏省委所有的办事机关迅速进行了秘密转移，所有与顾顺章熟悉的领导同志都搬了家，所有与顾顺章有联系的关系当即切断。

顾顺章是中共历史上“最危险的叛徒”。尽管，顾顺章掌握的情报价值大减，但这也仅仅是“避免了毁灭性的打击”而已。由于顾顺章所处的极高地位，以及其家属很多都参与了共产党的地下工作，致使当时上海等地的中共地下机构遭到严重的破坏。顾顺章被押解到南京后，就向特务机关指认了中共领导人之一的恽代英（当时，化名王作霖的恽代英被关押于南京中央军人监狱，其身份还未暴露）。随后，顾顺章又指派抓获了中共中央的重要领导人向忠发、蔡和森等人。可是，身为中共中央领导人的向忠发，也是一个随即叛变的“软骨头”。

4 月 29 日中午十二时，敌人将恽代英从牢房押往狱中刑场。恽代英神色坦然，昂首挺胸，沿途高唱《国际歌》。临刑前，面对刽子手，恽代英发表了慷慨激昂的演说。刽子手的枪声响了，年仅三十六岁的恽代英身中数弹，倒在血泊中，壮烈牺牲。

1931 年 8 月 4 日，曾任中共中央宣传部部长、中共两广省委书记等职的蔡和森在广州军政监狱英勇就义，年仅三十六岁。

顾顺章的叛变对中国共产党造成了严重损失。顾顺章的穷凶极恶，对中共的白区工作造成了极大危害。1931 年 12 月 1 日，时任中华苏维埃共和国临时中央政府主席毛泽东，亲自签发了《苏维埃临时中央政府人民委员会通缉令——为通缉革命叛徒顾顺章事》。

1931 年 12 月 11 日，又有一条不幸的消息传到了中共江苏省委：蒋云同志在上海三和里参加产业总工会主席联席会议时，由于叛徒出卖，不幸被捕入狱。

受上级党组织委派，姜辉麟立即将蒋云被捕的消息火速转告给另一位中共地下党员朱松寿，并将组织上让其前去探监的任务交代了他。蒋云是朱松寿的领导加战友，朱松寿经多方打探得知蒋云被关进了上海提篮桥监狱后，当即当掉几件衣服，买了一些牛肉、罐酱菜和一些面包，对狱警说要送些食品给监牢里的亲戚。狱警拿了朱松寿的好处才让他见到蒋云。一方冷酷无情的铁窗前，蒋云和朱松寿在简单的秘密交谈和会意中，已紧紧地握住了将革命斗争进行到底的拳头。之后，朱松寿又一次去提篮桥监狱探望了蒋云，但第三次去探望时，他得知蒋云已被解押到苏州监狱。

在此后的三个月中，蒋云经历了十多次审讯，遭受了吊打、火烫等种种酷刑，更有叛徒到庭指认和极力劝降，但蒋云一直以一个共产党员的浩然正气，严词斥责敌人，始终不吐露自己的身份，并于 1932 年 4 月 6 日写了“从事昭雪，迅予开释，以伸冤抑”的上诉书。国民党江苏高等法院第三分院收到蒋云的申诉书后，在没有得到蒋云任何口供的情况下，依然于 7 月间以危害民国为由，判处他三年零四个月刑期。然而特务们仍不死心，又将他押解至南京进一步审理。

时至 7 月底的一天，蒋云又遭厄运。大叛徒顾顺章来到了南京的监狱里，为国民党反动派指认关押的共产党员，蒋云不幸被他看到了。顾顺章在上海从事中共中央特科多年，和蒋云有过接触，他指认了牢房里的姜志行是中共江苏省委的干部蒋云。当即，蒋云被转押到南京城南边营的国民党特务机关内看押了起来。

2

随着时间的推移，顾顺章渐渐失去了抓捕共产党员的重要作用，也慢慢遭受到冷落。为此，他对上司徐恩曾以至陈立夫渐生不满，加之受到戴笠的挑拨和利诱，一贯野心勃勃且喜欢蛮干的顾顺章，萌发了另拉山头的念头，甚至想在政治斗争中有所“作为”。于是，他悄悄地将蒋云转移到南京细柳巷 4 号的顾家大院里。他知道蒋云是个有学问又十分能干的人，想拉拢蒋云为他所用，密谋建立一个“新共产党”。顾顺章虽然担任过中共中央委员、政治局候补委员，但他主要负责中共中央特科的行动，对政治实是外行。因此，他想笼络蒋云，将组建所谓“新共产党”的相关筹备事宜交给蒋云来负责。

顾顺章与蒋云几番交涉之后，机智的蒋云听出了顾顺章的野心。虽然不知道他搞这个“新共产党”的真实用意，但蒋云感到这可能是除掉大叛徒顾顺章的一个绝好机会。于是，蒋云表面上答应了顾顺章的要求，暗地里设法与中共地下组织进行秘密联络。

一天，已基本博得顾顺章信任的蒋云，悄悄以收件人“姜石贤”之名给姜辉麟写了一封反映顾顺章正在密谋建立“新共产党”的信。信中让她转告中共江苏省委，他现今仍在敌人的心脏里继续从事对敌斗争。不想，这封密信在他悄悄寄出时，便被顾顺章手下的特务截获了。顾顺章当即气急败坏地将蒋云送到了边营监狱进行审讯。蒋云在威逼利诱和一次次严刑拷打下，誓死不说半个不利于党组织和姜辉麟的字。无奈之下，顾顺章让手下模仿蒋云的笔迹，给姜辉麟写了一封让她来南京边营监狱探监的密信。

一直得不到蒋云生死消息的姜辉麟，在收到蒋云的“亲笔”信后，立即向省委作了报告，并主动请求以姜辉麟去探望阿弟姜志行的名义，前往南京探监。省委领导经过慎重的研究后对姜辉麟说：“南京是国民党反动派的中心城市，特务横行，军警密布。辉麟同志你虽然是非常有地下工作经验的老交通，但考虑到此行非常有风险，你还有四个尚未成人的子女需要培养、教育，组织上可以另外选派其他人去南京探望蒋云同志。”

“这可不行，作为一个共产党员，应把党的利益放在第一位，在党最需要的时候，我理应不计个人得失，全力以赴。况且，我对蒋云同志的了解较多一点，他写信让我去探监，那是他考虑到我可以以阿姐探望阿弟的名义去，这样也更方便和安全一点。‘不入虎穴，焉得虎子’，为了营救党的同志，即使赴汤蹈火，我也必须前往。”

听了姜辉麟一番真切之言，也为了能尽快探听到蒋云的真实情况，好设法去营救他，省委在不知蒋云的密信已被顾顺章发现的情况下，同意了姜辉麟前去探监的请求。

凶险的陷阱就在前面，被捕入狱和牺牲就在前面，而此时大家都不知晓。

其实，姜辉麟在一个街头烟纸店拿到“姜志行”写给她的那封信时，她便被随信秘密跟踪而来并在这里蹲守了一天的两个特务给盯上了。那两个特务想利用姜辉麟钓上“大鱼”，便一时没有惊动她。姜辉麟虽然不知道是蒋云写信给她，但这代收信件的烟纸店，是这一带共产党地下组织寄收信件的一个站点，姜辉麟有秘密交通员的身份，她基本上每天中午和晚间都会来这里看一下有没有什么信件可取。一天晚上，当姜辉麟在店里看到一封蒋云字迹且写着“姜石贤亲收”字样的信后，她的心头当即为之一振。而当她揣起信回头准备往立中小学住地的街巷走时，那多年地下工作者的职业敏感和机警忽然在告诉她，她的身后有两个诡秘的男人似乎在瞄准着她。

姜辉麟自然没有直接回立中小学，她反向穿过一道街巷，又过了一道街口，忽然闪进一个大红灯笼高挂的小酒楼。姜辉麟来过这家酒楼两次，对这酒楼前后内外的环境很熟悉，这也是地下工作者的职业习惯。酒楼后面厨房有一个小门，小门外边是一个平时理菜的小院子，小院子的围墙边有一个小门，出了院门就是丁字型的热闹大街。姜辉麟进了生意兴隆满堂客人的酒楼大厅，快步径直掀起厨房的门帘，又迅速走后门入院落，再开院门入大街，又钻入小巷，转瞬间便巧妙地甩掉了跟踪她的两个人。

遇到特务的跟踪是经常的事，姜辉麟不知这次被跟踪是早有预谋的，更没想到她收到的这封信是假的。在确定已甩掉跟踪她的两个人后，她便绕道回到立中小学吃了点饭，安顿好两个孩子后，当晚九点多钟便把蒋云同志的“最新消息”汇报给了党组织……

姜辉麟急匆匆乘火车赶往南京。不想，当火车在镇江停靠时，一群特务便进入姜辉麟所在车厢围住了她。

“姜石贤，你被捕了。那天跑得真快呢，钻进那小酒楼不见了，害得我们找了半夜也没找到你。我们本想用你钓‘大鱼’，没想到被你给甩掉了。要是抓不到你，我们的小命也就没了。不过，你的面相和身影我们记住了。现在，我们的‘守株待兔’成功了！哈哈！”

这已是春寒料峭的时节。蒋云依然没有下落，姜辉麟一下子也销声匿迹了，党组织和辉麟的家人一直打听了多年，也没有得到确切的消息。直到1949年，顾顺章贴身保镖林金生被抓获，这才交代了顾顺章及其手下特务杀害蒋云和姜辉麟的经过。

3

姜辉麟被悄然抓捕后，也被关押在南京城南国民党特务机关管辖的边营监狱，但一直不被允许与蒋云有丝毫的接触。在特务机关的审讯室里，顾顺章手下的鹰犬对姜辉麟软硬兼施，百般利诱。

“你叫什么名字，是哪里人？”

“我叫姜石贤，上海人。”

“你是做什么的？”

“我行过医，现在做教人识字的事。”

“除了这些，你还做了什么？”

“我只做过这些。”

“你来南京干什么？”

“我来看阿弟姜志行，听说无端被抓捕了。”

“胡说，你是在撒谎。你是地地道道的共产党。你的同伙蒋云已供出了你。”

“我不是什么共产党，也不认识什么蒋云，我只有一个阿弟姜志行。”

一遍又一遍的讯问之后，姜辉麟的回答都一样。特务们自然开始对她大施酷刑了。

“我看你还是放聪明点，只要你老实交代，说出你的上级组织和负责人在哪里，不仅可以马上回家，还可以拿一大笔赏钱。要是你立了大功，让我们抓到一些‘大鱼’，那你便有了享受不尽的荣华富贵。”

“你们说的我一点也听不懂。”

“看来你是不想主动配合我们了，那就别怪我们对你不客气了！”

打手们气势汹汹地将姜辉麟带到了一个行刑室里。这里有阴森森的粘着血迹的老虎凳，有吊打犯人的大铁架，有冒着火焰的炭火炉，那摆满各种刑具的长桌子上还有拷打犯人的皮鞭、铁棒、木棍、铁钳等用具。

“说不说？再不说，就对你动大刑了。动了大刑，铁铸的人也会受不了的。你到底说不说？”

“你们要我说的，我都不知道。你们想惨无人道，你们就做吧！”

姜辉麟被特务们绑起来吊在铁架子上，一阵疯狂的皮鞭抽打过后，衣衫被拉破，皮鞭被鲜血染红，剧烈的疼痛直往心窝里钻。姜辉麟紧闭双眼，一言不发。

轮换皮鞭抽打姜辉麟的打手们累了，又有两个特务拿来雨伞般的大电喇叭筒，贴近姜辉麟的脸庞，然后突然按下电钮。喇叭筒内的大电灯泡很快散发出巨大的热量，那火热的灯光像一根根烧红了的钻头，在钻她的大脑，钻她的心。不一会儿，姜辉麟就什么也不知道了。

一盆凉水猛地泼向姜辉麟的头颅，她醒了过来，但眼前还是一片火红。“你是不是觉得挺热？是不是觉得全身都像火烧一样难受？甚至感到心都被烧焦了？”一个特务打手上前皮笑肉不笑地望着姜辉麟，幸灾乐祸地问。

“我不热！我一点也不热！你们这帮毫无人性的恶魔。”姜辉麟义愤填膺地怒吼着。

“你这个不识相的女共党，你到底说不说？”

“不说，我没有什么可说的。”

“好啊，那下面你就为我们做一做拳头靶子了。”

一个家伙冲上来，“嘭嘭嘭”一连几拳打在了姜辉麟的心口上。又一个家伙冲上来，“嘭嘭嘭”又是一连几拳打在她的脸上和眼上。

两个穷凶极恶的家伙，不停地轮换着对姜辉麟进行着猛烈的拳击。

“你这顽固不化的女共党，你招不招供？”

“你的上级组织在哪里？你到底说不说？”

特务打手声嘶力竭地嚷着。姜辉麟被打得来不及喘气，鲜血从口腔里一口一口喷射出来，飞向特务打手们的脸上……打手们恼羞成怒地一窝蜂地冲上来，惨无人道地对姜辉麟没头没脑地拳打脚踢。

姜辉麟再次昏死过去。又一盆冷水将她激醒后，她被拖进了铁窗牢房。浑身痛到失去知觉，姜辉麟昏昏沉沉地睡去。当她再次醒来时，一轮冷月的光芒从铁窗射进黑暗的铁牢里，她已不知这里是人间还是地狱。

呼呼的冷风从窗外吹进来，姜辉麟躺在一摊稻草上，她的脸颊、手臂和腿脚上纵横交错的伤口一阵阵剧烈而钻心地痛。这时，姜辉麟才感觉到自己还活着，并意识到自己在一间铁窗牢房里。她支起手臂，想坐起来、站起来，去到那月光透进来的窗口看一看。但是，她身子却痛得让她一点也动不了，借着冷月的光芒，她拉过身旁一床薄薄的破棉被盖在身上。

漆黑的牢房，一道月光照射进来——姜辉麟眼前和心头忽然为之一亮。“忽然有一天，自己也被敌人抓捕入狱了。这是我以前做过的梦，现在是真真切切的现实了！”姜辉麟默默地自言自语，并恍然一笑。与此同时，她想到了自己现在是在南京，又想到了自己的家乡松江，想到了自己的丈夫和四个孩子，想到了阿妈、阿公、阿婆，还有阿姐、阿弟们。顿时，从心头涌出的两行热泪禁不住夺眶而出……

一阵油然而生的心酸、惆怅和愧疚之后，姜辉麟立刻又想到了秋瑾、侯绍裘、张应春、赵天鹏、顾桂龙、恽代英等革命英烈。接着，姜辉麟默默背诵起鉴湖女侠秋瑾《感愤》中的诗句“经营恨未酬同志，把剑悲歌涕泪横”，还有那前不久刚刚英勇就义的恽代英在狱中所作的《狱中诗》：“浪迹江湖忆旧游，故人生死各千秋。已摈忧患寻常事，留得豪情作楚囚。”

第二天一早，看守拿过来两个粗面馒头，姜辉麟也真的是饿极了，她不顾一切地很快将两个馒头吞了下肚。不一会，两个特务又连拉带架地将姜辉麟带到审讯室。

“你昨天吃过苦头，一夜过来应该想通了吧。”

“没什么可想的，更没什么可说的。”

“你不说，就不怕后面将有更多的罪要受？”

“随你们的便，我没什么可说的。”

“好！那就让你尝一尝坐老虎凳的滋味！”

“行，只要你们不怕麻烦，我就坐一次看看是什么样的好滋味！”

老虎凳是一种古老的刑罚，被用刑的人被紧紧地捆绑在一张凳子上，上身和大腿都不能动弹，只有小腿不捆绑，用刑的人不停地往小腿下面垫砖块，使小腿向上再向上，使受刑人疼痛无比，严重的可以使人的腿骨折断，终生致残。之前，刘晓出狱后曾向姜辉麟等同志介绍过他坐老虎凳的情形。

姜辉麟的小腿下面已被垫进三块砖了，她的额上痛得沁出汗珠，但她坚强地狠狠咬紧了牙关。

“坐这个老虎凳‘舒服’吗？ 你还是痛痛快快地老实交代吧。”

“我没什么可交代。”

“再给我加砖！”特务打手咬牙切齿地说。

姜辉麟已痛得大汗淋漓，她紧闭着眼睛，咬紧着牙关说：“加吧！就让你们这些该死的王八蛋加吧！ 加断我的骨头，我也没有可说的。”

很快，姜辉麟又一次疼死了过去。

特务打手们见老虎凳也未能让姜辉麟招供，又用竹签来刺她的手指，拿来两块麻绳串起来的夹板来夹她的手指。 十指连心，豆大的汗珠一颗颗不停地从姜辉麟的脸上滚落。 在打手们不断收紧的麻绳施压下，姜辉麟痛醒后再次痛得昏厥过去。 特务们依然没有从她口中得到一个有用的字，两个打手将被冷水浇醒的姜辉麟拖进铁牢时，恶狠狠地说：“你这顽固分子，今天老子们都累了，明天再让你过‘好’日子吧！”

4

顾顺章非常清楚，共产党的地下组织成员大多数不仅是“不识时务”的硬骨头，而且他们只要一见面，一个眼神、一个不经意的动作都可能是一个计谋，或者让彼此坚定信心。 为此，蒋云和姜辉麟虽然同关押在边营监狱里，但他从不让两人见面有所交流。 现今，蒋云已让顾顺章的“美梦”基本破灭。 顾顺章对蒋云使用了各种酷刑，但无济于事，他知道蒋云是个硬汉子，在他身上不可能得到什么有用的情报了，留着他就是留了一个随时会在自己身边爆炸的不定时炸弹。

1932 年隆冬的一个夜晚，顾顺章带着胡洪涛和林金生一起乘一辆小汽车来到边营监狱关押蒋云的房子里。 蒋云被五花大绑地押到了堂前，顾顺章看到蒋云伤痕累累、疲惫不堪，且衣衫单薄、冷得发抖，便亲自倒了一杯酒，冷峻而假带温情地说：“蒋云，你把这杯酒喝下去，就不会冷了。”

蒋云看了看杯中的酒，立刻明白这一定是一杯毒酒，顾顺章是来杀人灭口了。于是，蒋云仰天大笑道：“大凡官府杀人，都要审问，定罪，当众行刑。今天你偷偷摸摸地干掉我，不是太心虚了吗？”

顾顺章阴险地说：“当众把你处死，你不就成了共产党的英雄和烈士了吗？你不听我的话，我就叫你当不成英雄，当不成烈士，叫你永远不得翻身！”

“呸！你这个卑鄙无耻的叛徒！你还有脸站在我面前，你没有资格和我说话。”蒋云狠狠地指骂着顾顺章。

红着脸的顾顺章连忙向特务们挥了挥手，几个特务一拥而上，强行撬开蒋云的牙齿，把毒酒灌进他的嘴里后，又用麻绳勒紧他的脖子，直到他气绝。随后，特务们将蒋云的遗体装进麻袋，拖到后院不远处靠近城墙的一块荒芜草地上，埋进了一个事先挖好的深坑里。

顾顺章和特务们秘密杀死了蒋云，现只有在姜辉麟的身上再下点功夫了。尽管，对“姜石贤”多天的审讯和严刑拷打一直一无所获，但老奸巨猾的顾顺章仍不死心。

特务们接连多天将好饭好菜送给姜辉麟吃，依然没有从姜辉麟口中得到半点想要的东西。这时，他们开始使用电刑。被紧紧捆绑在长凳子上的姜辉麟，身上又被捆扎了好多道铁丝。电源按钮一按，电火花闪烁，她开始浑身麻颤。电量不断加大，麻和颤不断增强，电流冲击着她的心脏，整个身体就像要炸裂。

“你到底说不说？说不说？！”特务打手们对她大声叫喊着。姜辉麟依然是一句老话：“没有可说的！”此时，在姜辉麟的脑海里只有一个意念：宁愿在这里终身残废或者明天就被折磨死，也不能让敌人看到自己的怯懦，更不能说出半个出卖组织、出卖同志的字。

“再给我加大电量！”特务打手们开始咆哮。

姜辉麟再一次昏厥过去，一盆冷水又让她恢复了知觉。

“好你个共产党！你有种，我们也有好办法。你坐过轮船吧，不过这里的‘轮船’你可能还没坐过，接下来就让你坐一次，你一定会感受到这里的‘轮船’有多么美妙！”特务打手们狞笑着。

“只要你们这些畜生想让我坐，我就坐一次看看有多‘舒服’！”姜辉麟挺直疼痛的腰板回应道。

打手们很快用电线把姜辉麟从脚跟一直捆到脖子，每捆一圈就用力拉紧，将她绑得结结实实。接下来，他们抬来一桶水，放进辣椒粉、污水、人血和粪水，然后在她的脸上盖一块白布，一个家伙抓住她的头发用力往下压，再把水缓缓地倒进她的嘴和鼻孔。

“这个‘坐轮船’，可是一个新鲜的玩意儿，别的地方绝对没有这玩意。很多人最多不要十分钟就全招了，这一下就看你的了！”

那让人无法忍受的“水”还没灌进一半，姜辉麟便快要窒息了。她越是使出全身力气来挣扎，打手们越是用力抓住她的头发向下按压，她无可奈何地每吸一口气，这“水”就会进到她的喉咙和腹腔里，越呼吸这“水”就进得越多。她的腹部逐渐胀大，脾胃、心脏、肝脏都热辣辣的，全身像被钢针在不停地刺扎一样，胸口像要爆炸似的，喉咙像被别人扼住，五脏六腑感觉都给搅翻了。

打手们将姜辉麟折磨了将近一小时，两个穿上皮靴的家伙过来踩着她的腹部，拼命地来回挤压践踏，辣椒水、污水、粪水伴着鲜血，不停地从她的口腔、鼻孔喷了出来。再之后，特务们还残忍地给姜辉麟带上了中国古代就有的一种特别刑具——铁脑箍。这铁脑箍是唐代武则天时期酷吏发明的刑具，它是一种套在犯人头上的铁制刑具，行刑时在铁箍和头皮的空隙加木楔，然后用铁锤敲打木楔，以至头颅被挤裂，受刑者会疼痛如刀劈，难以忍受。这是一种暴虐的法外之刑，一般很少使用。最终，姜辉麟的头颅虽然没有被挤裂，但两个眼球还是被挤裂了。顷刻间，姜辉麟疼痛至极，昏死过去。

这时，站在窗外的顾顺章走进来说：“这个顽固的女共党，不仅是一块硬骨头，简直就是一个砸不出半点痕迹的铁砧子，我们不需要再在她的身上费力气了。”打手们也跟着说：“所有的办法都对这个女共党用过，她就是三个字——不知道！”打手们一边说着，一边端来几盆冷水泼向姜辉麟，她才渐渐地苏醒过来。之后，一连好多天，特务打手们都没有再对姜辉麟动刑。

5

已是百花盛开的春天了。中午太阳高高升在中天的时候，姜辉麟双手抓着铁窗冰冷的钢筋，一边努力呼吸着春天送来的清新温暖气息，一边用那充血且十分疼痛的眼睛竭力去凝望着远处的一块坡地，那里有一片桃林，像艳丽的红云一样在飘浮。此时此刻，姜辉麟想起了去年阳春三月她回家探亲时，丈夫黄勖哉带着她和孩子们，在家门外仓桥边一棵灿灿怒放的桃花树前，一起欢乐拍照与嬉乐的美好场景……

残阳如血的一个傍晚，顾顺章让手下把姜辉麟押到了杀害蒋云的大堂里。顾顺章冷酷地向姜辉麟发出了最后通牒：“蒋云不听我的话，我已把他杀了。你再不听我的话，也是同样的下场！”姜辉麟听说战友蒋云已经牺牲，心中的悲愤顿时化作了无穷的仇恨和力量。她无所畏惧地怒斥着顾顺章：“你们杀害姜志行，是害怕姜志行把你们杀了。姜志行是我弟弟！姜志行被你们害死了，我当然也不怕死。顾顺章，你这个无耻的大叛徒，你背叛革命，你残杀革命同志，你一定逃脱不了人民对你罪恶的审判！”

叛徒顾顺章在女革命者姜辉麟面前，是无话可答，更是无地自容。他不敢再多看这位刚强无比的女共产党员一眼，调头而走。

深夜，毒酒、麻绳、麻袋，加一群凶手，南京边营、城墙边、荒草地、新土坑，英烈姜辉麟悄无声息地躺在了这方土地上，不远处，是那被鲜血浸染的雨花台山麓。正是莺飞草长的春天，那漫山鲜艳的桃花正灿烂地怒放着！

尾声

南京雨花台，伫立于中华门之南，这是一座翠柏环抱的巍峨峻秀的山冈。公元前 1147 年起，有着“至德先圣”之称的春秋“三让王”泰伯（周文王伯父），曾在这一带传礼、授农、垦地；公元前 472 年越王勾践在此筑“越城”起，雨花台一带就是江南登高览胜之佳地；三国时期，这里因岗上遍出五彩斑斓的石子而被称之为石子岗、玛瑙岗、聚宝山；东晋时，豫章太守梅颐在此奋勇抗击外族入侵；南朝梁武帝时，高僧云光法师长期在此设坛讲经，从而感动上苍、落花如雨，“雨花台”由此得名；南宋时，金兵入侵，抗金名将岳飞在此痛击金兵。

辛亥革命开始，这里是中国新民主主义革命的战斗之地。1927年起，雨花台沦为国民党反动派屠杀共产党人和革命志士的刑场。1933年春暖花开的时节，在雨花台山麓壮烈牺牲的共产党员姜辉麟，是无数在这里轰然倒下的革命英烈之一。中华人民共和国成立后，这方苍松翠柏之地成为革命烈士纪念地。

姜辉麟的挚友范志超为怀念辉麟烈士，曾以诗赞颂了辉麟革命的一生：

弃儿舍女叛亲人，走险挺身主义真。
不惜头颅忠革命，千秋万代史留名。

1957年，首都北京举行纪念五一劳动节活动时，姜辉麟的姐姐姜兆麟应邀去北京参加观礼，见到了当年同辉麟共同工作过的老领导、老战友陈云、刘晓、吴仲超等，吴仲超当即吟诗一首以赠：

大地春回草木深，快逢旧雨话前尘。
当年战侣从头数，此日亲朋着意寻。
壮烈万人流热血，欢欣兆姓庆新生。
莫愁无地迎忠骨，留得芳名千古馨。

参考文献与资料

1.《上海女英杰》，上海市妇女联合会妇运史资料组，1983 年 12 月。

2.《云间魂——松江英烈传记》，上海翻译出版公司，1992 年 5 月。

3.《中国共产党江苏省组织史资料（1922 春—1987.10）》，南京出版社，1993 年 9 月。

4.《魂系上海——刘晓传》，仇学宝、于炳坤著，上海文艺出版社，1996 年 8 月。

5.《上海妇女运动史（1919—1949）》，上海市妇联妇运史编纂委员会编写，上海人民出版社，1999 年 7 月。

6.《奉贤史迹寻踪》，姚金祥、周正仁编著，学林出版社，2008 年 3 月。

7.《侯绍裘与景贤女中》，见王勉主编《松江教育百年史话》，上海文汇出版社，2004 年。

8.《顾顺章组建“新共产党”的前前后后》，王锐撰，《纵横》2004 年第 3 期。

9.《柳亚子与侯绍裘的友谊》，徐重庆撰，上海地方志办公室网，2005 年 12 月 29 日。

10.《肃霜天晓：刘晓纪念文集》，中共党史出版社，2008 年

4 月。

11. 《云间女杰姜辉麟——关于母亲的回忆》，黄宗英撰，《松江报》2011 年 5 月 13 日。

12. 《姜辉麟烈士传略》，姜长林供稿（烈士亲属提供的打印稿）。

13. 《陈云生平研究资料》，唐斫、高阳主编，中央文献出版社，2013 年 3 月。

14. 《毁家兴学仰高风——女子教育先驱丁月心》，乔进礼撰，见上海市金山区图书馆编《金山从话》，中华书局 2020 年 8 月。

15. 《革命姐妹“大姜小姜”》，《松江报》2013 年 5 月 27 日。

16. 《雨花魂》，中共江苏省委党史工作办公室、中共南京市委党史工作办公室、雨花台烈士陵园管理局编，中共党史出版社，2015 年 2 月。

17. 《松江姜家三男二女在大革命前后加入中国共产党》，松江党史办供稿，“澎湃新闻 · 浦江头条” 2016 年 6 月 30 日。

18. 《松江史志》，中共上海市松江区委党史研究室、上海市松江地方志办室编，2017 年第 2 期。

19. 《云间有颗启明星：侯绍裘烈士传》，唐金波著，江苏凤凰文艺出版社，2017 年 7 月。

20. 《侯绍裘烈士的光辉一生》，程志强撰，《松江报》2017 年 10 月 12 日。

21. 《蒋云传》（雨花台烈士传丛书），江苏人民出版社，2017 年 12 月。

22. 《中共江苏省委员会（1927.6—1943.1）》，江苏党史网，2008 年 12 月 24 日。

23.《陈云早期革命活动述略》，李蕊珍、姚元祥撰，见《陈云和他的事业：陈云生平与思想研讨会论文集（下）》，中央文献出版社，1996 年 4 月。

口述人：黄宗英（姜辉麟烈士之女）等，2018 年 7 月至 2019 年 3 月。

雨花忠魂·雨花英烈系列纪实文学

《流火：邓中夏烈士传》 龚 正 著
《落英祭：恽代英烈士传》 徐良文 于扬子 著
《去留肝胆：朱克靖烈士传》 王成章 著
《夜行者：毛福轩烈士传》 周荣池 著
《残酷的美丽：冷少农烈士传》 薛友津 著
《爱莲说：何宝珍烈士传》 张文宝 著
《飙风铁骨：顾衡烈士传》 邹 雷 著
《碧血雨花飞：郭纲琳烈士传》 张晓惠 著
《“民抗”司令：任天石烈士传》 刘仁前 著
《青春永铸：晓庄十烈士传》 蒋 琏 著

《文心涅槃：谢文锦烈士传》 周新天 著
《丹心如虹：谭寿林烈士传》 刘仁前 著
《云间有颗启明星：侯绍裘烈士传》 唐金波 著
《风向与信仰：金佛庄烈士传》 李新勇 著
《栽种一棵碧桃：施滉烈士传》 蒋亚林 著
《雄关漫道：陈原道烈士传》 杨洪军 著
《忠贞：吕惠生烈士传》 辛 易 著
《红骨：黄励烈士传》 雪 静 著
《热血荐轩辕：李耘生烈士传》 张晓惠 著
《世纪守望：徐楚光烈士传》 李洁冰 著

《以身殉志：邓演达烈士传》 王成章 著
《逐潮竞川：孙津川烈士传》 肖振才 著

《生命的荣光：朱务平烈士传》 吴万群 著
《信仰无价：许包野烈士传》 裔兆宏 著
《金子：杨峻德烈士传》 蒋亚林 著
《血花红染胜男儿：张应春烈士传》 李建军 著
《青春祭：邓振询烈士传》 吴光辉 著
《任凭风吹雨打：罗登贤烈士传》 龚 正 著
《红灯永远照亮中国：吴振鹏烈士传》 曹峰峻 著
《青春的瑰丽：陈理真烈士传》 薛友津 著
《长淮火种：赵连轩烈士传》 王清平 著
《青春绝唱：贺瑞麟烈士传》 刘剑波 著
《逐梦者：刘亚生烈士传》 李洁冰 著
《抱璞泣血：石璞烈士传》 杨洪军 著
《新生：成贻宾烈士传》 周荣池 著

《血色梅花：陈君起烈士传》 杜怀超 著
《文锋剑气耀苍穹：洪灵菲烈士传》 张晓惠 著
《红云漫天：蒋云烈士传》 徐向林 著
《在崖上：王崇典烈士传》 蒋亚林 著
《生死赴硝烟：夏雨初烈士传》 吴万群 著
《八月桂花遍地开：黄瑞生烈士传》 辛 易 著
《英雄史诗：袁国平烈士传》 浦玉生 著
《青春风骨：高文华烈士传》 吴光辉 著
《魂系漕河四月奇：汪裕先烈士传》 赵永生 著
《犹有花枝俏：白丁香烈士传》 孙骏毅 著

《向光明飞翔：朱杏南烈士传》 梁 弓 著
《长虹祭：陈处泰烈士传》 李洁冰 著
《浩气长存：周镐烈士传》 胡继云 著
《山丹丹花开：胡廷俊烈士传》 杜怀超 著
《铁血飞雁：赵景升烈士传》 陈绍龙 著